勞祿命女醫 3

文創風 1203

南風行 著

目錄

第五十一章

陽光越來越熾烈，照得縣衙院子裡的青石板發燙，已經正午時分了，雷捕頭還沒有回來。

其他差役們找遍了大半個清遠縣城，都沒看到秀兒的蹤影。領命盯著城門的親兵沒看到離開的大馬車，鄔桑所有的親兵都出城尋找，也沒回來。

莫石堅和師爺在梅妍的建議下，被莫夫人強行帶去休息，清遠的事情非常多，他們再這樣熬下去會生病的，必須爭分奪秒地休息，哪怕是躺上兩刻鐘也是好的。

育幼堂管事夏氏被押入大牢，等待她的是嚴酷審訊。

鄔桑作為梅妍眼中的重病人，被勒令躺進縣衙的客房裡休息。

梅妍要送育幼堂的孩子們先回小屋，偏偏誰也不走，像一棵棵小樹苗似的生了根，一定要等到秀兒姊姊回來。梅妍沒法子，只能把他們拉到蔭涼處一起等。

沒想到，等到了綠柳居花掌櫃。

花落一進縣衙就被一雙雙滴溜溜的眼睛盯上了，怔住片刻，問：「梅小穩婆，妳這是做什麼呢？」

育幼堂的孩子們第一次看到這樣明豔動人的大美人。

花落也是第一次看到這麼多容貌出色的孩子們。

梅妍把她拉到照壁後面把秀兒失蹤的事情說了一遍，卻意外發現，她沒表現得著急，也沒有半點擔心的樣子。兩人相對而立足足有五分鐘，梅妍納悶，花落惆悵。

花落拍了拍梅妍的胳膊。「妳心裡要有個底。」

「什麼？」梅妍頓時緊張起來。

花落無奈搖頭。「希望來得及追到。」

「什麼意思？」梅妍不明白。

花落嘆氣。「幸虧妳被梅婆婆撿了，不然像妳這樣的落到育幼堂，結果會和他們一樣。」

梅妍更不明白了。「啊？」

「妳怎麼這麼笨啊？」花落一臉恨鐵不成鋼，又用手指戳梅妍。

梅妍捂著額頭一臉不解。

花落只能打開天窗說亮話。「妳知道育幼堂為什麼要剋扣他們的吃食和衣服嗎？中飽私囊是一方面，另一方面是要讓他們吃夠生活的苦。體弱自然沒有足夠的力量反抗，當他們在穿上錦衣華服，吃上珍饈佳餚，睡在柔軟帶熏香的軟榻上，聽著悅耳的絲竹和歌聲，就會一頭栽進銷金窟裡，哪怕日夜銷耗身子，也捨不得離開。這世上有幾個大人能抵擋得住這樣的誘惑，更何況還是心智未堅的孩子？」

梅妍聯想到姑娘們吃蜜餞和糕點時那種珍惜和發自內心的高興，一陣毛骨悚然，除非秀兒內心堅定且強大，否則他們就再也見不到她了。

花落又嘆了口氣，拉著梅妍的手。「聽我一句，如果今晚秀兒沒有回來，就不用再找了。」

梅妍活了兩世，對人性沒有半點信任，對人心也沒有期待，知道花落說的是事實，只能黯然地點了點頭。

「很失望對吧？」花落問。

「不止，」梅妍擠出一個笑。「還有點絕望。」

花落安慰。「有人寧願曇花一現，也不要漫長的平庸；有人偏偏喜歡細水長流的百姓生活；還有人喜歡跌宕起伏的經歷……如果秀兒知道自己要的是什麼，自然會做出相應的選擇。」

梅妍點頭。「也許她正拚命逃回來呢？」

花落笑了。「妳明明受過很多苦難，遇事都往最壞的方向準備，卻心懷希望，怎麼做到的？」

梅妍嘿嘿笑著，小聲問：「國都第一花魁變成綠柳居花掌櫃，妳是怎麼做到的？」

花落也學著梅妍嘿嘿一笑。「秘密。」

等她倆笑完，就對上了鄔桑在陽光下顯得特別深棕色的眼瞳。嗯……梅妍清楚地看到，鄔桑似乎和司馬玉川一樣，並不喜歡花落與自己太親近。這兩人腦袋裡裝了什麼？

鄔桑的臉色有些蒼白，精神卻好得出奇，思路更是異常清晰。「按妳所說的秀兒失蹤的時間算，劫走她的人多半是趕往靖安渡口，按大馬車的速度正午時分就能抵達，上船以後就會失去蹤影。雷捕頭身手不錯，單人單馬應該在正午以前就能截住人，騎馬也好，駕車也好，傍晚時分一定能趕回來。當然，那是不出意外的話。」

梅妍聽了，不知道該放心還是更擔心。

鄔桑又補了一句。「如果出意外，雷捕頭也回不來了。」

梅妍驚愕地望著鄔桑。「將軍大人，您怎麼知道得這麼清楚？」

鄔桑一臉不以為然。「今晚沒回來就不用找了。」

花落雖然生氣鄔桑聽牆根，但多年如履薄冰的生活教訓，還是按下不滿，有禮地開口。「鄔將軍神機妙算。」驃騎大將軍是從二品的武職，一隻手指就能摁死自己，惹不得。

梅妍點頭同意，如果秀兒真的不願意回來，也不能強求。

忽然，一道尖銳的、千迴百轉的聲音在城東響起，梅妍第一次聽到這麼奇怪的聲音，同時注意到鄔桑臉上微妙的表情變化，就連花落的神情都大不相同。

梅妍皺眉，看到鄔桑使來的眼色，立刻招呼道：「孩子們，不要問為什麼，跟我來！」

姑娘們毫不猶豫地跟著梅妍，男孩子們互相看了一眼，也跟著走了。

梅妍把他們領到之前做調查的空屋子裡。「不論外面發生什麼事，聽到什麼聲音，你們都在裡面待著，不要出聲。」說完，就把門鎖上了。

孩子們認真點頭，夏氏的話他們都聽懂了，那反而提醒他們，他們不是沒人在意的孤兒，為了秀兒，雷捕頭、差役們和將軍的親兵們都出去找了，他們一樣是有人在意的。

梅妍匆匆回到縣衙的大門口時，莫石堅和師爺竟然都起來了，尤其是莫石堅已經更衣完畢，整個人煥然一新。

幾乎同時，鄔桑的親兵們騎馬飛奔到門外的廣場，馬隊後面是一輛大馬車，駕車的不是別人，而是多日未見的副將烏雲，馬車後面是馬車隊和牛車隊，最後面是疲於奔命的差役們。

烏雲下了馬車，從車裡面揹出了血淋淋的人，放在親兵們預備好的擔架上。「將軍，雷捕頭中了毒箭，在哪兒救治？」

莫石堅大喝一聲。「快送進來！」

鄔桑的親兵們抬起擔架，跟在師爺後面去了空房子安置。

莫石堅看著血淋淋的雷捕頭，一身冷汗狂流。「趙差役，快去把胡郎中請來！」

「是！」趙差役剛下馬，又重新上馬一路狂奔。

烏雲掀起馬車的簾子，秀兒勉強探出半個身子，在場所有人都愣住了。

這……太美了！

梅妍都看呆了，然後試探地問：「秀兒？」

秀兒提起裙襬急著要下車，卻被細鍊拴著動不了，望著梅妍，強忍許久的眼淚終於落下。「梅小穩婆！雷捕頭他……」

梅妍剛要跑過去，就被鄔桑一把拽住。「先去救雷捕頭！」

梅妍只得拉著花落。「幫忙照看一下秀兒。」

「交給我。」花落話還沒說完，梅妍已經跑遠了。

莫石堅也想跟過去，又被鄔桑拽住。「有人用毒箭殺你的捕頭，不找真凶算帳嗎？」

烏雲向鄔桑行禮稟報。「馬車內有劫走秀兒的老婦人和車伕，還有對雷捕頭出手的靖安差役兩名，秀兒被不知名的細鍊拴住，無法下馬車……」

莫石堅的臉色陰沈極了，呼吸急促，腦子裡嗡嗡作響。

光天化日之下，靖安差役毒殺清遠捕頭，還有沒有王法了?!真是反了天了！

鄔桑繞著大馬車轉了一圈，皮笑肉不笑地提醒。「莫大人，這馬車瞧著眼熟嗎？」

莫石堅望著馬車，整個人都僵住了。

空房子裡，梅妍取下背包，掏出口罩、帽子等東西，全都穿戴好。

師爺拿起一把剪子，將雷捕頭的上衣剪開。「梅小穩婆，右上臂一箭，傷口青紫……妳可會什麼解毒之法？」

梅妍有片刻的呆滯，現代婦產科醫生就算是各科都待過，也從沒遇到過中毒的病人。毒藥和解藥就像鑰匙和鎖的關係，一把鑰匙開一把鎖，不知道是什麼毒，當然不知道用什麼藥解，這是很離譜的超綱病人啊！

師爺只覺得渾身血液都在奔湧，連呼吸都是熾熱的，見梅妍一動不動就更慌了，急忙催促。「梅小穩婆，梅小穩婆？」

梅妍如實相告。「師爺，我只是個穩婆，不會解毒啊！」

師爺急了。「梅小穩婆，做些什麼，不能眼睜睜地看著雷捕頭死啊！死馬當活馬醫，也是醫啊！」

梅妍用僅有的毒性相關知識分析，血流不止，毒藥應該屬於血液毒性，放在現代要用各種凝血藥來對抗治療，但現在最重要的是，先對箭傷進行清創，把毒源去掉。可是，她連清創用的刀和生理食鹽水都沒有！

正在這時，胡郎中以難得一見的速度走進來。「師爺，麻煩你找人去河邊抓些水蛭回來，大約十二、三條。」

師爺看了看梅妍，又看了看胡郎中，腳步匆忙地跑出去。

胡郎中對梅妍微微一笑。「梅小穩婆，在這種緊急關頭下，妳還能如此冷靜屬實不易。這毒老夫此前見過，知道如何處理。如果妳貿然清創，雷捕頭會血流不止而死。」

梅妍緊繃的神經放鬆下來，太好了，解毒這種事情確實是中醫更擅長。

「梅小穩婆，妳在一旁看清楚。」胡郎中提醒著。

梅妍吃驚不小。「胡郎中，您不叫柴醫徒來看著嗎？」

胡郎中顯出一臉凶相。「梅小穩婆，疫病時妳能傾囊相授，老夫解毒就不能讓妳瞧一眼？」

「哦。」梅妍乾巴巴地應了一聲。好吧，胡郎中還是挺凶的。

不知道師爺和差役們是如何辦到的，一刻鐘不到，就端進來一盤子扭來扭去的水蛭，擱在床榻旁的矮几上，看得梅妍頭皮一陣陣發麻。

師爺知道這種非尋常的治療方式多半是胡郎中的秘技，很識趣地退出去了。

胡郎中望著雷捕頭箭傷上方一掌處綁緊的布條。「中毒時處理得當，這樣可以避免毒液快速擴散。」然後從診箱抽出竹夾，將水蛭挾到傷口處。

水蛭嗜血，扁平的身體很快就吸得飽滿起來，從灰黃色變成深黃紅色。

梅妍不著痕跡地退後半步，忍著不斷發麻的頭皮，不看自己滿是雞皮疙瘩的胳膊。她不僅怕蛇，還怕水蛭這樣的吸血生物！

忽然吸血的水蛭瘋狂扭動起來，胡郎中快而準地把水蛭挾進了預備好的鹽水中，只一瞬間，水蛭就化成了一片血紅。

梅妍震驚了。「胡郎中，這……」

胡郎中面不改色。「此毒製作不易，不只是人，對動物來說也有毒性，這條被毒死了。」然後又挾了一條水蛭擱在傷口上。

也許是水蛭們聞到了血腥味，這條比剛才那條吸血速度更快，當然，死得也更快了。就這樣，胡郎中一條接一條地換水蛭，梅妍強忍著頭皮發麻和雞皮疙瘩，注意到雷捕頭傷口處的青紫色正在減退，換到第五條時，傷口已經轉紅，而雷捕頭非常急促的呼吸，發灰的臉色也在逐漸好轉。

梅妍眨巴眨巴眼睛，這是真的有效啊！

所有水蛭換完以後，胡郎中扯掉了雷捕頭胳膊上的布條，用熟水反覆沖洗以後，才敷了金瘡藥和蟲藥，隨手把矮几收拾乾淨。

接下來，胡郎中又施金針，當扎入第五根時，雷捕頭睜開眼睛，反覆又含糊地問：「秀兒……救回來……了嗎？」

梅妍湊近了才聽清楚，立刻湊到他耳畔，大聲回答。「雷捕頭放心，秀兒救回來了！」

雷捕頭這才閉上眼睛，明顯長舒一口氣，痛苦的表情舒緩許多。

梅妍望著雷捕頭，各種情緒在內心湧動，心裡一陣陣地堵得慌。

胡郎中施完針以後，囑咐梅妍。「中毒的瞬間，阻斷血流是第一要事，排盡毒血是第二步，仔細清創上藥是第三步，施金針促臟腑運行是第四步，以雷捕頭的身體，再服三日湯藥即可。這些步驟一步出錯，就會毒發身亡。梅小穩婆，這是用動物血肉製作的毒，一個字，蝕。製作不易，多用於刺殺和偷襲。」

「十？」梅妍震驚之餘，腦迴路也清奇起來，十？中毒以後走十步就死了的意思嗎？

胡郎中用食指蘸水，在矮几上寫下「蝕」字。

「哦。」梅妍的臉有些發燙，急忙岔開話題。「胡郎中，這樣就可以了吧？」

胡郎中搖頭。「雷捕頭醒也只是第一步，如果能活過三日，才算真的救活了。」

梅妍沈默。「胡郎中，雷捕頭奔波多日，又剛挨過疫病，本就疲累過度，會不會有影響？」

胡郎中點頭。「梅小穩婆，看病確實如此，要將身體狀況計算在內，若是平日，雷捕頭現在就算脫險了，正因為他疲累過度，才要輔以湯藥，多觀察三日。」

梅妍稍稍安心，又開始發愁。「胡郎中，湯藥何時吃？雷捕頭現在的腸胃仍然虛弱，湯藥會不會帶來損傷？」

胡郎中考慮片刻才回答。「徒兒會煎好湯藥送來，梅小穩婆思慮周全，湯藥需在飯後喝，今晚先喝一頓，看效果和反應，明日把脈後再調整。」

梅妍點了點頭。

胡郎中恭敬地向梅妍行禮，把梅妍嚇了一大跳。「胡郎中，您這是做什麼？」

胡郎中連笑都擠不出來。「梅小穩婆，老夫把妳拖進育幼堂的火坑裡，實在對不住。老夫知道育幼堂發生的一切，清遠每次換縣令，老夫都會去遞物證，但孤掌難鳴。莫大人剛來時，老夫見他與富戶鄉紳來往甚密，就失望了。」

胡郎中抬起頭。「數次請妳去育幼堂，原本只想著，有一日老夫死了，妳能稍帶看顧一下。沒想到，梅小穩婆如此上心，現在又要看顧孩子，還要忙接生，更要看顧著縣衙的病患，是老夫的錯，只怕這樣，妳真的沒法嫁進好人家了。」

梅妍此刻算是體會到「老謀深算」這個詞的涵義，胡郎中這個慢吞吞的快俠，不管做什麼都有打算，不論給什麼幫助都有企圖，實在讓她……五味雜陳。

但事到如今，也只能繼續撐下去了。

胡郎中又行了一次大禮。「梅小穩婆，今晚老夫守著雷捕頭吧，妳去忙。」

梅妍望著胡郎中更加蒼老的臉龐，有許多話要說，可話到嘴邊就消散了，連聲嘆氣都擠不出來，這樣的老人家，她怎麼能忍心責怪？

胡郎中見梅妍不說話，又道：「梅小穩婆，妳怪老夫也是應當的。」

梅妍擠出一個假笑。「胡郎中，獨樂樂不如眾樂樂，育幼堂的孩子們沒人願意領養，擱育幼堂也沒什麼人願意照顧，不如，您挑幾個當醫徒吧。」

「什麼？」胡郎中簡直不敢相信。他知梅妍平日扮乖巧，但並不是軟弱的性子，如今卻沒有出口半句責怪。

梅妍扮了個鬼臉。「病人越來越多，清遠只有我們倆，很快就累死了。」

「好！」胡郎中如釋重負，連連點頭。

梅妍推門而出，就看到差役們眼巴巴地望著，擠出笑臉。「胡郎中已經替雷捕頭解毒乾淨，只要熬過三日就算脫險了。」

差役們七嘴八舌。「真的嗎？」

「梅小穩婆，妳不會騙我們吧？」

「雷捕頭真的沒事了？」

梅妍把門開到最大。「一刻鐘探視時間，不要大聲！」

差役們爭先恐後地擠進去，見到乾乾淨淨的雷捕頭和已經包紮好的傷口，每個人都鼻子發酸，也都放了一半心，離開病房時，都發誓要和靖安那群王八羔子死磕到底！

梅妍真心佩服差役們強悍的身體，疫病以後他們還沒休息過，事情一樁接著一樁，就算這樣，每個人的精神卻還都很好。

第五十二章

梅妍離開病房，走到縣衙小院裡，院子裡沒人，見鄔桑、烏雲和花落都圍在大馬車那兒，也走了過去。

馬車裡的嫌犯都被押進清遠大牢，秀兒坐在車裡舉著雙手，眼巴巴地看著。

花落摟著秀兒，望著她血跡斑斑的手腕直嘆氣。

鄔桑的佩劍、烏雲的雙錘、親兵們的兵器都試了個遍，秀兒手腕上的細鍊就是不斷，簡直匪夷所思。

梅妍擠進去，就看到秀兒腳邊一堆兵器，以及紋絲不動的細鍊就知道情況不妙。不是吧，這什麼東西啊？

秀兒一見梅妍就問：「梅小穩婆，雷捕頭怎麼樣了？」雷捕頭是為了救自己才受傷的，如果他中毒死了，她用什麼報答？

梅妍拍了拍她屈起的膝蓋。「箭毒已經清理乾淨了，熬過三日就算脫離危險，現在胡郎中守著他，睡著呢。」

「真的嗎？」秀兒的眼淚怎麼也止不住。「梅小穩婆，妳沒騙我吧？」血流了那麼多，衣服都濕透了，真的沒事嗎？

「是啊，騙妳幹麼？」梅妍替秀兒擦眼淚，沒想到這孩子妝扮得像花仙一樣，還是要回來，這樣堅定的內心真不多見。

秀兒這才放心，又眼淚汪汪的，舉著雙手。「我不要一輩子都戴著這個！」

梅妍想了想，特別淡然地回答。「放心吧，這個再怎麼堅韌也是金屬，不管什麼金屬到煉爐前總會聽話的。」

秀兒不明白，鄔桑和親兵們卻茅塞頓開，梅小穩婆說得對，可惜鐵七去請羅軍醫了，不然他肯定有法子。

梅妍很篤定。「清遠有個姑娘叫劉蓮，她是劉記鐵匠鋪前掌櫃的女兒，打的一手好鐵，我去找她來瞧瞧，她肯定有法子，別怕。」

「真的？」秀兒笑中帶淚，美得令人移不開眼睛。

「比珍珠還真，妳等著，我現在就去把她找來。」梅妍是真不擔心，看了看天色，騎上小紅馬向柴家奔去。

鄔桑和親兵們，就連花落也必須承認，梅小穩婆不僅貌美善良又勇敢，哄孩子這方面也很出色。

畢竟，秀兒在聽完梅妍的保證以後，真的一點都不慌了。

兩刻鐘後，梅妍帶著劉蓮趕來了，直奔大馬車。

劉蓮根本沒意識到要向鄔桑行禮，看到秀兒手腕上的細鍊就呆住了。「梅小穩婆，這是鮫鍊，比黃金還貴重。」

廣場上安靜極了。

梅妍和花落互看一眼，只想罵人。

鄔桑和親兵們也想罵人，用鮫鍊製作的軟甲，在戰場上可以真正的刀劍不入。

梅妍氣憤之餘，想起另一樁事情。「胡郎中認出雷捕頭中的箭毒，名為蝕，腐蝕的蝕。據說得之不易，僅用於暗殺或刺殺，治療不易，九死一生。」

鄔桑懶洋洋地問：「此話怎講？」

梅妍解釋。「雷捕頭中箭時，烏雲副將第一時間用布帶綁緊、阻斷了血流，把人安放在馬車上用最快的速度趕來，胡郎中知道此毒的解法特殊，處置得既快又仔細，只要中間有一個沒做到，雷捕頭就死了。我只是穩婆，對解毒一無所知，若胡郎中出診或者晚五分鐘到，雷捕頭也死了。」

秀兒、花落和劉蓮同時看向烏雲。

烏雲忽然對上她們充滿敬佩的眼神，有些尷尬地移開視線，然後才回答。「羅軍醫教的。」

眾人都噎得慌，製作頂級軟甲的鮫鍊，被用來禁錮美麗少女供人取樂；蝕本該是用來對付細作和敵方的，卻被靖安差役用來滅雷捕頭的口，怎麼想都讓人憤懣。

鄔桑看了烏雲一眼，背著雙手向縣衙書房走去，親兵們立刻跟上。

烏雲微一點頭。「上車，去鐵匠鋪把鮫鍊取下來。」

秀兒害怕，梅妍和花落上車陪著她。

此時天已經完全黑了，烏雲駕著大馬車只用了兩刻鐘就到了劉記鐵匠鋪門口，屋裡屋外一片漆黑，沒有亮光。

劉蓮提著燈籠下車，在屋前窗前左看右看，很納悶。「怎麼連爐火的亮光都見不到呢？」

烏雲用力敲門，都沒人應。

梅妍也提著燈籠下馬車，忽然發現大門上貼著歪七扭八的「出售」二字，把劉蓮拉過來。「這人果然經營不下去了。」

烏雲又敲了一陣門，還是沒人應，轉頭問劉蓮。「要不然我把門砸了？」

劉蓮無奈地搖了搖頭。「鐵匠鋪的爐火很燙，生一次爐子需要花大半日，所以鐵匠鋪的爐子不用時都是溫著的，從溫爐子到熱爐也需要大半個時辰。站在門外都感覺不到熱氣，也看不到紅光，這爐火應該熄滅幾日了。重新生爐要先除掉爐壁內的積存物，然後重新放置材料，一日一夜能生起來就算是快的。那人怎麼能把爐子給熄了呢？」

秀兒在馬車裡聽了也只能乾著急，這可怎麼辦？

正在這時，有人提著燈籠慢慢靠近，三步遠時就打招呼。「喲，梅小穩婆和劉姑娘啊，這麼晚了，妳們怎麼來了？」

梅妍立刻認出來人。「錢叔？」

來的不是別人，正是房牙錢花臉，他笑著伸出五根手指。「我來試探過幾次了，咬死一口價五十兩，一文都不肯少。」

梅妍現在倒是拿得出五十兩，卻不願白白便宜了這個趁火打劫的混帳東西，可現在最要緊的事情就是取下鮫鍊，處理秀兒被勒出血的手腕。

錢花臉看出梅妍和劉蓮的猶豫，知道她們拿不出這麼多錢。「放心，他再死鴨子也嘴硬不了多久，在賭莊混日子，現在欠了印子錢，到處躲債呢。再過兩日被逼到無路可逃，妳們願意出多少他都要說聲謝謝。」

梅妍笑著回答。「多謝錢叔提點。」

「謝什麼呢？」錢花臉說完就高高興興地走了。

等錢花臉走遠了，梅妍和劉蓮互看一眼，可秀兒等不了。

沈默許久的梅妍，忽然想到。「蓮姊姊，這鍊子砍劈不斷，但它總是一段段裝起來的吧？既然能裝，自然就能拆啊，是不是？」

「有了！妳等著！」劉蓮一拍手，提著燈籠繞到後門去了。「不用跟著我。」

梅妍怕天黑不安全想跟過去，被烏雲攔住，有些納悶地看著他。

烏雲不解釋，梅妍只得硬等了一盞茶的工夫，才見劉蓮提著燈籠回來，手裡還拿了什麼東西，趕緊迎上去。

「梅小穩婆，我找到了。」劉蓮笑得燦爛。「阿爹曾經修整過一件鮫鍊纏成的軟甲，用的就是這個，平日用不到，一直擱在柴房的草垛裡。」

梅妍打量著劉蓮手中長魚形的鉗子似的東西。鏽跡斑斑的，這是放了多久？還能不能用啊？

烏雲和花落的神情也沒好到哪裡去。這……看起來可以扔掉的樣子，真的能用嗎？

劉蓮環顧四周。「我們還是回縣衙去吧，那裡最亮堂，再吵也沒關係。在這兒，我怕被人當成小偷。」

「走！」烏雲點頭。

一路上，秀兒望著劉蓮的寶貝疙瘩，既好奇又困惑，但也沒多問。梅小穩婆說這位蓮姊很厲害，那她就一定很厲害。

因為特殊情況，大馬車獲准進入縣衙的小院裡，差役們取來許多燈籠，照得小院裡宛如白晝。

劉蓮去摘了許多野草泡在淺缸裡，然後將野草搗成草汁和糊糊，再倒進一個大小適中的罈子裡，把魚形工具整個泡進去。

胡差役嘴角直抽抽，小聲嘀咕。「所以這玩意兒其實是醃了用來吃的？」

如果放在平日，胡差役小聲說肯定沒人聽到，可現下大家全神貫注地盯著，連自己的呼吸聲都能聽到，就聽得一清二楚。

劉蓮笑著解釋。「胡差役，這外面就是一層保護，防止內裡的東西生鏽。」

梅妍恍然大悟，搞半天這魚是個外包裝啊，但被劉蓮這樣一說，就格外期待去掉包裝以後究竟是什麼樣子。

兩刻鐘後，劉蓮把東西掏出來，撿來青石塊敲了又敲，每敲一下都會發出不小的聲響。在梅妍看起來，劉蓮這一系列動作特別像剝著裹了黃泥糠的皮蛋，不眨眼地盯著，剝到最後，就看到一把模樣很奇特的金屬色剪子，從刃口到把手都與平日用的完全不同。

劉蓮拿著怪剪刀上了大馬車，花落立刻將秀兒攬在懷裡捂住眼睛。

劉蓮讓梅妍托住秀兒的手腕，安慰道：「秀兒姑娘，妳別怕，不要動就行。」說完，就對著鍊子的安裝接頭處，挑、刺入，然後輕輕一擰，只聽到一串清脆的金屬碰撞聲，一條鍊子掉落在地。

秀兒掙脫花落的懷抱，望著自己重獲自由的左手腕眉開眼笑。「梅小穩婆，它掉了！」

梅妍、花落和探頭進來看熱鬧的差役們目瞪口呆，這是真正的「術業有專攻」、「難者不會，會者不難」！

劉蓮接著又毫不費力地卸了秀兒右手腕上的細鍊子，安慰她。「秀兒真是勇敢的好姑娘。」

秀兒跳下馬車，不斷看著自己的手腕，開心極了。「梅小穩婆，真的解開了！謝謝，劉蓮姑娘！」

秀兒兀自高興，眾人再一次被她的美麗驚呆了。如果之前是被縛的形將枯萎的荷妖，現在的她就是雨過天晴後綻放的荷仙，眼神裡都帶著生命的光。

秀兒在小院裡蹦啊，跳啊，總算回神以後，被大家看呆的眼神注視得很不好意思。她是不是太忘形了？不行，雷捕頭還在昏睡呢，她不能這樣高興！哦，對了！

秀兒深吸一口氣，回到大馬車裡，取出廂籠裡的螺鈿妝盒，拔下滿頭珠釵逐個裝好，卸了南紅耳環，摘了紅珊瑚珠的項鍊，去掉了所有飾品，又從車裡探出頭來問：「梅小穩婆，還有別的衣服嗎？」

梅妍的背包裡日常備有衣服，立刻取出一套遞進馬車裡。

片刻以後，粗布衣裳、拆掉螺髻的少女秀兒下了馬車，又去找了個地方把臉上的敷粉洗乾淨，才長長地舒了一口氣。

在馬車裡的花落，望著收拾整齊裝好的螺鈿飾盒，疊放整齊的花繡衣裳，對秀兒生起三分敬意，這姑娘將來不簡單！

梅妍望著秀兒從荷仙變成平日的模樣，伸出雙手，微微笑。「來，抱抱！」

秀兒立刻衝過去，撲得梅妍後退了三步才停住，兩人緊緊抱住。

梅妍很快就感覺到肩頭的衣裳濡濕一片，只是輕拍著秀兒的後背。「這下大家就放心了，孩子們都等著妳回來呢……哎呀！」

秀兒立刻鬆手。「梅小穩婆，怎麼了？」

梅妍趕緊一溜小跑，把關在屋子裡的孩子們放出來，又把他們攔在花牆裡面說：「閉著眼睛走出去，看看誰回來啦？」

孩子們走到小院裡睜開眼睛，發出一陣又一陣驚叫。「秀兒姊姊！」

「秀兒姊姊回來啦！」

秀兒又驚又喜。「你們怎麼會在縣衙？」

孩子們撲過去抱在一起笑啊，鬧啊，蓉兒更是緊抱著秀兒不撒手，誰勸都不鬆手。

重逢的場景，沒人能無動於衷，差役們咧著嘴樂，莫夫人聽到消息也趕來了，花落、梅妍和劉蓮三人臉上都帶著笑。

鄔桑雙手環胸，斜倚在廊柱下，不遠不近地看著，嘴角微微上揚。

書房裡，又在熬通宵的莫石堅和師爺聽到外面的笑鬧聲，緊繃的臉上也有了笑意。

病房裡，胡郎中和柴謹在用麥稈給雷捕頭餵湯藥，湯藥很苦，雷捕頭被苦得連連乾嘔，真的嚥下去以後又笑了。

吵嗎？吵啊。

鬧嗎？鬧啊。

讓人煩心嗎？當然不！

烏雲帶領親兵們藏匿在縣衙和城門各處，像銅牆鐵壁般守護著裡面的笑鬧聲，夜色深沈且漫長，夜風沁涼，唯有笑聲撫人心。

縣衙的蠟燭和燈籠，直到天亮時方才熄滅，屋裡屋外都瀰漫著燭火的氣息。

病房裡，雷捕頭緩緩睜開眼，就被滿屋的孩子們嚇了一跳，左手邊全是姑娘們，右手邊全是男孩。

姑娘們和男孩們見雷捕頭醒了，趕緊按照梅小穩婆教的行了大禮，齊聲說道：「謝謝雷捕頭救了秀兒姊姊！」

雷捕頭努力想坐起身，掙扎了三次都失敗了，滿臉鬍渣不笑時很威武，一笑起來就是個憨憨。「不用謝。」

育幼堂的孩子們都很會察言觀色，立刻判斷雷捕頭是個大好人，瞬間圍到床邊，七嘴八舌地問：「雷捕頭，你疼不疼？我給你呼呼。」

「雷捕頭，你渴嗎？我給你倒水。」

「雷捕頭，我給你捶捶腿吧……」

雷捕頭從最初的感動滿滿到漸漸有些招架不住，最後只能無語望屋頂。孩子們太熱情怎麼辦？

正在這時，梅妍走進來，拍著手提醒。「孩子們，雷捕頭需要靜養，走啦，回去啦！」

孩子們噘著豬豬嘴，一步三回頭地離開病房，而秀兒卻道：「梅小穩婆，阿娘說受人滴水之恩，當湧泉相報，我不走，我要留下來照顧雷捕頭。」

雷捕頭被自己的口水嗆到了。這小姑娘家家的，人小、主意可不小，他哪敢啊？

梅妍點了點頭。「嗯，好，胡郎中說，每半個時辰要把一次脈，第一個時辰餵一些吃食，還有要定時翻身拍背……」

秀兒還沒滿十二歲，生得又嬌小，足足比雷捕頭矮了兩個頭，只有他身形一半寬，哪能做這些事情，聽著就想哭。「梅小穩婆，我做不了。」

梅妍順勢把秀兒推出病房。「對啊，妳還小，這些事情都做不了，那就做妳能做的事情，比如把手腕上的傷養好，幫著梅婆婆照顧妹妹們。」

秀兒非常認真地回答。「梅小穩婆，等我再長大一些能向妳學做穩婆嗎？」

「行啊。」梅妍不假思索地回答。

「真的？」秀兒驚訝極了。

「騙妳是小狗。」梅妍把秀兒送到縣衙外。「瞧，梅婆婆駕著牛車來接妳們了。」

秀兒立刻奔過去，望著慈祥和藹的梅婆婆，一時不知道該說什麼。

梅婆婆摸了摸秀兒的頭，望著她手腕上扎眼的血痂。「手腕很疼吧，回家給妳燉雞湯喝。」

秀兒的淚水奪眶而出。她有多久沒聽到「回家」兩個字，又有多久沒聽到「給妳燉雞湯喝」這句話，期盼太久直到絕望，忽然毫無預兆地聽到了，不知該用什麼樣的表情，愣住許久，最後只是用力點頭。「嗯。」

姑娘們都上了牛車，梅婆婆嗔怪梅妍。「瞧瞧妳，一忙起來又沒日沒夜的，得空了趕緊回去休息。」

「是！」梅妍故意答得很大聲，不忘向姑娘們揮手。「聽梅婆婆的話。」

姑娘們紛紛點頭，只有蓉兒癟著嘴。「我想和梅小穩婆在一起嘛……」嚷嚷歸嚷嚷，想哭歸想哭，還是乖乖坐在牛車上。

鄔桑的三名親兵把男孩們扶上馬車，要把他們送回營地去照顧（訓練），至於虎子和石頭兩個混世魔王就先丟在大街上磨幾天再說。

鬧騰了整晚的縣衙，恢復了平日的安靜。

梅妍望著縣衙大門邊的石階縫裡，黑螞蟻群進進出出，往縫裡搬東西，看著看著就有些累，打了一個大大的呵欠。

夏喜從病房找到小院，最後才看到在縣衙門邊的梅妍，快步走過去。「梅小穩婆，夫人請妳。」

梅妍跟著夏喜進了內院，見到了神采奕奕的莫夫人。「夫人，早安。」

莫夫人一張嘴就是：「梅小穩婆，我想收蓉兒做義女。」

「啊？」梅妍愣住了。啊……這麼突然？

莫夫人有些侷促。「我知道這有些唐突，我還沒和夫君商量，只想先聽一下妳怎麼說。」

梅妍想了想。「莫夫人，蓉兒嘴甜又乖巧，您喜歡也是人之常情。可是您也看到了，她才四歲就敢半夜跟著我摸黑找到縣衙來，還敢拿石頭砸鄔桑將軍……」

莫夫人驚到了。「什麼？她拿石頭砸鄔將軍？」

第五十三章

「是啊。」梅妍現在想起來還心有餘悸的。「幸虧鄔將軍大度能容，換成其他官員肯定當場滅了她。」

莫夫人倒抽了一口氣。

梅妍如實相告。「莫夫人，其實蓉兒是個很勇敢的孩子，她以為我要上鄔將軍的大馬車，會像其他姊姊那樣一去不回，所以拿石頭砸他。平日裡，她乖巧又懂事也是事實。」

莫夫人明白了。「梅小穩婆，妳是想勸我不要衝動是嗎？」

「是的。」梅妍笑著回答。「莫夫人，蓉兒是個有喜怒哀樂的小哭包，性子卻倔得很，如果您真喜歡她，就給她一些時間，互相了解，好好相處。」

莫夫人點了點頭。「瞧我這聽風就是雨的性子，是這個道理。」

梅妍悄悄鬆了一口氣。

莫夫人話題一轉。「梅小穩婆，我怎麼覺得蓉兒就像妳小時候呢？」

梅妍眨了眨眼睛，很無辜。「莫夫人，您若真想收養蓉兒，最好別這麼想。我小時候皮得像野猴子，可讓人頭疼了！」

這麼說，她腦海中突然電光石火般閃過一句話「這孩子皮得像野猴子，又不服管，心眼還多，長大了可如何是好」。

梅妍怔住，趕緊拿出粗草紙本子記下，記完以後就對上莫夫人好奇的視線。「嗯……莫夫人，我隨便記一下。」

莫夫人卻誤會了。「梅小穩婆，妳是不是太累了？」

梅妍順著臺階下，急忙點頭。

莫夫人忙說：「得空了趕緊去歇下，別累病了。夏喜，把布疋給梅小穩婆。」

「是，夫人。」夏喜應下，很快拿了兩疋布出來，放到梅妍手中。

梅妍一愣。「莫夫人，您這是做什麼？我之前剛收了您五十兩銀票，還沒花完呢。」

莫夫人笑了。「現在天氣雖熱，但一雨過後便成秋，育幼堂孩子們肯定要添衣服，這兩疋布先拿回去，清遠的好裁縫不多，妳要趕緊和人說好，免得到時候找不到人做衣服。」

梅妍這才收下布疋。「多謝莫夫人。」

「謝什麼謝？趕緊回去休息。」莫夫人話沒說完，又想到一樁事情。「梅小穩婆，別忘了買棉花做冬衣。」

梅妍立刻取了紙筆記下來，免得忘了。

莫夫人目送梅妍離開，嘆了一口氣，問：「夏喜，梅小穩婆能忙得過來嗎？」

夏喜點頭。「是啊，十一個姑娘呢，昨晚被鬧得夠嗆。」

莫夫人下定決心。「等夫君忙完這一陣，我們每日去幫著打理，多一個人就多一分力量。」

梅妍先去了病房，被胡郎中和柴謹轟出來，只能抱著布疋向外走。經過大門時，鄔桑彷彿從縣衙大門的陰影裡長出來，只是靜靜望著梅妍。

梅妍立刻恭敬行禮。「鄔將軍，早安。」

「傷口疼。」鄔桑的聲音很輕。

梅妍猛地想起，整個晚上都沒顧上鄔桑這個重病人，真是忙忘了，追問道：「哪兒疼？是不是哪裡裂開了？」

五步之外的三腳貓，一臉大白天活見鬼的樣子，連掐了自己三次。剛才聽到什麼了？鄔桑將軍竟然對梅小穩婆說傷口疼，太陽從西邊出來了？哦，不，明明剛從東邊出來！

有那麼一瞬間，三腳貓懷疑自家大將軍中邪了。

梅妍拉著鄔桑的袖子。「走，上你的馬車看看。」邊說邊走出縣衙大門，直奔鄔桑的大馬車。

偏偏就在這時，城西方向傳來聲音。「羅軍醫來啦！」

梅妍整個人都不好了，環顧四周，堆起滿臉笑容。「鄔將軍，既然羅軍醫趕來了，我就回家了，小屋裡還有一堆事情要做呢。」

鄔桑一言不發。

梅妍捆布疋、上馬一氣呵成，特意選了向東的路線。「駕！回家！」溜之大吉。

三腳貓立刻感受到了鄔桑強烈的不滿情緒。還有……梅小穩婆怎麼看都像是逃跑，這算哪門子事情啊？

馬車停在了縣衙門外，鐵七沒有立刻下車，而是進了馬車，大力搖晃睡得不省人事的羅軍醫。「羅軍醫，快醒醒！到了！您趕緊起來！羅軍醫，快起來！」

幾乎同時傳出羅軍醫的起床氣咆哮。「吵什麼吵？我才睡了多久啊？你們這麼多人盯不住將軍一個？整天幹麼吃的?!」

三腳貓整個人都繃直了，討好地看向鄔桑。「將軍，小的忽然想起來，一刀哥還有事找我，我現在……就去綠柳居！」

鄔桑哪能看不出三腳貓的小算盤，可他現在心情不好，所以，三腳貓的心情也不能好，慢條斯理地回答。「不行！」

三腳貓頭都大了，哀求道：「將軍，上天有好生之德，羅軍醫看到您傷得這麼重，真的會把我抓去試藥的！將軍，鄔將軍……」

就在這時，三腳貓身後傳來下馬車的響動，以及明顯不悅的腳步聲，羅軍醫的身影籠罩著他。「晚了，我已經下車了！」

三腳貓淚流滿面，覺得自己比吃了黃連還要苦十倍，含淚控訴。「羅軍醫，將軍他不聽話啊……小的實在沒有法子啊……勸他的時候還拿箭射我，這日子沒法過了，嗚嗚嗚……」

羅軍醫與鄔桑差不多高，一樣的寬肩窄腰，看著顯瘦，實則力量驚人，他的髮色在陽光下有些偏紅，眼瞳更偏棕色，平日蓄鬚，面部輪廓確實異於大鄴人，自稱回鶻人。

三腳貓情急之下大喊：「羅軍醫，剛才將軍說傷口疼，您趕緊給他瞧一下，小的立刻去備水、備物品。」

羅軍醫穿的不是大鄴常服，也不是軍士常服，而是鞣製過的獸皮拼接成的回鶻服，走到哪兒都自帶一身皮革味。「喲，鄔將軍喊疼，豈不是天都要塌了？」

鄔桑異常沈默，任羅軍醫怎麼挑釁就是不說話。

羅軍醫打著呵欠，很不耐煩。「將軍你趕緊上車，我檢查完還要趕回去。」

鄔桑仍然沈默，不過倒是進了自己的馬車。

羅軍醫解開層層繃帶，仔細檢查完傷口又換了藥，一扭頭把三腳貓叫過來。「誰替將軍處理的傷口？」

三腳貓剛要提梅小穩婆，但想到她的要求，舌尖一轉。「烏雲副將！」說完，一個勁兒地向烏雲使眼色。只可惜，烏雲副將瞎，仍是沒看三腳貓一眼。

羅軍醫一邊手段狠毒地處理傷口，一邊斬釘截鐵地說：「如果這傷口是烏雲處置的，我就把頭擰下來給你們做今晚的下酒菜！」

三腳貓瑟縮一下。鄔桑將軍不能惹，羅軍醫不好惹，這日子沒法過了⋯⋯

羅軍醫顯然不打算就此放過，追問道：「烏雲，這是你做的？」

烏雲不願招惹羅軍醫，回答得特別直白。「這幾日我負責押運糧草，不在清遠。」

羅軍醫處理完傷口以後，直接提溜著三腳貓的耳朵，狠狠吐出一個字。「說！」

三腳貓心裡默唸：梅小穩婆對不住了。

鄔桑不動聲色地開口。「那幾名胳膊傷得嚴重的，現在怎麼樣了？」

羅軍醫的手指放開了三腳貓的耳朵。「回將軍的話，兩個截肢，四個勉強保住了。請問將軍還有其他事情要問嗎？」

「沒了。」鄔桑還是懶洋洋的。

「沒了是吧。」羅軍醫開始發火。「鄔桑驃騎大將軍，我，作為一名軍醫，為整個軍營累死累活，能救一個是一個，三、四天沒睡了……」

「月俸翻倍。」鄔桑知道什麼最能堵羅軍醫的嘴。

羅軍醫的嘴角立刻咧到耳後根，但只維持了三秒。「鄔桑驃騎大將軍，我三、四天沒睡就算了，正在救治病患的時候，鐵七趕到軍營說你高燒不退……」

「清遠這地方不錯，我給你留了張地契。」鄔桑在羅軍醫面前，從不自稱本官、本將軍。

羅軍醫的怒目立刻放鬆，然後又不屈不撓地扯回正題。「我只有一個人，你也只有一條命，總有顧不上的時候。所以，大將軍你好好養傷會死啊?!」

這一聲怒吼，讓縣衙外廣場上的人都驚呆了數秒，雖然每個人的想法不同，但也有共同點：這人生了什麼熊心豹子膽才敢這樣吼將軍？

鄔桑置若罔聞。「綠柳居的吃食不錯，改天帶你嚐嚐？」

羅軍醫咬牙切齒地恨不得咬鄔桑一塊肉下來。

鐵七實在看不下去，小聲解釋。「羅軍醫，將軍一直有好好養傷，但那晚下冰雹，事態緊急，為了救育幼堂的孩子們……」

鐵七不解釋還好，這一解釋羅軍醫更生氣了。「鄔桑將軍，你帶了二十親兵呢，您不會在營地看著啊？」

鄔桑慢悠悠地開口。「不能輸給一個姑娘家。」

羅軍醫怒到極點就笑了。「行吧，我只是普通軍醫，你這樣很難把傷徹底養好，總會有我沒法子的那天，別忘了我們的約定。」

鐵七、三腳貓和其他親兵聽了，不約而同地嘆了口氣。自家將軍好勝心太重怎麼辦？

羅軍醫是個可以一心多用的人，嘴上不停地問，處理傷口的手也沒停過，還注意到了三腳貓和鄔桑兩人的眼神交流。

處理完傷口，羅軍醫從背包裡取出一個鼓鼓囊囊的布袋子，塞到鄔桑手裡。「這些都是送到軍營來的拜帖，還有不少老傢伙打著說媒的主意，都在裡面了。」

鄔桑隨手把布袋子扔給烏雲，眼神滿是鄙夷。

羅軍醫連打了三個呵欠，小聲勸。「從袋子裡選一位訂親，免得天天被家裡有女兒的惦記；或自己找一個沒權沒勢或者清流之女，免得天天被上頭那位惦記。」

鄔桑只當沒聽見。

忽然，羅軍醫抓到了重點。「將軍怎會與一個姑娘家較勁？丟不丟人？」

一眾人詫異地望著羅軍醫，沒辦法，他的想法從來沒人能跟得上、也沒人猜得著，被他鄙視更是家常便飯。

羅軍醫檢查完又道：「替你處理傷口的，不會就是那位你想較勁的姑娘吧？」

三腳貓的眼睛差點瞪脫眶，羅軍醫日常從鬼門關搶人也就算了，怎麼能這麼聰明？哦不，不對，只有這麼聰明的羅軍醫才能從鬼門關搶人吧？

鄔桑不置可否。

「三腳貓，帶我去感謝一下那位姑娘。」羅軍醫捏著三腳貓的後脖頸走出鄔桑的視線。「如果沒有她，我現在就是趕來奔喪了。」

「將軍……」三腳貓梗著脖子求救，把羅軍醫帶去找梅小穩婆，鐵定會被將軍大卸八塊；不帶羅軍醫去找梅小穩婆，下場比大卸八塊還不如。

嗚嗚嗚……這日子沒法過了……

鄔桑開口。「檢查完了還不回軍營？」

羅軍醫放開三腳貓，轉身看著鄔桑，咧出一嘴牙。「我呢，喜歡做一勞永逸的事情，你不帶我見那位姑娘，我就不回去了。還有，我先好好睡一覺，再去綠柳居大吃一頓，不，吃到我滿意再回去。」

烏雲清楚地看到鄔桑磨了一下後槽牙，在心裡憋笑。如果羅軍醫沒有堪稱鬼神之技的醫術，就他那張氣死人不償命的嘴，早被將士們圍毆幾千次了。

羅軍醫無視鄔桑的怒意，再次把三腳貓拽到偏僻的角落裡，一下就知道了那位集美貌、善良、聰明、勇敢於一身的「梅小穩婆」，心滿意足地躺在馬車裡倒頭就睡。

茫茫大鄴，老鄉難尋，知音難覓呀！梅小穩婆等著接招吧！

梅妍怎麼也沒想到一覺醒來，羅軍醫就找上門來了。

梅家小屋外，停了兩輛大馬車，一輛是鄔桑的移動病房車，烏雲是車伕；一輛是令她避之唯恐不及的羅軍醫的移動治療車，鐵七是車伕，馬車周圍站著鄔桑一半親兵。

羅軍醫正笑咪咪地望著自己，眼神讓人背脊發涼。

梅妍秉持著「伸手不打笑臉人」的原則，臉上掛起笑容，不顯半點怯意，也不開口。兩人就這樣微笑著互相打量，直到發現雙方眼神有戒備、有驚詫，唯獨沒有敵意和殺意。

羅軍醫最先開口。「這位美麗的姑娘，敝姓羅，單名一個珏字，回鶻秘醫，現任鄔將軍營地軍醫，大家都叫我羅軍醫。」

「久仰大名。」梅妍說的是實話。「我姓梅，單名一個妍字，穩婆。」

羅珏還是頂著笑臉。「多謝梅小穩婆救我們將軍性命，等保住了我的項上狗頭，更稱得上是救命之恩了。」

梅妍仍是微笑，卻是神經緊繃，這羅軍醫笑得這樣詭異，多半是三腳貓或烏雲說漏嘴，這……很難分辨是敵是友了。「羅軍醫，不敢當。」

羅玨還是笑，離梅妍越來越近。

偏偏梅妍背靠著牆，並沒有多少避讓的餘地。

突然，羅玨就被郾桑一把拖回去，嚷嚷道：「將軍，滿軍營的臭男人，好不容易見到一位仙女似的姑娘，讓我多瞧兩眼嘛……將軍！」

梅妍立時鬆了一口氣。

沒想到羅玨又狗皮膏藥似地黏過來。「梅小穩婆，郾將軍請吃綠柳居，一起去吧！」

梅妍不假思索地婉拒。「羅軍醫，我晚上還要照看孩子們，實在不得閒；而且，據我所知，綠柳居的後廚正在整修，怕是沒法開門招待。」

羅玨像被郾桑欺騙了感情似的，出奇憤怒。「你怎麼不說綠柳居在整修？你存心的是不是？大將軍一言既出，駟馬難追！我一日吃不到綠柳居的東西，就不離開清遠，我在這兒長住！」

郾桑難得皺了眉頭，望著梅妍，問：「綠柳居沒開？」

梅妍正色回答。「回將軍的話，綠柳居確實沒開，否則刀廚娘也不能在小屋裡幫著準備一日三餐，您不信的話，可以問她。」

鄔桑知道梅妍向來務實。「妳為何知道綠柳居在整修？」

正在這時，刀廚娘從屋子裡走出來。「回將軍的話，是梅小穩婆建議重新裝修後廚的，雖然花銷和所需時間不少，但花掌櫃說值得。最起碼，清遠這次疫病，綠柳居的大夥兒都安好。」

羅玨插話。「刀廚娘，梅小穩婆給了什麼建議呢？」

刀廚娘心細如髮，記得十分清楚。「吃用皆是熟水，不論何時何地都不要喝生水，食材離地存放……」

梅妍注意到羅玨越來越有深意的眼神，心裡只有一個念頭：完蛋了。

羅玨興致勃勃地問：「梅小穩婆，內外夾弓大立腕妳知道吧？」

梅妍內心天人交戰。認還是不認？認了會怎麼樣？

「梅小穩婆，實不相瞞，我有個大手術要做，急需助手。」羅玨嘆氣。「我真的很努力想教出一些醫兵來幫忙，但是他們一個個爛泥扶不上牆……」

梅妍不接話。

「梅小穩婆，唔唔唔……」羅玨被鄔桑掐著脖子拖回了馬車。

梅妍望著他們離去的身影，不由得皺起眉頭。羅玨不僅不怕暴露身分，還敢把各種各樣的藥交給軍士們，尤其是當眾說有大手術要做……不該好好隱藏身分嗎？還有，剛才鄔桑拖走羅玨時，想刺他的眼神完全藏不住也沒打算藏，為什麼？

事實上，重傷病患不是一個外科醫生和藥房就能救得回來的，就算羅玨是最好的外科醫生，有最齊全的藥物支持，甚至於有血庫可以隨心所欲地使用，但身邊若沒有人手幫助，也不可能每次都能把鄔桑救回來。

梅妍腦海裡有個極為大膽的想法。羅玨是穿越的，鄔桑呢？他真的是普通大鄴人嗎？那布袋的醫療物品，若他清醒下也是能自行使用的。

第五十四章

鄔桑一把將羅玨推進馬車裡，低聲質問。「你到底要幹麼？」

羅玨不知死活地繼續挑釁。「我看上梅小穩婆了，你要是沒看中的話……」

「閉嘴！」鄔桑直接給了一拳。

「你……」羅玨吃痛捂著肚子，忽然又壞笑。「吃醋了……」

「她當查驗穩婆，得罪了許多人，甚至有人暗中想取她性命。」鄔桑又給了一拳。「人心隔肚皮，你當著那麼多人的面想揭她的身分，你這是要她的命！」

羅玨沈默許久才回答。「好不容易遇到一個，你不考慮嗎？」

鄔桑再加一拳。「上面盯我盯這麼緊，邊陲戰事隨時可能再起，我這種隨時可能戰死沙場的人，為什麼要去禍害那麼好的姑娘？我死了，你有錢有地、有名聲、有自己的族人，毫無聲息地離開大鄴，還能好好生活。你把她的身分揭了，我死了，你逍遙快活去了，她怎麼辦？多少人對她垂涎三尺？沒有足夠自保能力的她會死得多淒慘？」

羅玨再次沈默，很快又燃起鬥志。「我怎麼覺得你這全是藉口呢？先不說有我這麼厲害的外科醫生，再加上梅小穩婆，只要你不是被炸得四分五裂，怎麼也能把你救回來。你真的怕她遭遇不測，那就把她娶回家，大鄴還有驃騎大將軍保護不了的人嗎？不對，我怎麼覺得你這凡心動得有點不太正常？你明明是日久生情那一掛的，和梅小穩婆才相處了幾日，就一副誰都不准動她的模樣？」

鄔桑與羅玨是無話不說的，漫不經心地回答。「我很久以前就見過她，只是時間太長，我忘了，她……根本就不知道。」

羅玨活見鬼似地瞪著鄔桑。「什麼時候？不對，什麼很久以前？你來大鄴才幾年？」

鄔桑不記仇，當下就報。「就不說，憋死你。」

羅玨氣死了。「你是不是人啊？我晚上會睡不著覺的！」

鄔桑一揚眉毛。「不是。」

羅玨惡狠狠地哼了一聲，君子報仇，十年不晚。「我知道該怎麼說了。」

鄔桑的眼神不善。「你真的知道？」

羅玨沒回答，轉了話題。「你要是真看上她了，可以提親啊，就算不提親，也可以好好地相處，再表示一下嘛……哎，你追過女生沒？」

鄔桑難得露怯。「她拒絕了清遠所有的媒婆，說此生不婚。」

羅玨嘖了一聲。「真心換真心嘛，這都不懂？行啦，我去和她……好好說。」說完，去自己的馬車裡翻了好一陣子，提了兩個布袋出來。

片刻後，梅妍戒備地注視著羅玨。

羅玨恭敬地行了個禮。「梅小穩婆，感謝妳替我家將軍處理傷口，這一袋禮物不成敬意，請收下。」

梅姸猶豫著要不要伸手。

羅玨又遞出另一個袋子，繼續說：「受傷的軍士們還在營地裡等我趕回去，麻煩妳每隔兩日替將軍換一下藥，將軍會支付妳診費和換藥費，要用的東西都在裡面。有勞梅小穩婆費心了，如果妳能督促將軍好好休息，就是羅某的大恩人。方才實在太唐突了，對不住，羅某現在就識相地滾了，告辭。」

說完，就把袋子塞到梅姸手裡，轉身就走。

「哎！」梅姸急了，她不想暴露啊。「我不會用啊。」

羅玨邊走邊揮手。「梅小穩婆冰雪聰明，琢磨琢磨就會啦。」上了馬車，喊了聲「駕」，溜之大吉。鄔桑兄弟，我只能幫你到這裡了。

梅姸捧著頗有重量的兩個布袋子，望著很快就消失的馬車，困惑又詫異地望著鄔桑。

鄔桑內心一陣陣地擂鼓，卻維持面色如常地解釋。「營地有許多受傷的軍士，所以羅軍醫回去了。」

梅姸只能點頭表示知道，秉持著「吃人嘴軟，拿人手短」的原則，既然收了羅軍醫的禮物，當然就要好好完成換藥任務，問：「不知後天將軍何時有空，在什麼地方可以把藥換了？」

鄔桑不假思索地回答。「後天一早，我坐馬車到這裡，在車上把藥換了就行。」

「是，將軍。」梅妍帶著日常的微笑，雖然不知道羅玨為什麼忽然變得正經，但八成和鄖桑脫不開關係，所以心裡對鄖桑多了一絲讚賞。

「回營！」鄖桑上了馬車，一聲令下，小屋外很快就恢復了往日的寧靜。

梅妍目送他們離開，回到臥房，先倒出了禮物布袋裡的東西，當場傻眼。

抗生素、止血藥、止痛藥三類藥物的口服藥和針劑都有，還有針筒。

啊，這真是天大的謝禮！

梅妍一時間像中了頭獎，既欣喜若狂，又不知所措。好不容易平靜下來，把藥品各備一份放進背包裡，其他的全都收進櫃子裡藏好。

在臥房裡轉了好幾圈，才打開另一個布袋子，彈力繃帶、敷料貼布、換藥彎盤……可以說外科換藥用品一應俱全，梅妍震驚了。

羅玨什麼都有！自己只有一個透視眼？

這強烈的對比之下，梅妍再怎麼自帶陽光，頭上都難免飄過點烏雲，同樣是穿越，要不要這麼欺負人的？

忽然，梅妍瞥見彎盤邊緣露了點紙條的邊，抽出來一看是封信，封面上寫著「閱後即焚」，拆開看到一行字「梅小穩婆，革蘭氏菌陰，革蘭氏菌陽，RH陰，RH陽，遇血小心大三陽，寥寥藥品表心意，羅玨敬上」。

梅妍望著熟悉的話語，先是習慣性地笑，忽然就有些想哭，然後在哭與笑之間僵持許久，最後變得釋然。

已經回不去了，那就接受吧。

梅妍不捨地將信燒掉，長嘆一口氣，將藥品用物都收好，安慰自己。雖然她只有透視眼，但得到了「藥房」屬性的知音，保「母子平安」的能力就大大加強了！

忽然想到羅玨之前說的有大手術要做，如果有時間的話，她真的可以幫忙。

這樣想著，梅妍的心情迅速變好，新問題來了。天……又黑了，她卻精神抖擻，一直這樣日夜顛倒可不是什麼好事。

梅妍在床榻上閉著眼睛，憋了一會兒又坐起來，還是睡不著，打算找點事情做，忽然想到一樁事情——小水龜們還在縣衙的缸裡呢。

左思右想以後，梅妍溜出房門，打算去拿水龜們，萬萬沒想到，剛踏出一腳，看似睡著的姑娘們突然起身，把她嚇了一大跳。

「梅小穩婆，妳要去哪兒？」睡在最外面的秀兒眨著眼睛問：「妳長得這麼好看，他們把妳也抓走了怎麼辦？」

梅妍轉了轉眼睛，假笑。「我去茅廁，人有三急嘛。」

秀兒立刻起身。「我也要去。」

梅妍簡直不敢相信。至於嗎？

「我……不去了。」梅妍又縮回自己的臥房，就聽到外面一片躺平的聲音，無語望屋梁。人生啊，她怎麼會被一群小姑娘給看住了呢？

於是，梅妍只能在床榻上拿著紙筆列待辦事項，天一亮就去取水龜順便找綠藻，找裁縫預約時間來小屋給姑娘們做衣服，買棉花準備做冬衣……

蠟燭的亮度有限，昏暗搖曳，晃得梅妍眼睛又疼又脹，漸漸的，就有了睡意。梅妍在寫完最後一件待辦事項以後，吹滅蠟燭，倒頭就睡，沒想到還真睡著了。

全黑的梅家小屋很安靜，藏在大樹樹冠裡的一刀抱著佩刀，靜靜地守護著，救命之恩可不是一句「大恩不言謝」說完就沒事的，只要想報恩，有得是法子。更何況，梅小穩婆還是第一位讓自家將軍刮目相看的好姑娘。

一刀雙腳靠在樹枝上，望著圓月，想到已經入睡的妻子、孩子們，心裡前所未有的踏實，彷彿四處飄蕩的蒲公英終於落土生根。

相比梅家小屋黑暗中的寧靜，清遠縣衙燈火通明且忙碌。

縣衙內的病房裡，胡郎中和柴謹輪流守護，雷捕頭除了吃喝以外都在睡覺，並且每睡醒一次，身體狀況就好轉一些。連胡郎中都不得不感嘆，雷捕頭身體的恢復能力很驚人。

幾牆之隔的縣衙書房內，莫石堅、師爺和帳房黑眼圈三人組在爭分奪秒地趕呈報進度，書案旁的矮几上，擺了莫夫人能搜羅到的糕點、花生瓜子、糖和濃茶。

莫夫人心裡有事睡不安穩，乾脆陪在書房，不是替他們剝花生和瓜子，就是烹濃茶。原因無他，因為梅妍說過，算帳、對帳極為費神，人特別容易疲勞，最好的應對方式有兩種，一種是吃甜食，另一種就是閉目養神二十分鐘。

已經後半夜了，莫石堅等三人的精神仍然很好，核算和校對進行得很順利，帳目的準確率高得嚇人，原以為還要兩日才能完成的帳目，天亮前就能完工。

莫石堅做完了手裡的事情，離開座位邊走邊伸懶腰，不由感慨。「梅小穩婆雖自稱穩婆，可她知道的門道挺多，追問吧，她又說只知道皮毛。」

師爺接話。「是呀，換成其他人早就吹牛上天了，只有她說剛好知道。」

師爺往嘴裡塞了一把花生，鼓著腮幫子嚼得咯咯作響的，像隻鼓臉倉鼠，嘴裡嚼完的時候，手裡的核對也完成了，成就感十足。

帳房頂著兩個黑眼圈，隨手摸了塊糖塞到嘴裡，含糊地接話。「梅小穩婆這法子太好用了……」

莫夫人捂著嘴，既心疼、又想笑。

「夫人，妳笑什麼呢？」莫石堅是夫人在身邊就開心，很想和夫人一起樂。

莫夫人搖頭。「梅小穩婆說了，這法子雖然好用，但也只能應急，長期這樣很容易發胖，會誘發渴飲症和其他疾病。」

師爺接話。「看吧，梅小穩婆就是謙遜。」

莫石堅十分聽話，晃著肩膀和雙臂走出書房，在小院裡遛彎，走了一圈又一圈，聽到不知哪兒傳來的響動，便循聲找去。

「哎，這小園子裡怎麼有龜啊？」莫石堅總算在淺缸裡找到了聲音的來源。

莫夫人還是笑。「梅小穩婆暫時擱在這兒的，今兒走的時候忘了，一天天的這麼多事，她也真不容易。」

「又是她？」莫石堅的神經已經練得很粗壯了，只是詫異一下。「敢把龜擱在縣衙裡暫養的，估計清遠縣也只有她有這個膽。」

師爺擱下手裡的筆，在椅子上伸了個四仰八叉的大懶腰，捋著山羊鬚迷惑道：「梅小穩婆養龜做什麼？」

「哪顧得上問這些？」莫夫人一想到梅妍拿出竹簍裡水龜的模樣，就忍不住想笑。

帳房最後一個擱筆，自己都不敢相信，竟然都算完了。

三個人互看一眼，動作迅速地把帳本分類裝訂好，好不容易收拾完工，不由自主地長舒一口氣，在各自的椅子上花式癱坐，要不就這樣睡到天亮吧。

偏偏這時，王差役憤憤地跑進來。「莫大人，靖安那兩個混帳東西能不能上刑?!」

莫石堅迅速坐正坐直，上揚的嘴角猛地下垂，真是忙昏了頭，還有仇沒報呢！

師爺收東西收得太快，胳膊肘磕在了書案邊，急忙出聲提醒。「莫大人，三思。」

帳房取來三個鐵匣，和師爺一起將帳冊、書信分別裝好、上鎖，再用心地用油紙全箱包裹，只待天亮信使來的時候，仔細交付。

莫石堅皺起眉頭，他抵達清遠前，就搜集了巴嶺郡方方面面的資料。巴嶺郡共有十二個縣，每個縣都有十幾個鎮子，每個鎮還有幾十個村子，位置相對偏遠，算得上地廣人稀。巴嶺郡太守溫敬頗有「天高皇帝遠」的想法，任人唯親，還極為迷信，從早晨睜眼開始到深夜入睡，據說有一百二十四條禁忌詞彙。

靖安縣令溫錚是溫敬的姪兒，生性多疑，素來無事生非，從不把其他縣令放在眼裡，偶爾齊聚巴嶺郡議事，總是將人呼來喝去。其他縣令礙於溫太守的面子，敢怒不敢言，只能忍為上。

等莫石堅到了清遠以後，調查出了更令人意外的事情。溫敬還是巴嶺郡第一的紅頂商人，壟斷了米麵糧油的價格，爪牙商戶遍布整個郡內，清遠縣的富戶鄉紳們如此囂張，就是因為背後有溫敬派系的支撐。

莫石堅瞇起雙眼，隨著對富戶鄉紳們越來越深入的了解，再加上搜集來的各方證據，發現他們與溫敬有千絲萬縷的關係。

至於那輛禁錮秀兒的大馬車，即使徽記已經去掉，車身顏色和車內配飾都已經換過，但莫石堅一眼就看出那其實是溫敬的私有財產，這就可以解釋，為何「蝕」和「鮫鍊」會出現在靖安差役手上。

正所謂「上梁不正下梁歪」，有溫敬這樣瘋狂斂財的太守，姪兒溫錚自然有樣學樣，靖安的差役們定然知道這大馬車的行進路線，看到馬車突然返回才對雷捕頭嚴加盤問。

差役們知道自家縣令與清遠縣令不和，生怕事情敗露，才會對雷捕頭滅口；有溫敬和溫錚撐腰，殺清遠縣一名捕頭真不算什麼。

莫石堅把玩著書案上的鎮紙，冷笑著。已經一整天了，靖安縣令溫錚到現在還沒出現，有恃無恐到這個地步，已經不是膽大妄為可以形容的了。

王差役又急又氣，恨不得直接抽他們每人二十鞭子，追問道：「大人，莫大人，到底拿他們怎麼辦？」

莫石堅放下鎮紙，囑咐道：「王差役，不要上刑，好吃好喝好招待，就當縣衙大牢裡多養了兩頭豬。」

「什麼？」王差役差點跳腳。「他們、他們要毒殺雷捕頭，我們還要好好招待？莫大人，您不能這樣……您！」最後，在莫石堅駭人的眼神下住嘴。

莫石堅正色道：「你們還要巴結他們，就像你們想通過他們調到靖安去，像他們一樣吃香喝辣。他們在大牢裡越囂張，你們越要羨慕巴結、捧著他們。」

王差役真的氣到了。「莫大人，您真要我們這麼做？」

「是。」莫石堅的眼神越來越凌厲。

王差役拽下腰牌擱在書案上。「莫大人，我不幹了。」轉身就走。

師爺站起身就要追，被莫石堅攔下了。

莫夫人從不對莫石堅的公務妄加評論，只是淡淡說了句。「我睏了，去休息。」說完就離開書房，向臥房走去，候在門外的夏喜趕緊追上去。

莫石堅望著師爺。「作戲就作全套，不然哪能騙得了老奸巨滑的溫敬？」

「可是……」師爺還是想去追回王差役。

莫石堅嘆氣。「他太耿直了，不適合審問；而且今早聽說他母親身體有恙，先讓他回家歇幾日，好好照顧母親。放心，本官自有安排。」

只是，沒想到才過一盞茶的工夫王差役又回來了，眼巴巴地站在書房門邊不說話。

師爺看了看王差役，同樣不說話。

莫石堅彷彿過了很久才發現王差役，問：「王差役，你的腰牌是不是忘這兒了？」

「是，莫大人！」王差役溜進了書房，伸手就要拿腰牌，毫無徵兆地挨了莫石堅一記戒尺，疼得齜牙咧嘴的。「哎喲，大人，屬下知錯了！」

莫石堅連眼皮都沒抬一下。「哪兒錯了？」

「屬下不該懷疑莫大人！」王差役認真繫好腰牌，咬牙切齒地繼續。「屬下這就去大牢，好好巴結他們。」

莫石堅呵一聲。「你附耳過來！」

王差役立刻湊過去，聽莫石堅這樣那樣一說，抬手就給了自己一巴掌。「莫大人，恕屬下愚笨，不會再有下次！」然後樂顛顛地離開書房。

第五十五章

師爺捋著鬍鬚，注視莫石堅片刻。「莫大人，您這是要使離間計啊？」

莫石堅淺淺地笑。「溫敬和溫錚二人以及爪牙，牢牢把持著巴嶺郡，雖說天高皇帝遠，但也不是不心虛的，既然他們生性多疑，就讓他們疑個痛快吧！劉記鐵匠鋪的劉蓮姑娘呢？」

師爺微微點頭。「大人，您有什麼吩咐，小的立刻去傳話。」

「讓劉蓮姑娘把大馬車裡的鮫鍊恢復原樣，一定要讓溫錚看到完好如初的大馬車，還有一根頭髮絲都沒掉的差役，他會怎麼想？」

師爺一怔，隨後笑出聲。「他不信！因為他心裡有鬼，一個心中鬼影幢幢的人，不管想什麼都是個黑，他會認為屬下背叛了。」

莫石堅點了點頭。

師爺立刻起身告辭。「莫大人放心，我這就去找劉蓮姑娘。」

離開書房後，師爺雖然疲憊但腳步是輕快的。

平日莫大人儒雅慣了，總讓人有種很好欺負的錯覺，不，這才是真正的莫大人！即使觸碰了「妖邪案」和「育幼堂」兩樁大事，仍然不緊不慢，有條不紊地處理著手裡的事務，這樣大義凜然的莫石堅，足夠他追隨一輩子。

天剛矇矇亮，一個瘦削、戴了帷帽的人左右張望著溜進清遠的東城門，又前後看了看，貼著牆根一步三回頭地走，不是走樹蔭下，就是竄屋後，最後停在了劉記鐵匠鋪的後門。

再次確認四下無人，戴帽人的手剛碰到門環，就有人搭住了他的肩膀，頓時嚇得渾身一激靈。

「賈慶是吧？」一名膀大腰圓的壯漢，穿著賭坊夥計的制式服裝。

「不，不是……」帷帽人渾身直哆嗦。「哎喲！」肚子挨了一拳，整個人蜷著蹲在地上。

「還錢！」壯漢是賭坊的打手，出手快狠準，是清遠有名的狠角色。

「這位大哥，再寬限幾日吧！」賈慶哭叫著。「我的鐵匠鋪子已經掛給房牙了，只要有人接手，就能還錢了……」

壯漢啐了一口。「你這鐵匠鋪子三天兩頭被人堵門，都快倒了，能值幾個錢？快點拿錢！」

「大哥！我真的沒錢，這幾天沒吃飯光喝水了，大哥，再寬限幾天吧……」賈慶苦苦哀求，肚子也配合得咕嚕咕嚕地叫。

壯漢很不耐煩地解釋。「一，一根手指；二，一隻手；三，一條胳膊，你自己選！」

「大哥，不能啊，我是手藝人啊！手受傷就活不下去啊……」賈慶哭得比死了爹還慘。

壯漢一把提起賈慶。「現在去籌錢，借也好，偷也好，搶也好，總之，今天正午以前，把欠賭坊的印子錢還清，一共五十兩。」

賈慶被提溜得雙腿發軟。「這位爺，這位大哥，我要是能籌到五十兩，也不至於像老鼠一樣東躲西藏一個多月啊……您行行好，再寬限幾日吧？」

壯漢把賈慶拎到鐵匠鋪的正門口，往地上一扔。「去找錢花臉，把鋪子賣了。」說完，就一屁股坐在門檻上，等著收錢。

賈慶眼珠子滴溜溜一轉，剛抬起右腳。

壯漢忽然抬頭，滿臉凶相。「你今日再敢跑，就剁你兩條胳膊！」

賈慶哭爹喊娘地跑了，一大早就瘋狂拍打錢房牙的家門。「花臉！錢花臉！快出來！我要賣鋪子！」

錢花臉因為小時候得病的關係，嘴皮子厲害，身體卻不硬朗，聽了胡郎中的建議一直早睡早起，此時正在裡屋算帳，被賈慶這一通敲門給算岔了，氣得把筆一擱。

賈慶用力拍錢家的門，一邊罵罵咧咧，直到大門打開，頂門而入。「錢花臉，你聾了嗎？這麼久才來開門？」

錢花臉心裡譏嘲，面上不顯，裝出驚訝的樣子。「喲，賈掌櫃，這一大早被人打了？臉上怎麼青一塊、紫一塊的？」

「你！」賈慶是個好吃懶做爛賭鬼，偏偏最好面子，命可以不要，臉不能丟，被錢花臉一調侃，立刻回罵。「呸，你這個碎嘴子，你才一大早被人打了呢！」

錢花臉心知肚明，臉上堆笑。「賈掌櫃，一大早的有何貴幹呢？」

賈慶板著臉。「賣鋪子！一百兩！」

錢花臉裝模作樣地拿出帳本，不緊不慢。「賈掌櫃，你的鋪子已經在我這兒掛了一個月了，但直到今日，連詢價的人都沒有。是的，你沒聽錯，一個人都沒有！」

賈慶梗著脖子。「別以為我不知道，錢花臉，你這是訛我壓價呢？房牙都是這德行，一邊對買家說房子多好多好，值多少銀兩；一邊對屋主說房子這不好、那不好，實在賣不出什麼好價錢，牙房就是吃這個中間差價的！」

錢花臉也不惱，知道賈慶是秋後的螞蚱蹦躂不了幾日了，這樣火燒火燎地趕來，就是被追債的逼急了，等錢保命呢。

賈慶憤憤地瞪著錢花臉。「劉記鐵匠鋪這麼有名，我就不信沒人問、沒人理！」

錢花臉當著賈慶的面收了帳本。「那賈掌櫃，過幾日再來問吧。」

這下輪到賈慶急了。「不行！今天一定要賣！」

錢花臉頭也沒回地往裡屋走，將帳本擱在案桌上。

「錢花臉！錢花臉！要不，你想想法子，或者你先買下來，一口價八十兩！」這下賈慶不信也信了，真的沒人問鐵匠鋪的價。

錢花臉笑了。「去年這時候，劉記鐵匠鋪別說一百兩，就是要價三百兩，別人搶破頭也要買。為什麼？」

賈慶噎了一下，沒有回答，只是看著錢花臉，恨不得從他臉上抓一把錢出來！

錢花臉繼續。「劉記鐵匠鋪從開的那日起，總有滿鋪子的礦石，熱熱鬧鬧的爐火，叮噹的打鐵聲，現在呢？連爐火都熄了，別說打鐵，就是生個爐子都要花五、六兩銀子，礦石一塊都沒有。沒礦石，沒爐火，連個像樣的打鐵人都沒有，誰要買？又不是錢多了沒地方花。啊，賈掌櫃，我這是大實話啊，你不要介意。」

賈慶被錢花臉這番話噎得要死，雖然是事實，也不影響他討厭錢花臉。「你一個房牙，不想著好好賣鋪子，說這些有什麼意思？到底有沒有人想買鋪子，你心裡會沒數？」

錢花臉裝模作樣地沈思了好一會兒。「賈掌櫃，還真的有人想買，不過呢，她出不了多少錢。」

「誰？」賈慶激動得差點跳起來。

「劉家鐵匠鋪的姑娘劉蓮，全清遠只有她一人想買這個鋪子。」錢花臉故意說得慢吞吞。「但全清遠都知道，她沒錢。」

「錢花臉，你是不是耍我？」賈慶氣得跳起來。「正午前籌不到銀兩，我的手就沒了，你還不著調地耍我？信不信我打死你?!」

錢花臉左躲右閃，等賈慶發瘋暫停時，冷冷一笑。「賈掌櫃，你還知道時間緊啊？換作是我，早就上門請人買了。」

當然，錢花臉不賭、不逛窯子，自然不會落到被人追債的地步，所以他有什麼好急的？

賈慶氣得快要冒煙了，但看了看自己的雙手，只能強行嚥下這口氣。「五十兩！不能再少了！」

錢花臉笑而不語。

「你笑什麼？你笑什麼啊！」賈慶吼紅了雙眼。

錢花臉不緊不慢地伸出一個手指。

「十兩。」

「什麼？」賈慶以為自己的耳朵出了問題。

錢花臉悠哉悠哉地補充。「劉蓮姑娘說，她只出得起十兩銀子。」

賈慶像頭瘋牛一樣瞪著錢花臉，發現錢花臉是認真的。十兩銀子？十兩銀子連本金都還不了啊！「我買的時候，出了五十兩銀子的！」

錢花臉正色道：「賈掌櫃，你好好考慮一下，我還有其他屋子、鋪子要看。」

「你！」賈慶咬牙切齒。

「對了，賈掌櫃，為了節省你的時間，你可以直接把房契給我，我先給你十兩銀子。劉蓮姑娘現在幫傭很忙。」錢花臉隨手補刀。

「你，你，你……」賈慶氣得額頭青筋暴跳，在屋子裡團團轉。「你是故意的！」

就是故意的，你又能怎麼樣？錢花臉背著雙手向裡走，同時提醒。「賈掌櫃，時間不多了，你要是信不過錢某人，可以自己滿大街找買家，錢某完全理解。」

賈慶像鬥敗了的烏眼雞，整個人萎靡地縮在一起，眼神都渙散起來。

錢花臉安安穩穩地坐在裡屋，等著時間一點點地過去，賈慶沒有立刻離開，就意味著這樁生意成了，至於什麼時候成，只剩下時間問題了。

終於，當陽光照進錢家時，賈慶跳起來，掏出懷裡的房契和商鋪契，遞給錢花臉。「你拿著，趕快給錢！」

錢花臉接過房契和商鋪契，笑咪咪地繼續插刀。「按照大鄴律令，房牙交易的交易稅由賣家承擔，所以呢，賈掌櫃我給你九兩五錢銀子，剩下五錢是稅。」

賈慶接過九兩五的銀子，撒腿就跑，沒承想被錢花臉一把拽住，怒道：「你做什麼？我趕時間！」

錢花臉將剛到手的房契和商鋪契扔在地上，手裡拿著一根棍子。「賈掌櫃，誰家賣鋪子用假書契啊？我若現在告到清遠縣衙，你是要蹲大牢的！」

「你胡說，這明明是真書契！」賈慶聲嘶力竭地喊。

錢花臉一把抓住賈慶。「走，我們現在就去縣衙！請師爺和帳房看這書契是真是假！」

「我不去！憑什麼要我去！放開我，我要去還債！」賈慶餓了好幾日，剛才先被壯漢揍，又被錢花臉磨，渾身上下沒剩幾兩力氣，就這樣被拖走了。

「放手！我不去！」賈慶緊握著到手的九兩五錢銀子。

錢花臉拽緊了賈慶的後衣領。「賈掌櫃，得罪了，咱倆都是為了錢，為了生計，為了活路，那必須去縣衙辨別一番。」

賈慶眼前一陣陣地冒著金星，只覺得眼前忽明忽暗，傳入耳朵的聲音像波浪一樣，時而清晰，時而遙遠，起初還用兩腳勉強支撐，到後來就徹底垂下去了。

錢花臉的家離縣衙並不遠，隨手招了一輛牛車，把賈慶丟到車上，徑直駛到縣衙前面，剛好遇上師爺和劉蓮姑娘。

劉蓮望著牛車上奄奄一息的賈慶，新仇舊恨一起湧上心頭。

錢花臉平日常和師爺、帳房打交道，立刻招呼。「喲，師爺今兒又這麼早起啊，辛苦了。」

師爺打著哈哈。「你這一大早在縣衙外面嚷嚷，鬧哪齣啊？」

錢花臉立刻掏出懷裡的兩張書契。「師爺，賈慶這人不地道，拿假書契賣鋪子，被我識破了，他還一口咬定是真的，您說氣不氣人？這不，一大早煩勞師爺您慧眼一看究竟。」

師爺拿起書契對著陽光看了又看。「嗯，是假的。」

賈慶氣急敗壞地吼回去。「你出十兩銀子收我的鋪子，擺明了把我往死裡坑！你這是強買強賣！師爺評評理！還有，劉蓮妳這個災星，我買妳鋪子花了五十兩，妳想買回去只肯出十兩，妳安的什麼心?!」

劉蓮沒有梅妍那樣的口才，捋起袖子就要動手，被錢花臉攔住了。

錢花臉冷笑。「喲，賈掌櫃，人家劉記鐵匠鋪值三百兩的時候，你趁火打劫用五十兩就買下了，你才是趁人之危吧？掛著劉記的幡布，做著你賈慶的生意，人家劉姑娘沒找你理論已經是客氣的了。現在你把鐵匠鋪值錢的礦石都倒賣了，敗得只剩一個空屋子，還罵罵咧咧說人家要坑你，真的是天都要哭啊！」

劉蓮硬生生地把眼淚憋回去，想起梅妍說的，再氣再怒都不要表現出來，不緊不慢地回答。「賈慶，你不是說我坑你嗎？我不要了！誰愛買誰買！錢叔，對不住，讓你白忙一場。」

錢花臉一聽，立刻去摳賈慶攥在手心裡的銀兩。「賈掌櫃，你看買家不要了，這書契不管真假都還給你，這銀子我要拿回來。」

師爺看似冷眼旁觀，但心裡暗藏怒意，好好的劉記鐵匠鋪敗落成這個樣子，爛賭鬼賈慶真不是個東西！

賈慶好不容易得了銀兩，死命地攥著銀兩絕不撒手。「不行，錢花臉，你說十兩銀子買的！」如果這銀兩都沒了，他今天就死定了，不行，絕對不行。

錢花臉忽然撒手，賈慶失重摔了一大跤，疼得起不來。

錢花臉冷笑。「賈掌櫃，你這才是強買強賣啊，我都不要了，你還搶我銀子？師爺，您看這可如何是好啊？」

師爺皮笑肉不笑。「拿假書契賣屋子、地產是訛騙之罪，手執銀兩就是實證，兩條路可以選，拿出真書契，算交易成。第二，不歸還銀兩就坐實了詐騙之罪，罰沒所得歸還原主，杖責二十，入大牢兩個月。」

賈慶剛起身，就被師爺這番話嚇得又摔了回去。

不賣鋪子要歸還銀兩，斷手變殘廢，還要被追債；硬搶銀兩，不賣鋪子，不僅銀兩沒收，還要杖責二十，繼續被追債；交出真書契賣鋪子，得了銀兩，追債暫緩，不用蹲大牢、挨板子，可以後再也不能用假書契騙銀兩，還要被追債。

賈慶嚥了一下口水，整個人天旋地轉，真是前有狼、後有虎，還有惡犬在兩邊，眼看著兩名差役走過來，內心激烈交戰。斷手還是挨杖責？

賈慶一個激靈站起來，追到劉蓮跟前。「劉姑娘，妳菩薩心腸，買我的鋪子吧！只要十兩銀子，求求妳了，劉姑娘……」

「不要！」劉蓮的視線移向別處。

「劉姑娘，妳行行好吧，我給妳跪下了，我給妳磕頭……」賈慶心裡再恨也只能拉下臉，雖說長痛不如短痛，但是他不想死也不想變殘廢，留得青山在，不怕沒柴燒。

「我不要！」

「劉姑娘，妳買吧！我賈慶求妳了！」

錢花臉向劉蓮微微一笑，劉蓮立刻會意。「好，我可以買你的鋪子，但你要保證以後不上門鬧事，並且向其他得了假書契的買家說明，我才是劉記鐵匠鋪的劉掌櫃！」

錢花臉和師爺互看一眼，劉蓮姑娘幹得漂亮！

賈慶連連點頭稱是，當下站起來，撕了最外面的褂子，取出了縫在衣服裡的真書契，心不甘、情不願地遞到劉蓮手裡。

劉蓮把書契遞到師爺手中。「師爺，還請您過目。」

師爺拿著書契對著光看了又看，點了點頭還給劉蓮。

劉蓮伸手。「大門、後門的鑰匙呢？」

賈慶解下掛在腰上的一串鑰匙，全塞給劉蓮，拿著銀兩連跌帶爬地跑了。

三人看著他消失在拐角，神情各異。

劉蓮拿著書契在手裡翻來覆去地看，看了又看，眼淚忍不住地落下來，好一會兒才把書契遞到錢花臉面前。「錢叔，我現在還沒攢夠銀子，等我攢夠了十兩銀子，再來拿書契。」

錢花臉哈哈大笑。「劉姑娘，我和妳阿爹也是喝過酒的，我很羡慕他有妳這樣能幹孝順的女兒，當初我沒法幫妳，這書契妳收好，以後我家修鐵，妳算便宜點就行了。」

劉蓮一時沒反應過來，只是怔怔地望著錢花臉，以為自己聽錯了。

錢花臉百感交集。「劉姑娘，把妳現在有的錢都給我，劉家鐵匠鋪在妳手裡才是最好的，以後我錢家的犁啊，馬鐵啊，鎬啊，到妳鋪子裡修的時候，算便宜點？」

劉蓮簡直不敢相信，連忙取出荷包，慌慌張張地想點錢，卻怎麼也數不清楚，一著急就把荷包塞給錢花臉，笑得淚流滿面。「謝謝錢叔，我慢慢會還上的！」

錢花臉收了荷包，給了書契。「行啦，我走啦！」

劉蓮拿著書契趕緊行禮，目送錢花臉走遠，不停地抹眼淚。

師爺捋著鬍鬚，安慰。「劉姑娘，跟老夫到縣衙裡去過戶吧，有了過戶文書，就不怕人上門鬧事了。」

第五十六章

師爺帶著劉蓮回到縣衙，辦好了過戶紀錄，又走回縣衙大門。「劉姑娘，去妳家！」

「哎！」劉蓮擦乾眼淚，收好兩張書契，迎著熾熱的陽光，神采奕奕，怎麼也沒想到，會在這樣尋常的一天，就拿回了自家的鋪子。

其實，師爺去柴家找劉蓮的時候，因為是保密事件，所以隻字未提，只是讓她到縣衙走一趟。所以，劉蓮是到了縣衙，見過莫石堅以後，才知道要盡快將鮫鍊還原的事情。

鮫鍊這東西，拆解不易，拆解以後再還原更難，需要將劉記鐵匠鋪的火爐溫度燃到最高，才能讓鮫鍊變得柔軟易成形。

劉蓮據實以告，所以，莫石堅讓師爺帶著徵用文書和劉蓮一起去劉記鐵匠鋪。沒承想剛到縣衙大門外，就遇到了錢花臉和劉記鐵匠鋪現在的掌櫃賈慶。

劉蓮長舒一口氣，跟著師爺上了大馬車，連掐了自己三下，感到疼才覺得不是美夢一場。等大馬車停在劉記鐵匠鋪大門前時，賭坊打手和賈慶都不見了，只有滿場的灰塵、破舊的幡布和半枯將死的樹木花草。

劉蓮下了馬車，拿著鑰匙的雙手有些抖，好不容易才打開了大門，沿著熟得不能再熟的動線往裡走，屋子裡更髒更灰，連蜘蛛網都有，走到打鐵房時不由得停住。

跟在後面的師爺拿袖子捂住了口鼻。這鐵匠鋪若要恢復原樣，得花大把時間，唉！

劉蓮在打鐵房內，伸手摸著火爐壁，小時候淘氣總要偷偷摸，阿爹打鐵的時候還要一心二用地看著她，直到她有一日得逞，手指被燙了三個大水疱，哭得可慘了。萬萬沒想到，有一日她會摸著火爐壁，不怕燙，也沒被燙到，因為爐子滅了，阿爹也不在了。

想到這些，劉蓮的淚水就止不住。

師爺雖然不忍心打斷劉蓮，但是時間緊迫，恢復鮫鍊迫在眉睫，只能提醒。「劉姑娘，妳看看這裡，重新生爐火要多少材料？大概要多少時間？」

劉蓮努力讓自己冷靜下來。「師爺，打造鮫鍊需要最乾淨的打鐵房，要先把屋子裡外都打掃乾淨才行，然後清理爐灶內的積存物，連煙道都清乾淨，才能重新生爐火。」

師爺驚愕。「這豈不是要很久？」

劉蓮點頭。「如果只有我一個人的話，至少要七日。」

靖安縣令溫錚隨時可能來，哪裡等得了七日？可這些事情，除了劉蓮也沒其他人會做啊？想搭把手都不知道從哪兒下手！

師爺想了想。「劉姑娘，時間緊迫，要不，我去調兩個差役來搭把手？」

劉蓮被嚇到了。「師爺，不敢，這……不能讓差役來打掃我家屋子呀！」讓縣衙差役來打掃自己家會折壽的吧？

師爺搖頭。「現在哪顧得上這些？我現在就回去調人來幫忙。」

說完便頭也不回地走了。

劉蓮嚇得呆住片刻，又迅速回神，從雜亂的櫃子裡翻出破布包好頭，從牆角拿出全是灰的掃帚，好不容易回了家，當然要先把家打掃乾淨。

可就在這時，劉蓮覺得家裡亮得不尋常，抬頭才發現，北面的屋頂竟然有好幾個大小不等的窟窿，她望著破洞屋頂透下的陽光，以及在光線下飛舞的浮塵。

這……是被之前冰雹砸破的吧？這……這可怎麼辦？

育幼堂後山的臨時營地裡，天剛矇矇亮時就響起叮叮噹噹的敲擊聲，鐵七還在修鎧甲。副將烏雲帶著親兵們，伴隨著敲擊聲，進行每天日常的操練。

住在營地的男孩們聽到響動，一個個把腦袋擠到帳篷的縫隙裡，爭先恐後地要看軍士們騎射、舞劍、砍殺。

看著看著，最小的那個沒忍住，跑出帳篷撿了根樹枝跟著一起舞起來。事實上，凡事有第一個，就會有第二個，很快，男孩們都撿了樹枝認真地耍起來。

於是，「叮叮噹噹」的金屬敲擊聲裡，混進了稚嫩的「哈！哈！哈！」聲，營地裡熱鬧得不像話。

鄔桑坐在高高的樹枝上閉目養神，樹枝下，三頭細犬蜷成團睡著大覺。

等親兵們操練結束，男孩們迅速溜回帳篷，鐵七還在敲。

三腳貓悄悄挪過去。「鐵七，這麼多鎧甲，你還要修多久？」

鐵七把一個修復如初的頭盔扣在木樁上，嘆了口氣。「剛修好三套。」

三腳貓傻眼。「我們連將軍有二十一個人呢！你剛修好三套，這要修到猴年馬月去啊？」

鐵七又拿來一個頭盔。「沒有鐵匠鋪子，只能我自己慢慢敲啊！這些可是將軍好不容易攢出來的。」

三腳貓一聽鐵匠鋪立刻來勁。「我告訴你，清遠有個鐵匠鋪可厲害了。」

鐵七冷笑。「劉記是吧？我早去看過了，爐子都滅多久了，厲害個屁！」

三腳貓搖了搖手指。「鐵七，猜我們前兩日見到什麼了？你絕對猜不出來！」賣關子是他人生最大的樂趣，絕不放過任何一個賣關子的機會。

鐵七還是呵呵笑。「太陽打西邊出來了？」

「不是，你再猜！」

「你被人揍了，還封了嘴。」

「呸！」

「猜不著。」鐵七連眼皮都懶得抬。

三腳貓湊到鐵七耳朵邊。「我們見到鮫鍊了，真的名不虛傳，刀槍不入！」

鐵七一下敲到了自己的手指，疼得齜牙咧嘴。「你一天天的胡謅個啥？」

「我要是騙你一個字，從現在起我就是狗！」三腳貓得意極了。「不只我見到了，大家都看到了，除了你。別不信啊，你去問，隨便問！」

六子木聽到了也湊過來。「鐵七，你去接羅軍醫了，沒見著真可惜。將軍的劍、副將的雙錘、我們的兵器，挨個兒敲啊，都紋絲不動，我們當時都傻了。」

鐵七面無表情地盯著他倆。「然後呢？」

三腳貓更來勁了。「梅小穩婆來了，看了看，轉身去找來一位姑娘，你猜怎麼著？那位姑娘找個東西兩三下就把鮫鍊給解開了。那位姑娘就是劉記鐵匠鋪前任掌櫃的親生女兒，姓劉名蓮，她阿爹被人謀害身亡，所有人都覺得是意外，只有她去縣衙鳴鼓喊冤，堅持要驗屍。」

鐵七和六子木驚到了。

三腳貓嘿嘿笑著。「你們猜怎麼著？」

鐵七和六子木瞪大了眼睛。

「仵作驗屍，查出來是謀殺，你們說，那位姑娘厲不厲害?!」

鐵七一下起身，拿起頭盔就走。

三腳貓追問道：「哎，你去哪兒啊？」

鐵七抬頭望向樹枝。「將軍，我要進城一趟，看看鐵匠鋪能不能修鎧甲。」

鄖桑一揮手，准了。

三腳貓接著喊：「將軍，我也要去看看！」

六子木跟上。「將軍，我幫忙搬鎧甲！」

最後，一半親兵藉口運鎧甲離開了營地，駕著裝了鎧甲的馬車和牛車，徑直下山，向劉記鐵匠鋪駛去。

半路上，守完夜的一刀揹著大刀，騎馬上山，剛好與下山的親兵們遇上，詫異地問：「你們這是要去哪兒？」

「劉記鐵匠鋪修鎧甲！」親兵們回答得很歡樂。

一刀想了想，調轉馬頭也跟去了。

山下，劉蓮東翻西找總算尋到了木梯，架在北面屋簷邊，自己揹了大背簍爬上去，拿了燒火鉗子，把被冰雹砸碎的瓦片一塊塊地挾到背簍裡。

剛挾了小半簍，就聽到梅妍在下面喊：「蓮姊姊，妳真是太危險了！」

劉蓮詫異地扭頭，驚覺自己踩的木梯已經斜到傾倒的邊緣，如果不是梅妍在下面死命扶住，就真的要摔了，瞬間嚇出一身冷汗。

「妳快下來！」梅妍緊緊抱住梯腳，只覺得一顆心要蹦到嘴裡了。

劉蓮反方向一點點挪動，直到木梯正了，才小心翼翼地下去。

「蓮姊姊，妳真是！上屋頂這種事情，妳怎麼能一個人做？最起碼也要找個人給妳扶木梯啊！」梅妍真的被嚇到了。

劉蓮不好意思地笑。「梅姑娘，妳知道嗎？劉記鐵匠鋪又是我家的了，我真的太高興了！別說上屋頂，就是讓我一個人重修地基都是高興的！」

梅妍繃著臉。「姊，妳小命都沒了，還能做什麼呢？」

劉蓮把背簍裡的碎瓦片倒在牆角，重新揹好。「梅姑娘，那就麻煩妳替我扶木梯吧！趕時間，能做一點、是一點。」

梅妍傻眼。「蓮姊姊，我要去縣衙換胡郎中和柴謹的班，守著雷捕頭啊。」

劉蓮用力把木梯擺好。「那妳趕緊去吧，我一個人沒事。」

正在這時，身後傳來胡差役的聲音。「梅小穩婆也在，師爺讓我們過來幫劉姑娘打掃屋子。」

劉蓮嚇得倒抽了一口氣。「兩位差大哥，民女實在不敢勞動二位。」

梅妍請胡差役扶住木梯。「蓮姊姊，妳真的趕時間就只能麻煩兩位差役大哥！我去縣衙了！」說完，騎上小紅馬走了。

劉蓮還是不敢相信，可礙於莫大人的吩咐，只能硬著頭皮撐住。

沒多久，就聽到一陣陣的馬蹄聲和轆轆聲，劉蓮專心挾碎瓦片，完全沒當回事，沒承想卻聽到差役的問候聲。「諸位是鄔將軍的親兵吧。」

鐵七率先下馬，問：「劉蓮姑娘是嗎？能給我看一眼鮫鍊嗎？」

劉蓮努力挾住右手邊的碎瓦片，低頭回答。「在大馬車裡，自己看吧。」

鐵七立刻進了馬車，就算三腳貓事先說過，仍然不敢相信這樣的細鍊子真能刀槍不入，拿出自己好不容易尋到的匕首，用力一割，細鍊子紋絲不動，簡直驚人！

鐵七癡迷鎧甲和修補，平日話很少，可遇上劉蓮這樣的高手，立刻打開了話匣子。「劉姑娘，請問妳怎麼知道這是鮫鍊？」

劉蓮知道鄔桑帶親兵救育幼堂孩子的事情，也知道他一直默默幫忙梅妍，所以對他的親兵很客氣。「我阿爹以前修過一副鮫鍊做成的軟甲，所以我知道。」

鐵七滿臉震驚。「劉姑娘，妳也會修鮫鍊嗎？」

劉蓮把自己能搆著的碎瓦片都撿完了，準備下木梯換個位置。「阿爹教過我，我家有修鮫鍊的工具。」

鐵七腳下一個趔趄，差點摔跤。清遠這樣的小縣城怎麼會有能修鮫鍊的工匠？這……不可能啊……整個大鄴的鮫鍊軟甲不超過五套！

有那麼一瞬間，鐵七很想拜劉蓮為師，繼續問：「劉姑娘，妳這是打算做什麼？」

劉蓮覺得鐵七有些傻憨。「我家屋頂破了，在修屋頂啊。」

「然後呢？」鐵七又問。

劉蓮想到後面一大堆的事情就有些頭疼。「修好屋頂就清掃屋子，通煙道，清理爐渣，我要趕緊生爐子。」

鐵七拿了個頭盔出來，高高舉起。「劉姑娘，這麼大的洞妳能修嗎？」

劉蓮扭頭俯視。「可以，但要等爐子生好以後。」

鐵七把頭盔放回馬車上，一揮手。「兄弟們，上！」

軍士們最寶貝自己的鎧甲，聽劉姑娘說鎧甲能修，立刻激動起來，為了鎧甲能盡快修好，做什麼都可以。

六子木大喊道：「劉姑娘，妳下來，換我上去，我保證把屋頂修得和以前一樣！」

鐵七高聲說道：「劉姑娘，妳先下來，屋頂交給我們！妳在屋子裡打掃就行！弟兄們聽妳差遣！」

劉蓮再次懷疑自己正作著一場美夢，劉記鐵匠鋪回到自己手裡，縣衙差役和將軍親兵們都來幫忙收拾屋子，這一輩子的夢都沒這樣大膽又真實過。

一刀笑了。「劉姑娘，放心，我們也是窮苦人家出身，打掃屋子還是很厲害的！是不是弟兄們？」

親兵們脫掉外面的褂子，從牛車裡翻出最髒的衣服換上，用布包了頭、蒙了臉，有的拿掃帚，有的去井裡提水，有些清理屋子裡的雜物，全都忙活起來。

劉蓮下了木梯，不斷深呼吸。這是真的，不是夢！

更讓劉蓮沒想到的是，六子木不僅把屋頂修好了，還自掏腰包去買了新瓦，一塊塊地鋪好。而且人多好辦事，夕陽西下時，劉記鐵匠鋪從內到外都已經清理乾淨，可以生爐子了。

劉蓮從柴房裡找出了開爐的木炭、煤和其他東西，嚴格按照阿爹教的步驟，把這些依次放進爐灶裡，又小心翼翼地用打火石打出一些火星，很快，黑漆漆的爐灶裡有了亮光。

那是火爐特有的火紅色的亮光，那麼熱，又那麼明亮。

累得東倒西歪、還滿身是灰的親兵們和差役們，望著越來越亮的火爐，和劉蓮一樣滿心喜悅。

事實上，劉蓮還是低估了郇桑親兵們對鮫鍊的熱情。他們輪流拉風箱，輪值添柴火，稍有空閒就清掃打鐵房，灑水一遍、抹布擦一遍，十幾人輪番上陣，打鐵房的內屋頂、牆壁和地上甚至比尋常百姓的床榻上還要乾淨。

鐵七更是把軍營打鐵的好東西都搬了過來，硬是用了一晚時間，把爐溫升到了劉蓮需要的熱度，別說在打鐵房外面，就算在鐵匠鋪外面都能感受到滾滾熱浪。

於是，第二天一大早，劉蓮就可以還原鮫鍊了，比計劃提前了整整六天。

然後問題又來了，劉記鐵匠鋪並不大，沒法讓大馬車進入。關鍵時刻，六子木再次發揮木匠的專業技能，把固定鮫鍊的整塊木料拆下來，搬到打鐵房，方便劉蓮動手。

親兵們不眨眼地盯著，同時屏住了呼吸，望著劉蓮將鮫鍊的斷開處放進滾燙的火爐中，然後以快得不可思議的速度取出，用魚形鉗更快地扭轉塑形，扔進晾涼的熟水之中，只聽到嗤啦一聲響，水花帶著滾燙的蒸氣不斷逸出。

劉蓮又將鮫鍊提起，再用魚形鉗快速敲擊，一條完全看不出修復痕跡的鮫鍊在爐火的映襯下熠熠生輝，讓親兵們都看呆了。

「劉姑娘厲害！」鐵七吼道。

劉蓮抹掉額頭的汗水，淺淺的笑意帶著一絲羞澀。「還要這樣鍛打六次，斷口的強度才能和其他部分完全相同。」

鐵七激動極了。「劉姑娘，還要我們做什麼，妳儘管開口！」

劉蓮只覺得渾身都是力氣。「鮫鍊的冷卻水只能用一次，需要更多更乾淨的水才行。」

「燒水是嗎？交給我們！」親兵們一口應下。

兩個時辰以後，親兵們小心翼翼地捧著大木料出了打鐵房，由六子木重新裝回大馬車。確認恢復如初以後，等候多時的縣衙差役將大馬車駛回縣衙。

劉蓮重新將魚形鉗封存起來，放進柴房最陰涼的地方，雖然又熱又疲憊，還是覺得渾身都有使不完的力氣，同時深深感激親兵們的幫助。

正在這時，一刀的妻子刀廚娘駕著馬車趕來，車上裝滿了吃食和水，招呼著。「餓了吧，吃點東西。」

親兵們立刻圍過去，一個比一個嘴甜。「多謝一刀嫂子！真的餓死了！」

刀廚娘笑了。「車上還有胖大廚煮的梅子湯，管夠！劉姑娘，妳也快來！」

一群人圍在馬車邊，吃飽喝足，就被刀廚娘趕去休息。

親兵們原就怕一刀，知道刀廚娘的經歷以後，更是對她敬佩有加，立刻乖乖地休息。

第五十七章

劉蓮興奮得完全不用休息，吃飽喝足以後，就開始降爐溫，同時開始檢查親兵們帶來的鎧甲，一眼就看出這些鎧甲的用料，估算出重新鍛打的合適溫度。

頭盔、背甲、腹甲和膝甲的用料都不同，鍛打的合適溫度也不同，劉蓮邊檢查、邊用黑炭粉做記號，同時用梅妍的炭筆和粗草紙做紀錄、添加編號。

鐵七第一次知道，姑娘家對打鐵鍛造也能有這麼深的造詣，樂顛顛地跟前跟後，心甘情願地當跑腿兼夥計，一通忙活以後，問：「劉蓮姑娘，現在要做什麼？」

劉蓮也被鐵七對鎧甲的用心驚到了。「爐火要緩慢降溫，我們可以在溫度下降的時候，分批把這些鎧甲修好，等爐溫降到最低，就可以封爐了。」

鐵七連連點頭，萬萬沒想到，姑娘家的精打細算也能用在打鐵房裡，更加不敢相信，還能在降爐溫時順便修鎧甲。

事實上，劉蓮就是可以做到。

第二天一大早，劉蓮封好爐子，身後的木架上、地上擺滿了修好的鎧甲，把打鐵房擠得滿滿當當。

鐵七興奮得雞貓子喊叫，逐個搖醒睡在打鐵房外的弟兄們。「修好啦！都修好啦！」

親兵們坐起來時還有點迷糊，等反應過來立刻擠到打鐵房，看到修復如新的鎧甲都傻眼了，激動得叫得比鐵七還要大聲。

劉蓮累極了背靠梁柱，憑著興奮勁硬撐，在親兵們興奮亂叫和敬佩的眼神裡，笑顏如花。這讓被親兵們取笑成鐵疙瘩的鐵七，狠狠地心動了，直到劉蓮封完爐，臉上還掛著憧憬的傻笑。

「走啦！」親兵們扛著鎧甲裝車，一趟又一趟，樂得完全不知疲憊。

鐵七用星星眼地望著劉蓮，臉脹得通紅，憋了半天才擠出一句。「劉姑娘，妳可曾婚配？」

劉蓮傻了，她怎麼也沒想到，封完爐子就聽到這樣冒然的提問。

鐵七趕緊站起來，拍了拍身上並不存在的灰塵，磕磕絆絆地努力地介紹自己。「劉、劉、劉姑娘，我是鄔桑將軍麾下的前鋒裨將，行七，得過軍中潛伏第一、騎射第三，衝鋒上陣共六十七次，得過五次嘉獎，喜歡打鐵、修鎧甲和兵器，兄弟們都叫我鐵七。因為剛擢升兩個月，還……不怎麼適應……那什麼……我的將符擺在營地，我沒有騙妳！」

劉蓮還沒反應過來，一陣噹啷金屬碰撞的聲音先響，親兵們被各自的鎧甲砸了腳卻忘了喊出聲。鐵七竟然看上了劉姑娘，更嚇人的是，他竟然還毛遂自薦！

劉蓮頓時石化了。

一刀伸手捂住鐵七的嘴往外面拽。「劉姑娘，這是個鐵打的笨疙瘩，唐突了，我這就把他帶走！他是孤兒，不懂禮數，請見諒啊！」

「唔唔唔……」鐵七怎麼也掙不開，只能眼巴巴地看著劉蓮。

親兵們震驚於鐵七的鐵樹開花，同時再次撿起鎧甲，憋笑得肩膀亂抖。

很快，一刀帶著親兵們和鎧甲，離開了劉記鐵匠鋪。

牛車上，一刀連給了鐵七兩個栗暴。「有你這樣提親的嗎？你都是堂堂前鋒裨將了，那不得先找媒婆去問劉姑娘的長輩，同時備好禮書和聘禮。」

鐵七很無辜。「我沒有長輩啊，三腳貓也說了劉姑娘是個孤兒，我就以為……哦，疼疼疼……那我現在怎麼辦啊？劉姑娘會不會生我的氣啊？我……」

一刀聽了直嘆氣。「先回營地，告訴將軍。」

「哦。」鐵七撓了撓頭，兩眼發光。

可是當他們聲勢浩蕩地回到營地時，鄔桑卻不在，烏雲說他一大早就駕著馬車下山了。

梅妍在縣衙守了雷捕頭整晚，天剛曚曚亮，胡郎中就到縣衙病房出診，在望聞問切以後，確定雷捕頭已經脫離危險了。

梅妍長舒一口氣，將整理好的病例和治療紀錄，交給胡郎中，趕回小屋補覺。騎著小紅馬還沒到小屋，就看到鄔桑和大馬車停在屋外，梅妍這才想起來，今天是約好的換藥日，真的是忙暈了。

梅妍快馬加鞭地趕到馬車旁，向鄔桑行禮。「見過將軍。」然後衝進小屋取出換藥布袋。

鄔桑望著黑眼圈明顯的梅妍，只是點了一下頭，轉身進了馬車。

梅妍提著布袋上車，三腳貓不在，只有她和鄔桑兩人，馬車內寬敞又安靜，還有點不知道怎麼回事的尷尬，尤其是這次沒人幫手，她要動手脫鄔桑的衣服。

醫者父母心，梅妍做好心理建設，想到病人自理原則，提醒道：「將軍，您能自己解衣服嗎？」

「牽動得傷口疼。」鄔桑垂著眼睛，坐得很端正。

好吧。梅妍戴上口罩，心無旁騖地將鄔桑的外袍和內裳都解開，剪開層層紗布，因為車簾擋著光線，只能湊近觀察傷口，濃重的傷藥味穿過口罩往鼻子裡鑽。

「傷口恢復得不錯。」

「嗯。」鄔桑平靜如常，只是呼吸有些急促，換藥還是挺疼的。

梅妍習慣先易後難，最後才揭開覆在左胸口的紗布，她記得上次這裡迸開過，雖然迸開處在縮小，但傷口外緣縫線的間隙處還張著嘴。

因為這個部位是常會使用到的部位，不論做什麼動作都會牽扯到，現在天氣炎熱，紗布裹得太多太厚，傷口被汗水浸透後容易感染。

梅妍想了想，還是先清理傷口，然後再用蝶形膠布局部固定。

鄔桑長年征戰，是肌力很強、肌理輪廓分明卻不突兀的身體，身上疤痕極多，久傷成半醫，其實他自己都能處理不少外傷。也就是羅玨多事，找梅妍來幫他換藥，可話又說回來，她做事細緻又認真，關鍵是動作輕柔，不至於讓他緊張，但仍讓他止不住地心跳加快。

他覺得自己應該說些什麼，卻一個字都說不出來。

梅妍換藥完畢，又用布巾擦去藥漬，重新用綳帶纏好，最後替鄔桑把衣服穿好，悄悄舒一口氣，沒有出錯挺好的。

鄔桑從小櫃子裡取出一兩銀子遞過去。「換藥錢。」

梅妍現在正是用錢的時候，雙手接過。「多謝將軍，民女這就回去了。」說完，下了馬車，她用最快的速度回到小屋，連小紅馬都忘了牽。

鄔桑駕著馬車，慢悠悠地向山上去，湛藍的天空裡，一隻鷹在白雲間展翅飛過。

梅妍回到小屋，就被熱情的孩子們圍住了。

「梅小穩婆，妳昨晚沒回家哦。」蓉兒管東管西。

梅妍點頭。「嗯，我和胡郎中輪流守著雷捕頭。」

在裡屋收拾的秀兒聽到聲音立刻跑出來。「梅小穩婆，雷捕頭怎麼樣了？」

「胡郎中一大早就去會診，雷捕頭已經脫離危險，能放心了。」梅妍覺得眼皮有點沈。

孩子們一陣拍手叫好，秀兒看見梅妍的神色，將她拽進屋子裡。「刀廚娘做好早飯就走了，給妳留了好些吃的，趕緊吃完好好睡覺去。還有，梅小穩婆，妳快把衣服脫下來，我剛好在洗衣服。」

孩子們盯著梅妍，讓她覺得自己多了一群小媽，尤其是秀兒，管起人來真讓人受不了。

等梅妍照著囑咐忙活完躺平在床榻上時，梅婆婆走進臥房，笑著打趣。「有秀兒她們在，我還真的不擔心妳了。」

「婆婆，您這是說的什麼話？」梅妍忽然坐起來，怎麼感覺話裡有話？

梅婆婆點著梅妍的腦門把她摁回床榻上。「原本我還操點心，這幾日下來，我覺得已經在享兒孫福了。一日三餐有人做好，打掃清理有孩子們，我老婆子整日飯來張口，衣來伸手的。」

梅妍笑了。「婆婆，您可以直說閒不下來的。」

梅婆婆替梅妍撩開了蓋在額頭和眼睛旁的頭髮。「好好休息，已經有五家孕婦來預約接生了，到時候有妳忙的時候。」

「五家？」梅妍閉上眼睛，抓緊時間休息，卻忽然坐起身。「哎呀！我又忘東西了！」

水龜還在縣衙小院的缸裡呢，又忘記帶回來了，現在天氣熱，綠藻長得很好，等入秋以後天氣轉涼，可能就沒法長到龜背上了。

梅婆婆不由得擔心起來。「忘了什麼?!」

梅妍趕緊穿衣、穿鞋子，一溜煙地跑出臥房。「我去去就來。」牽了還在外頭的小紅馬出門。

梅婆婆走到門外時，梅妍已經騎馬走遠了，只能搖著頭嘆氣。「這孩子！」

孩子們好奇地跟在梅婆婆身後，向著門外張望，七嘴八舌地問個不停，見梅婆婆也答不上來，又都噘起豬豬嘴。

梅妍騎著小紅馬趕到縣衙，一路上問了許多好，到了小院把水龜裝進竹簍裡，轉身就走；騎馬返回的路上，每經過一個池塘就停下來瞧瞧有沒有長勢良好的綠藻。

這樣騎一路、看一路，最後發現育幼堂附近的小水塘裡，有長得非常好的綠藻，剛想動手挖一些回家，梅妍才發現沒帶工具。

不是沒帶工具，而是整個大鄴都沒有挖水藻的工具，純屬沒工具可用。

梅妍站在水塘邊，望著隨水流飄動的綠藻出神，怎麼辦？冷知識裡也沒說怎樣移植綠藻啊……思來想去，她有了個很大膽的想法。

梅妍取下背包，拿出細而柔韌的線，留下足夠的餘量，一頭纏在水龜的後腳上，另一頭繫在水塘邊的灌木叢裡。

水龜們一進水塘，立刻分散游開，互不待見。

梅妍的小算盤打得很好，打算每隔七日就跑來扯線，看看水龜們背上有沒有長綠藻，一切安排妥當，信心滿滿地轉身，冷不防地對上了鄔桑好奇的視線，嚇得後退一步，連連揮手才保持住了身體平衡。

鄔桑走到梅妍身旁，向水塘裡看了看，沒看到什麼，問：「妳在做什麼？」

梅妍趕緊行禮。「見過鄔將軍，我沒做什麼……」他什麼時候來的？怎麼走路沒聲呢？

鄔桑伸手打開梅妍腰間的竹簍，然後沿著腳印搜尋了一番，很快就找到了繫在灌木叢裡的絲線，提溜出一隻小水龜，望著梅妍的雙眼滿是困惑。「妳在水塘裡養龜？」

梅妍簡直不敢相信，不是說武將都是粗人嗎？鄔桑根本不粗心，而且心細如髮，這不科學！

鄔桑被梅妍震驚的表情逗樂了，沿腳印找東西而已，又不是什麼大事。「妳為何要養龜？妳喜歡龜？」

梅妍從震驚中回神，把頭搖得像波浪鼓。「我不喜歡。」

鄔桑不說話，一雙明亮的深棕色眼睛裡滿是困惑。

梅妍驚覺鄔桑有雙會說話的眼睛，以他的判斷和尋找能力，就算自己不說，也能很快識破，自己沒必要當嘴硬死鴨子，嘆氣。「十一個姑娘花銷很大嘛，就想著多賺點錢……」

「不管在哪裡，水龜都沒人買。」鄔桑毫不留情地戳穿。

梅妍雙手一攤，一雙大眼睛特別無辜。「綠毛龜很貴呀。」

鄔桑不客氣地笑了，小妮子好有意思。

梅妍悄悄翻了個大白眼，這有什麼好笑的？靠自己的雙手和大腦賺錢又不丟人！

鄔桑頓時恍然大悟，對梅妍更有興趣了。

梅妍是硬撐著出門的，趕來趕去實在累得慌，又行了禮。「鄔將軍，民女告辭。」

鄔桑一點都不想她離開，可看著梅妍實在很睏的樣子，不放人不行，隨即點了點頭。

梅妍想越過鄔桑去牽馬，鄔桑想後退讓梅妍過去。兩人想到一起的結果就是，面對面地左躲右閃，偏偏每次方向都相同。梅妍向左，鄔桑也向左；梅妍向右，鄔桑也向右；梅妍停住，鄔桑也不動。

兩人笑得有些尷尬，這叫怎麼回事？

最後，鄔桑站在窄窄的小石頭路上不動，示意梅妍過去。

梅妍這才能順利通過，因為小心謹慎的天性使然，經過時下意識地扶了一下鄔桑的胳膊，這才牽到了小紅馬。

鄔桑整個人僵住，頓時覺得被梅妍握過的胳膊有些熱。

梅妍剛上小紅馬，正準備走人。

鄔桑忽然開口。「梅小穩婆，我麾下的鐵七愛慕鐵匠鋪的劉姑娘，妳覺得如何？」

「什麼？」梅妍急忙調轉馬頭。「誰？什麼愛慕？」

鄔桑嘴角上揚。「鐵七，就是接羅軍醫回清遠的車伕，能不厭其煩地敲盔甲幾天幾夜都不說話的鐵七，個子中等，不胖不瘦，有一雙圓眼睛。」

「哦，是他啊！」梅妍想了想。「要看蓮姊姊是不是樂意，強扭的瓜不甜，我回去問她看看。」說完就騎馬走了。

鄔桑的嘴角持續上揚，不管鐵七和劉蓮成不成，他又有了一個藉口去找梅妍，現在有送米糧肉類、換藥和劉蓮三個藉口。

梅妍騎著小紅馬走在回家的路上，被這個爆炸消息給震驚了。

她知道鄔將軍的品級很高，不知道他麾下的鐵七有沒有官銜，在極為現實的大鄴，這樁事情無論如何都成不了。因為劉蓮就算收回了劉家鐵匠鋪，也只是有技能的平民，與大將軍的親兵有很大的地位落差，在階級森嚴的大鄴是不可能的。

可即使如此，梅妍還是想問劉蓮有什麼想法。但萬萬沒想到，梅妍到家時，劉蓮已經等在小屋裡了。

兩人打過招呼，劉蓮跟著梅妍進了臥房，既不坐下也不說話，只是在絞手指頭。

梅妍打趣道：「蓮姊姊，妳這是怎麼了？有意中人了？」

「我沒有，妳別瞎說！」劉蓮被嚇得連連擺手。

「那就是有人的意中人是妳？」梅妍壞笑。「今日被人訴衷腸了？」

劉蓮徹底嚇到了。

梅妍只是隨口胡扯，卻被劉蓮的樣子給嚇到了。「真被人訴衷腸了？」

劉蓮的臉一下紅透了，低頭不說話，半晌才抬起頭，迎著梅妍熊熊的八卦眼，羞澀又擔心。「鄔將軍麾下的鐵七，今日忽然問我可曾婚配。」

「哇！」梅妍雙手捧臉。「然後呢？」

劉蓮的臉更紅了。「然後他說自己是什麼將，什麼將符在營地，說他沒有騙我……」

梅妍聽糊塗了。「什麼叫什麼將？什麼將符在營地？」

劉蓮雙手捂臉。「我也不懂什麼將軍和什麼將啊，但是鐵七說他自己是什麼將，剛升兩個月，還不適應。」

超直男的鐵七竟然這樣直白？梅妍傻眼了，忙問道：「然後呢？妳同意了嗎？」

劉蓮立刻搖頭。「一刀把他帶走了，說他不懂禮數……梅姑娘，我該怎麼辦？」

梅妍眨巴眨巴大眼睛。「我也不知道啊，但是妳沒點頭同意是對的，不然就變成私訂終身了，對妳、對他的影響都不好。」

大鄴正式成親前有一套標準流程，如果誰家沒做到，是要被人嘲笑的，更何況鐵七還是個什麼將軍。

「梅姑娘，我該怎麼辦？」劉蓮心慌不已。

梅妍正色道：「妳先閉上眼睛，深呼吸三十次，然後回答我的問題。」

劉蓮立刻照做，洶湧的內心竟然平靜了兩分。

「蓮姊姊，妳討厭鐵七嗎？」

劉蓮先搖頭隨後又不知所措。「梅姑娘，這該如何說？」

梅妍耐心地替劉蓮分析。「妳對鐵七印象如何？他有沒有討妳嫌？有沒有替妳搭把手……時間有得是，妳想清了再說。」

劉蓮想了又想，她沒有惦記鐵七，但對他還是有些敬佩的，隨即意識到自己已經兩天兩夜沒有去柴家幫忙了，急忙起身。

把這事情忙忘了怎麼辦？柴氏婆婆會不會生氣？她現在這樣回柴家，會不會被轟出來？

第五十八章

「梅姑娘，我一忙起來就忘了時間，已經兩日沒去柴家幫傭了。」劉蓮頓時慌張起來。「我這些日子攢的錢都用來買鐵匠鋪，現在又身無分文了。還有，鐵匠鋪雖然封好了爐子，但是礦石什麼的都沒有，還有好些工具都要買新的，沒錢也開不了鐵匠鋪啊。」

梅妍先是傻眼，忽然就震驚了。「不是，那日我經過鐵匠鋪的時候，以為妳只是看鋪子太髒亂想打掃一下，妳什麼時候買回的鐵匠鋪啊？」

劉蓮把那日發生的事情詳說了一遍，激動得拉起梅妍的手。「梅姑娘，我真的……美夢都沒這兩日好！」

梅妍花了點時間消化這巨大的信息量，在錢花臉的幫助下，劉蓮只花了一兩銀子不到的錢，就得到了鐵匠鋪的書契；又在鄔桑親兵的幫助下，只用兩天兩夜的時間，不但把鐵匠鋪修整一新，還完成莫石堅的重託，順帶把鎧甲都修好了?!

「蓮姊姊，妳好厲害啊！」

劉蓮正慌亂的時候，又被梅妍這樣誇，剛退紅的臉又紅透了。「梅姑娘，我沒有……我……我不是……不是，梅姑娘，我該怎麼辦啊？」

梅妍打了個大大的呵欠，淚眼矇矓地望著雙眼布滿血絲的劉蓮，問出了最重要的問題。

「蓮姊姊，妳這兩天睡過覺了嗎？」

劉蓮先是點頭，然後又狠狠搖頭。「沒睡。」

「妳厲害！我們先睡兩個時辰，然後再好好商議。」梅妍直接把劉蓮摁倒在床榻上。

「我睡不著！」劉蓮滿腦子想法，根本躺不住。

「可是我睏啊！」梅妍直接伸手蓋住劉蓮的眼睛。「蓮姊姊，讓我先睡兩個時辰，不然我實在想不出什麼好主意。」

「可是……」劉蓮剛要說話，蒙著自己眼睛的手滑落，轉頭一看，梅妍已經睡著了，聽著她平穩的呼吸，她不由得閉上眼睛，在胡思亂想中也睡了過去。

梅婆婆走到臥房門邊，看了一眼睡倒的兩人，無奈地搖頭又帶著笑意。

姑娘們見了立刻安靜，不能吵人睡覺，尤其是梅小穩婆和蓮姊姊。

但，梅妍和劉蓮還沒睡多久，柴氏婆婆就找來了。

梅婆婆打開門還沒說話，柴氏婆婆開口就問：「請問，劉蓮姑娘在這兒嗎？」

梅婆婆點頭然後稍微壓低了音量。「剛睡下一個時辰不到。」

柴氏婆婆驚愕地問：「前天一大早，劉姑娘就被師爺叫走了，聽人說劉記鐵匠鋪重開了，難道這兩日都是劉姑娘在忙嗎？」

梅婆婆再次點頭。「整整兩天兩夜沒合眼。」

柴氏婆婆不說話，看了看屋裡，又扭頭看向屋外，猶豫再三才再次開口。「梅婆婆，這樣，讓劉姑娘好好休息，等她睡飽了，問她能不能先替鄉親們打幾日鐵。先是冰雹，再是疫病，咱們這種靠天吃飯的農家損失可大了，鐮刀、犁、鎬、鐵鍬的數量都不夠，尤其再過幾日要收麥子了，要修要買的可多了。有幾家實在等不及趕到鄰縣去了，哪知道到處都亂，到處都是病人，嚇得又趕回來。據說整個巴嶺郡只有咱們清遠縣最安穩。」

梅婆婆嘆了口氣。「成，等她們醒了就問，只是，如果劉蓮操持鐵匠鋪，只怕就顧不上妳家了。」

「這……」柴氏婆婆正為這個傷腦筋，劉蓮是真誠能幹的好姑娘，才兩天不在，自己就有忙翻天的感覺。如果劉蓮真的重開鐵匠鋪，肯定是從天亮忙到天黑，更可能連吃飯都顧不上。這可如何是好？

正在這時，眼疾手快的秀兒走出來。「婆婆，我什麼都會做，我可以去幫忙。」

柴氏婆婆連連搖頭。「好懂事的孩子，可妳還太小，去我家會忙壞的。」再怎麼忙，也不好意思累著小孩子啊。

「我不小啦！」秀兒忍不住提高嗓音。「我會洗衣服、燒柴做飯，我什麼都會的。」

梅婆婆拉著秀兒的手。「好孩子，婆婆知道妳的心意，但不行，妳還太小。」出了那樣的事，到現在還沒有正式了結，可不敢讓秀兒再出門了。

秀兒堅持要去，兩個婆婆都不同意，雙方僵持不下。秀兒急得眼淚都快出來了，然後就聽到身後傳來的聲音。

「秀兒，妳在家把妹妹們照顧得很好，已經很厲害了。」梅妍安撫道。
「可是……」秀兒扭頭。「梅小穩婆，我把妳吵醒了嗎？」
「沒有，我睡醒了。」梅妍隨口胡謅。
柴氏婆婆像見到救星似地望著劉蓮。
劉蓮趕緊道歉。「婆婆，我忙得忘記找人給妳捎信了，真不是故意兩天不去……」
柴氏婆婆笑了。「劉姑娘，全清遠都知道妳打得一手好鐵，這麼能幹的好孩子哪能一直窩在我家幫傭呢？聽說妳是劉記鐵匠鋪的新掌櫃了？」
劉蓮不好意思又暗藏喜悅地點頭。「是的，婆婆，妳用牛車把家裡要修的鐵器運到鐵匠鋪去吧，我現在就去開爐子，很快就能修好。」
柴氏婆婆喜出望外又有些擔心。「可是，妳身子骨兒也不是鐵打的呀！不能這樣熬啊，不然，到老一身病。」
劉蓮淺淺地笑。「沒事，我有數，熬過這兩天就好好休息。只是婆婆，我家現在沒有礦石，只能修鐵器，還不能賣鐵器。」
「成！我現在就回去。」柴氏婆婆可高興了。「劉姑娘啊，不如這樣，我回去通知大夥兒，要修的都去排隊，妳忙完這些就好好休息。其他的，等有了礦石再說？」
「有勞婆婆了。」劉蓮微笑著送走柴氏婆婆。
梅婆婆默默嘆氣，梅妍也好，劉蓮也好，人生路只能自己走，而她這個老婆子也只能多囑咐兩句。「妍兒，送蓮姑娘去鐵匠鋪吧，路上小心些。」

萬萬沒想到的是，梅妍和劉蓮出門沒多久，就遇到了憨憨鐵七，三個人面面相覷，既沒人說話，也沒人走開，場面一度十分尷尬。

打破僵局的仍然是梅妍。「鐵七，你要去哪兒？」

鐵七立刻回答。「將軍命我在城中巡視，有許多百姓拿著鐵器到鐵匠鋪排隊，已經排到路口了，我就想著來告訴妳們一聲。」

梅妍怎麼也沒想到，柴氏婆婆的捎話影響力這麼大，想了想問：「蓮姊姊，妳一個人忙得過來嗎？我其他的都懂一點，但是打鐵這事我是真不懂。」

鐵七自告奮勇。「我會！我可以幫忙！」

劉蓮驚愕，如果不知道鐵七的那什麼將身分，也許還能同意，可現在知道了，那就絕對不行，立刻婉拒。「民女一個人能應付得來，就不煩勞了。」

梅妍向來尊重劉蓮的選擇，笑著向鐵七揮手。「我們先去鐵匠鋪啦。」

鐵七頓時像隻鬥敗的公雞，垂頭喪氣地坐在馬背上，向營地馳去。

梅妍載著劉蓮趕到巷口，就看到了排著長隊等著修鐵器的百姓們，不由得擔心。「蓮姊，妳一個人真的應付得過來嗎？這麼多人呢！」

劉蓮只能硬著頭皮回答。「可以！」

「行吧……」梅妍望著在烈日下大排長龍的百姓們，想到了號碼牌這個方便的東西。排隊的百姓們看到梅妍和劉蓮下馬，彷彿看到了大救星。「梅小穩婆，劉掌櫃！」

梅妍也沒想到，打鐵姑娘能受到百姓的夾道歡迎，這也許就是劉蓮不覺得累的原因之一。管他呢！至少以後劉蓮就不愁生計，也不用再替人幫傭了。

劉蓮有些顫抖地用鑰匙打開鐵匠鋪的門，轉身高聲說道：「鄉親們，爐子升溫大概要半個時辰，我先去開爐子。」

百姓們在門外汗如雨下。

梅妍無意間瞥到打鐵房外的小院角落裡，有不少圓形的竹片，竹片上還打了洞，靈機一動跑進打鐵房，問：「蓮姊姊，天黑以前，妳大概可以修多少件鐵器？」

劉蓮想了想。「最多十件大的，二十件小的。」

梅妍把發號碼牌的想法對劉蓮細說了一遍，問：「妳覺得怎麼樣？」

劉蓮笑了。「當初我阿爹就是這樣做的，家裡的竹片號牌還堆在小院的角落，只要清洗乾淨就可以用了。」

「行吧，我去洗！」梅妍找到小院裡的木桶，走出鐵匠鋪準備去最近的井口取水。

再次沒想到的是，鄔桑的親兵來了三分之一，領隊的不是別人，正是鐵七。

梅妍只能先行禮，剛提起木桶，桶就被三腳貓搶走了。

三腳貓提著兩個木桶，走得飛快。「梅小穩婆，要打水是嗎？妳等著，我去去就來！」

梅妍望著親兵們熱情的眼神，忽然開始擔心，以劉蓮的性子，別人對她好一分，她就會還人五分。鐵七執著又聰明，本質上與劉蓮是一樣的人，照這樣的互助攻勢，劉蓮可能撐不了多久就會同意。只是不知道鐵七能堅持多久？

很快，井水一桶接一桶地運到打鐵房外的小院裡，梅妍把竹片清洗乾淨，裝好上面的掛繩，按照鐵匠鋪外排隊的先後順序發放。

原來劉記鐵匠鋪一直是這樣運作的，竹片號牌一分為二，一份繫在人手上，取貨時用於核對；一份繫在鐵器上，按數字編號就可以看到每天的修理數量。

領到號牌的百姓，會被告知取貨時間，不用在鋪子外面傻等。沒領到號牌的百姓，明日趕早。這樣商家不用為了維持秩序煩心，百姓們也省時省力，雙方都很方便。

梅妍對劉蓮的父親心生敬意，打鐵人的奇思妙想既高效、又便捷，連號牌這樣的小事都考慮得如此周詳，其他方面一定更加用心。這也許就是劉記鐵匠鋪的精神，現在劉蓮成為新掌櫃，憑藉她的用心和認真，鐵匠鋪的名聲一定很快就能恢復。

最關鍵的是，劉蓮有家了。

梅妍還沒來得感慨完，就見鐵七已經顛顛地走進打鐵房，動作熟練地給劉蓮打下手，彷彿合作多年磨成的默契，實在有些驚人。

鄔桑的親兵們同樣厲害，什麼時候往爐火裡添木柴和炭，什麼時候把待修的鐵器搬進去，什麼時候把修好的鐵器搬到小院裡，都有條有理。

梅妍望著忙而不亂的打鐵房，幾次想伸手，又幾次被阻止，最後發現自己不添亂就是幫大忙了，只能乖乖坐在小院裡看著緩慢降溫的鐵器發呆。

饒是如此，三腳貓還是給梅妍留足了面子，替她備好了行軍用的魯班椅。「梅小穩婆，這幾日照看雷捕頭辛苦了，打鐵這種事情我們來就夠了，妳趕緊歇一歇。」

忙碌的時間飛逝，當劉蓮處理完一半數量的鐵器時，已經夕陽西下，晚霞瑰麗多變，越來越紅豔，成了大片的「火燒雲」。

鋪子外，按時領到修復鐵器的百姓們高高興興地回家去了，邊走還要邊閒聊，劉蓮不愧是劉掌櫃的親生女兒，做工手藝比賈慶好了不知道多少，清遠的百姓們以後就不用再為鐵器操心了，更不用去鄰縣修鐵器了。

清遠東城門外的林子，被晚霞染成了「紅樹林」。

賭坊壯漢一把將賈慶摁在大樹下，異常凶狠。「你說賣掉鋪子可以得五十兩銀子，我才容許你跑去籌錢。結果鋪子賣了，只給我九兩五錢銀子，五十兩銀子在哪兒呢？」

被掐住喉嚨的賈慶喘不過氣地乾咳，嗓子裡還發出奇怪的咯咯聲。

壯漢忽然鬆手，賈慶還沒反應過來就躺在地上，大口大口地喘氣。「是錢花臉使詐，他坑我！硬是從五十兩銀子壓到十兩銀子！我和錢花臉不共戴天！」

壯漢從馬靴裡掏出一把匕首，隨手在地上撿起一根乾枝，毫不費力地用匕首一刀刀地削平整，腳邊落了不知道多少枝葉，問：「想清楚了嗎？現在願意捨棄哪根手指，還是哪個手腕？」

賈慶驚恐地瞪大雙眼，眼睜睜地看著那把閃著寒光的匕首，離自己的手越來越近，最後貼放在手腕上，驚叫出聲。「不要！不要啊！」

壯漢冷笑著，手腕和手指用力一劃。「這把匕首不知道削了多少人的手腕，鋒利得很，只需要四刀就行，你忍著點啊。」

賈慶被綁著的手腕完全無法動彈，還是眼睜睜地看著，匕首刀刃劃過的地方蜿蜒出鮮紅的血珠，血珠匯成血線，滴落在他的鞋面上，一滴又一滴。

賈慶兩眼一翻白，又很快翻轉回來，帶著嘶啞的哭腔哀求。「求你了，不要斷我的手，我是真的沒錢啊，我真的……」

壯漢沒有移動匕首，但是語氣有所改變。「除了還銀子，你確實還有其他法子還清這筆債，把耳朵湊過來……」

賈慶趕緊湊過去，聽著壯漢的低語，眼睛越瞪越大，聽完以後瘋狂搖頭，喘著氣問：「不！我不幹！唔！」

壯漢握著匕首繼續，賈慶的慘叫沒來得及出聲就被帕子塞住。然後壯漢一拳擊中賈慶的腹部，賈慶疼得暈了過去，被壯漢扔進了馬車，手腕的鮮血流了一地。

壯漢從袖子裡抽出兩塊帕子，扔給車上嚇呆了的兩個男孩。「把他的手腕包一下，快點！」

虎子和石頭哆嗦著雙手，用帕子捂緊了賈慶的雙手，不知過了多久才止住了鮮血，鬆開手時，他倆望著沾滿鮮血的雙手，渾身都在哆嗦。

壯漢獰笑一聲。「這點血就嚇尿了？呵，就你們這慫樣還想跟我混？再拿幾塊布，把車上的血都擦乾淨，半個時辰後我來檢查，有一點痕跡就挨一鞭子。想哭就哭，想叫就叫，你們是孤兒，還是被育幼堂扔出來的孤兒，誰會在乎你們的死活？落到我手上，就沒有逃脫這事情！」

說完，壯漢就跳下馬車走了。

虎子和石頭兩個人驚恐地望著對方，好不容易回過神來，就以最快的速度提了水上馬車，賣力地擦起車內的血跡，一遍又一遍……可是哪有這樣容易擦乾淨？

又擦了不短的時間，石頭望著自己有裂口的雙手和泡得發脹又乾癟的手指，連呼吸都發著顫，小聲說：「我們回去吧……待在這裡會死的。」

虎子用力把布巾扔進水桶，被扔出縣衙，在人來人往的大街上躲避車輛，被各種眼神盯著看時，他們還無所畏懼，但天黑以後當饑餓和恐懼襲來時，才發現偌大的清遠，沒有他們的容身之處。

他們找了個廢棄的屋子棲身，沒想到半夜屋子坍塌，差點被活埋，驚魂未定地帶著滿身灰塵和木屑逃出來，黑暗中一切都比妖魔鬼怪更嚇人，他們拚命地跑，直到精疲力竭。

等他們醒來時，就在這馬車上了，胳膊比他們腰還粗的壯漢扔了兩塊糙餅子，說可以跟著他去要債，然後就是一言不合，拳打腳踢。

兩天時間，虎子和石頭傷痕累累，受盡了短短十幾年裡最可怕的驚嚇，見到了最凶戾的狠毒。壯漢滿臉堆笑時，眼睛都帶著寒意，打他們也是往死裡打。

相形之下，比壯漢更厲害的鄔桑營地的軍士們，不管是懶洋洋，還是晨起操練的時候，哪怕不笑，看人的眼神都是暖的，像陽光一樣。教訓他倆頂多一個栗暴，或者踢一腳，都收著力，現在才知道軍士們根本就沒用力。

「不識好歹」四個字，原來是這個意思。

第五十九章

虎子和石頭不時互相看一眼，看了又看以後，兩人又各自移開視線。

虎子一咬牙。「我們跑吧，縣衙也好，營地也好，哪怕挨一頓揍呢？挨頓罵呢？我不要以後都過這樣的日子。」

石頭眨著眼睛。「我不想待在這裡，昨晚睡覺的時候，他亂摸我，我不喜歡。」

「可是他們要是不收我們怎麼辦？」

「不知道……但也不會比現在更差，是吧？」

又是一陣沈默，令人倍覺壓抑。

「跑不跑？」虎子的牙咬得咯咯響。

「跑！」石頭衝下馬車。

虎子緊跟出去，可兩人沒跑多遠，壯漢突然出現攔住他們的去路，手裡握著令人生寒的鞭子，啐了一口。「小兔崽子，這是要去哪兒啊？你們還有地方去嗎？」

虎子和石頭幾乎條件反射地沒了力氣，又一次互看一眼，自幼就千錘百鍊的內心生起最強烈的求生慾，他倆幾乎同時嘿嘿一笑。「我們要去提水，還沒擦乾淨。」說完又上馬車拿空桶。

壯漢的滿臉橫肉稍稍舒展。「機靈點，還擦不乾淨，老子就扒了你們的皮鋪在車裡！」說著，向馬車走去。

虎子和石頭提著空桶走得飛快，快到小河邊時，一扔空桶，撒腿向城東門跑去。可畢竟是挨了許多揍的身體，壯漢給的吃食也沒讓他們飽過，不僅跑不快，還越跑越疼，一疼就跑不動，最後連快走都堅持不了五分鐘。

虎子和石頭喘著粗氣，忽然聽到身後的大吼。「你倆小兔崽子，給老子回來！」

「快跑！」虎子咬緊了下唇。「快點！」

石頭勉強跑快了幾步又跑不動了，邊喘邊說：「城東門外有守衛，我們只要跑到那裡，他們不會不管我們的！」

「快點！」

「快，哎喲……」石頭雙腳一軟摔倒了。

虎子超過石頭，下意識要拉人一起，抓了空，回頭一看又折回去，扶起石頭，兩人拉著扯著，一步步地向城東門挪。

「站住！你倆都給老子站住！」壯漢不怕兔崽子跑，只怕他倆知道得太多亂說話。

虎子和石頭眼看著壯漢的馬車逼近，又看著還隔了一段距離的守衛，邊跑邊大喊：「救命啊！他不是我們的爹！他是拐子！」

「他剛才切了一個人的手腕！救命啊！他現在要來殺我們啦！」

「我們是育幼堂的孩子！救命啊！」

清遠城東門的守衛聽到了，看了一會兒才認出確實是育幼堂被鄔桑將軍扔出去的那兩個刺頭，他倆怎麼會在城外？才兩天沒見，就變成這副樣子？

守衛思索片刻，取出應急哨用力吹響，很快就聽到了更多的哨響在回應。

虎子和石頭兩人連跌帶爬地向守衛跑去，幾乎每兩步就趔趄一下，每五步就會雙手撐地，兩雙眼睛裡滿是恐懼，隱含著期待。

守衛抽出暗藏的佩劍，快步衝到兩個孩子身邊，咬牙切齒地開口。「你倆兔崽子最好說的是實話，這時候再撒謊，看回去我怎麼收拾你們！」

虎子大喊：「我們沒有撒謊！他車裡還有一個人叫賈慶！」

石頭跟著喊：「賈慶是劉記鐵匠鋪之前的掌櫃，欠了青雲賭坊的錢，右手沒了。是真的，他就在車上，車裡的血跡還沒洗乾淨呢！」

在這極短的時間內，一隊快馬衝出東城門，領頭的正是鄔桑手下的一刀和其他親兵們。壯漢駕著的馬車緊急減速，在人群裡發出不小的響動，無奈周圍行人太多，調頭不易，轉了幾次都沒能立刻回轉，緊接著就被一刀和親兵們圍住。

虎子望著一刀，含著眼淚大吼。「一刀叔叔，我錯了，我以後會聽話的！我再也不欺負人了！」

石頭撲通摔在地上，還是手腳並用地繼續爬。「叔叔，救我……救救我們……」

壯漢扔了韁繩，左手長劍，右手匕首，警惕地望著領頭的一刀以及其他親兵，近乎本能地覺察到他們不好對付。「各位好漢，這兩個兔崽子都是我兒子，三天不打，上房揭瓦。對，沒錯，他們身上的傷是我打的，可天天被他倆氣得肝疼，我也實在沒法子……」

虎子和石頭被守衛扶起來，護在身後，立刻大吼出聲。「他不是我倆的爹！我倆不是兄弟！我們都是育幼堂的孤兒！」

進出城門的百姓們紛紛過來圍觀。

壯漢知道這兩人是刺頭，但沒想到清遠差役會多管閒事，更不知道這些衝出來的人都是什麼身分，只能急著想對策。

馬車的簾子突然被三腳貓伸手撩開，一股極淡的血腥味飄出來。「刀哥，車裡有個昏迷的男子，沒有右手。」

壯漢冷笑一聲，拿出賭坊的書契。「他欠青雲賭坊五十兩銀子，逃匿一個月，今兒只還了九兩五錢，我也只是按規矩行事。」

圍觀的百姓們交頭接耳，大鄴賭坊的規矩是公認且默認的，還不出銀兩的，有房的賣房，有地的賣地，沒房沒地的賣妻子、兒女，什麼都沒有光棍一條的，不是剁手，就是剁腳。原因無他，殺人償命，欠債還錢，天經地義。所以，百姓們只是覺得賈慶爛賭鬼被剁手腕，純粹是活該自找的，看向馬車的眼神都極為冷漠。

壯漢要的就是這個效果，只要能保住賈慶不被差役們搶走，他的任務就還能完成，隨即爽快一笑。「各位大哥，行個方便，讓我回去覆命！」

他不追回兩個小鬼，也算退了一步，立刻收好匕首和長劍，滿臉堆笑地環顧四周。稍晚趕來的差役們護住虎子和石頭，並不打算管賈慶這個爛賭鬼。這種情形下，雙方各退一步最好。一刀收了大刀，親兵們也收回了各自的兵器。

壯漢見狀，笑出了魚尾紋，今兒可以收工了，趕緊抱拳示意。「讓一讓，讓一讓。」可偏偏在這時，馬車裡傳出賈慶痛苦的呻吟。「捕頭，差役，救命啊，救救我……」緊接著馬車裡又傳出一陣響動，賈慶掀開車簾，強行支起身體，向差役們伸手。

「求求你們帶我走，抓我走也行……不要讓他把我帶走……」賈慶的臉色比紙還白，捂著右手，止不住地渾身打顫。「我有罪，我要去縣衙自首！」

壯漢一下跳起來要捂賈慶的嘴，已經晚了，在他要動手的瞬間，馬車周圍的郙桑親兵又抽出兵器，什麼都做不了。

王差役抽出佩刀，大喝一聲。「下車！到縣衙走一趟。」

「行，是，好……」壯漢低頭的瞬間，目露凶光，還沒來得及動手，就被一刀的刀背砸了後腦，倒在馬車上。

王差役嚇了一大跳，但也知道那是郙桑親兵，又不好說什麼，只能訕訕道：「嗯，那啥，去縣衙還是去營地？」

一刀伸手把刀掛好。「麻煩各位差役了，我們走！」說完帶著親兵們迅速進城。開玩笑，鐵七正在努力討劉蓮姑娘的歡心……啊不，清遠百姓們還等著修鐵幹活呢，他們不能扯後腿。

王差役和自己的同僚們互看一眼，得，上馬車把壯漢和賈慶都扶進車裡，回頭一看又提醒道：「那兩個孩子暈過去了，看著點兒！」

於是，王差役駕著馬車，車裡載著壯漢和賈慶；胡差役和另一名差役，一人帶一個孩子，一隊人入城向縣衙馳去。

清遠城東門又恢復了往日的井然有序，只有城外林子裡一隻被丟棄的、血淋淋的右手落在地上，附羶的蟲蟻們享受著難得的大餐。

劉記鐵匠鋪裡，梅妍不解地往大門外張望，一刀和親兵們剛才不知怎麼的，集合騎馬帶著殺氣衝出去了，一炷香的工夫又沒事人似地回來了。

劉蓮一口氣喝完梅子湯，抹了把汗，剛要拿下一件鐵器，鐵七就遞來，只能道謝繼續。

一刀帶著親兵們下馬，進入鐵匠鋪後各做各事，一刀走到梅妍面前，微微點頭，示意借一步說話。梅妍雖然不明白，但還是跟去了。

一刀有些遲疑，還是開口。「梅小穩婆，虎子那兩個孩子不知怎麼出城了，剛才拚命跑了回來，看樣子受了不少傷，劣性磨去許多，想來受了許多苦。」

梅妍以為那兩個孩子死性不改，起碼要磨十天半個月才會收斂，一刀這樣說肯定有什麼目的。「需要我做什麼嗎？」

一刀扯了下嘴角。「胡郎中和柴謹忙著照顧雷捕頭和醫館，已經忙得不可開交，他們短時間內可能顧不上那兩個孩子，要不，梅小穩婆去看一下？」

梅妍閉上眼睛又睜開。「我去？我怕忍不住會打他們。」

一刀的臉上有了笑意。「他們變化很大，我已經通知了將軍，他應該也會趕去。」

「行吧。」梅妍揹上背包。「反正我在這兒也幫不上什麼忙，就去看一眼吧。」

「有勞了。」一刀離開時，眼角餘光瞥到兩個孩子暈倒的瞬間，他倆可恨，但也可憐。

梅妍騎著小紅馬到縣衙時，意外見到王差役如臨大敵的樣子，不禁有些納悶。王差役是縣衙內除了雷捕頭以外第二厲害的，什麼事能讓他慌成這樣？

王差役在縣衙門邊沒頭蒼蠅似地轉悠，看到梅妍像久旱逢甘霖，匆匆迎上來。「梅小穩婆，妳來得正好，趕緊的……」

梅妍怔住了。「王差役，發生了什麼事？」

王差役急著把梅妍往縣衙裡領。「醫館裡有重病人，胡郎中脫不開身，虎子那兩個孩子暈倒了，賈慶昏過去以前還向我們大喊了一聲快逃。我們潑了冷水，三個人都沒醒。」

梅妍撒腿向縣衙裡面衝，差點和在小院裡團團轉的莫石堅撞上，總算停住腳步。「莫大人！」

莫石堅揮著手。「快，他們在病房呢！快去看看。」

病房裡，梅妍不是第一次見到「斷腕」的人，卻被染血破布包裹的殘肢驚到了，這樣裹用不了多久，賈慶就會敗血症死掉了。

經過檢查，賈慶的生命體徵還算平穩，梅妍迅速穿戴整齊，用布條綁緊賈慶右手殘肢上部，請王差役取來晾涼的熟水，在下面放好污水桶，開始清洗殘肢創面。

王差役自告奮勇地當助手，原因無他，莫大人等著問話，處理得越快，賈慶就能快一些醒過來。

梅妍清理完創面，又取出自備的縫合針線，把殘肢周圍的皮膚拉起來，勉強做了縫合，才把布帶解開，能做的都做了，剩下就只能看運氣了。

王差役簡直不敢相信自己的眼睛，這是穩婆嗎？這根本不是穩婆能做的事情好嗎？梅小穩婆真是太厲害了！梅小穩婆威武！

梅妍處理完賈慶，伸直了彎太久的腰背，脫掉口罩手套，裝進污物袋裡，又去看虎子和石頭。

王差役道：「這兩個孩子是逃命回來的，我從沒見過哪個孩子這樣瘋了似地逃命，看到賈慶的手，心裡才有點數。只是暈倒，沒有瘋癲已經是萬幸了！」

梅妍驚愕地注視著王差役。「發生了什麼事情？」

王差役把聽到東城門守衛告急，他帶差役去支援時的所見細說一遍。「如果不是他倆拚了命地喊，賈慶就被壯漢帶走了。」

梅妍先解開了虎子的衣服，不由得皺緊眉頭，又解開石頭的衣服，一樣的傷痕累累，一樣的青紅瘀痕，不禁嘆了口氣。

王差役的眼瞳劇震。「這……」怎麼被打成這樣?!

梅妍努力保持冷靜認真檢查，先排除了他們骨折的可能，又排除了內傷的可能，再觀察生命體徵以後，看了看他們手背的血管，才稍稍放心。「這兩日他們大概沒吃多少東西。驚懼過度，再加上逃命，才暈過去了。」

王差役點頭。「那就好。」

梅妍望著「臨時病房」，本來只有一個雷捕頭，現在硬是變成了四人房，再加上自己和王差役，看著非常擠。

王差役把污水桶提走倒了，看了看還沒醒的三個人，擔心地問：「現在怎麼辦？」

梅妍不會金針，想了想。「掐人中吧。」

王差役擦了把手，開始掐賈慶，可是沒有反應，就改成拍臉。「賈慶，醒醒，快醒醒！」

梅妍望著兩個男孩，從背包裡取出常備的乾糧，在兩人鼻子下面晃來晃去，就聽到非常清晰的咕嚕聲，足以證明，這兩人是餓暈的。

虎子先坐起來，被全身痠痛疼得齜牙咧嘴，視線完全集中在了乾糧上，慢一步才看到了梅妍，剛伸出的手又默默地縮了回去，只是眼巴巴地看著。

石頭醒得慢，睜眼就看到了陌生的屋子，一骨碌爬起來，望著屋子裡的人，尤其是看到近在眼前的梅小穩婆，立刻又縮回去。

梅妍的眼睛大，望著他倆的眼神也不和善，說話的語氣也實在好不到哪裡去，給他們一人塞了一點乾糧，囑咐道：「慢慢吃。」

虎子和石頭怔怔地望著手裡的乾糧，想起他們離開育幼堂的日子，肚子雖然餓，但實在沒臉吃，只是眼巴巴地看著，一動不動。

梅妍看著他倆可憐兮兮的樣子，再想到他們離開前的恃強凌弱和無腦囂張，還是不願搭理，轉身又去檢查賈慶，思來想去，給他塞了一顆胡郎中友情提供的醒神丸。

王差役既困惑、又高興，縣衙上下都願意親近梅小穩婆，雖說她只是穩婆，可是她平日表現出來得絕不是穩婆那樣簡單，尤其是疫病之後，在差役們心中，她已經和胡郎中並重。雖然不知梅小穩婆怎麼會醫術，但對他們而言，就是除了胡郎中以外，又多了一條求生之路，還是很高興的。

不到一刻鐘，賈慶悠悠轉醒，費力地舉起右手，看到光禿禿的殘肢，立時發出一聲慘叫。「我的手！我的右手！」

王差役立刻跑出去，急著把賈慶醒來的事情告訴莫大人。

梅妍沒有接話，注意到虎子和石頭同時瑟縮了一下，他倆大概親眼目睹了賈慶斷手的場面，著實被嚇得不輕。

虎子和石頭互看一眼，小心地把乾糧擱在床沿邊，眼巴巴地望著梅妍，還沒說話眼淚先落下來。「梅小穩婆，我們知錯了，我們再也不欺負人了……」

梅妍望著他倆，不置可否。

虎子和石頭的頭越來越低，根本沒膽量看梅妍。是的，第一個動手揍他倆的就是她，當時覺得疼得厲害，現在才明白，如果梅妍有心讓他們難過，以她的醫術完全可以讓他們生不如死。所以，梅小穩婆也是對他們手下留情了。

梅妍望著頭已經低成鞠躬角度的虎子和石頭，心裡說不出的感覺，想了想，還是要說：「你們在育幼堂那樣欺負人有多久了？」

虎子偷瞄了一眼梅妍。「兩年多，從我們進去開始。」

石頭聲如蚊蚋。「我阿爹說，女人生來就是要嫁人、生孩子、做家事的，做得好是應該的，做不好或者不聽話就該打，阿爹打孩子天經地義……」

虎子也道：「阿爹說，人都是欺軟怕硬的，想不被欺負就要拳頭夠狠。」

梅妍嘆氣，這種人渣教育真的能禍及三代甚至好多代，但她換了一種說法。「鄖桑將軍和親兵們很強，他們想打任何人都可以，以他們的官職地位，把你倆活活打死，都沒人敢吱一聲。」

虎子和石頭明顯倒抽了一口氣。

「他們把強悍與狠毒用在了敵軍身上，在天降冰雹的時候，身披鎧甲衝進育幼堂把你們救出來，保住了你們的命，照顧你們吃喝。他們與你們非親非故，為什麼呢？」

虎子和石頭同時抬起頭。

梅妍望著他倆。「因為真正的強大，是有金剛手段卻心懷仁慈，用惻隱之心護佑眾生。這麼說你們可能不明白，換個更簡單的，如果可以選自己的阿爹，你們會不會想要一刀叔叔那樣的？揹著大刀保家衛國，也可以讓孩子騎著大馬到處逛，對妻子輕聲細語。」

第六十章

虎子和石頭怔住了。

梅妍觀察到他倆的情緒波動。「人的出身沒得選，不管你樂不樂意，阿爹、阿娘雖沒得選，但你們可以選擇將來成為什麼樣的阿爹，可以選擇如何對待自己的妻子、兒女。」

一瞬間，虎子和石頭真的聽懂了。

「行了。」梅妍微微皺眉，實在不知道該用什麼心情面對這兩個孩子。「想通的話，就再想想，該如何獲得鄔桑將軍和軍士們的原諒，重新回到營地去。」

虎子和石頭恭恭敬敬地向梅妍行了個大禮，然後就安靜地窩在竹榻上。

梅妍又聽到誰肚子餓的聲音。「先吃些乾糧墊墊，邊吃邊想。」

虎子和石頭這才拿起乾糧，特別珍惜地一口接一口細嚼慢嚥，生怕不注意就吃完了。

正在這時，奔出去的王差役跑回來了，身後跟著差役們、莫石堅和師爺。

梅妍知道這是正經的審問，向虎子和石頭使了個眼色，三人告退離開，走到小院時發現，鄔桑正負手而立，背對他們。

虎子和石頭又互相看了一眼，迅速收好乾糧，跑到鄔桑背後，撲通跪倒。「大將軍，我們知道錯了，以後不再以大欺小。我們會好好照顧弟弟們，再也不為難姑娘們。將軍大人，求您讓我們回去吧。」

鄔桑緩緩轉身，居高臨下地俯視他們，看了一眼天色，神情極為平靜。「天黑以後，不准打燈籠，從縣衙一路摸黑回營地。」

虎子和石頭驚恐地望著鄔桑。「這麼黑，這麼遠，我們身上還帶著傷呢。」

鄔桑微笑，眼底沒半點笑意。「蓉兒今年才四歲，走兩、三步才能抵大人一步，一個人摸黑偷溜出門，從小屋一直找到縣衙，她還用石頭砸我，又拚命阻止梅小穩婆上大馬車。」

虎子和石頭被噎到了，一時不敢回話。

鄔桑再補刀。「如果你們連四歲的蓉兒都不如，就別想重回營地，我不收慫蛋。」

虎子和石頭迅速低頭，不再言語。

梅妍納悶地望著鄔桑。他什麼時候出現的？印象裡，無論清晨、正午還是傍晚，她都遇見過他，而且他比她更忙碌。他都不用睡覺的嗎？

鄔桑望著梅妍的眼神變化，只是靜靜看著，並不說話。他不明白她為何用一刀舉例，他身為大將軍難道不值得成為她的舉例嗎？

梅妍看了一眼還在靜養的雷捕頭，猛地想起，天快黑了，晚上應該由她守夜的。要命了，本來還打算回去補眠的，得，別動了，蹲這兒吧。

正在這時，柴謹送來了今日的第三份湯藥，進門就愉快地招呼。「梅小穩婆，妳怎麼來得這麼早？」

梅妍微微笑，見到成天都有黑眼圈的柴謹，心裡平衡多了，畢竟他比自己還要忙。

莫石堅的書房裡，賈慶歪歪斜斜地靠在椅子上，不住地呻吟。「有沒有郎中？我的右手好疼啊……」

莫石堅、師爺和王差役三個人的視線都落在賈慶的殘肢上。手都沒了，怎麼還會疼？

王差役推了推賈慶。「別喊了，你說讓我們快逃是怎麼回事？」

賈慶的視線卻一直落在自己的右手上，一遍又一遍地說：「右手疼，好疼啊……」

「你的右手已經沒了，別看了！」王差役急了，更使勁地推賈慶。

賈慶的視線在書房裡四處游走，略顯神經質地低聲說：「我騙你們的……不然，你們怎麼會把我帶回來？我沒有讓你們快逃，是我自己想逃……我都這樣了，不回來就死定了……我餓了，有吃的嗎？」

王差役傻眼。這是被騙了嗎？這……該如何向莫石堅交代？

莫石堅和師爺瞇起眼睛，王差役這是搞什麼鬼？

賈慶視他們為空氣，仍然神經質地低聲說：「我餓了，有吃的嗎？就算是死囚，臨走前也要給一頓好飯吧？」

沒人理睬他，王差役更是無地自容。

賈慶的聲音每問一句就提高一點，漸漸的越來越大聲，最後變成咆哮。「我餓了！快餓死了！」

莫石堅拍了拍王差役的肩膀。「人有失手，馬有失蹄，別往心裡去。」

王差役哭喪著臉，幸虧頂頭上司是莫石堅，不然，不管換成其他哪位縣令，他這謊報之罪，都少不了挨一頓板子，不在床上躺上十天半個月，根本下不了地的那種。

莫石堅吩咐道：「來人，送些吃食來，再送些米漿來。」

很快，吃食和米漿裝在托盤裡，送進書房，擱在了賈慶身旁。賈慶先是瞪大眼睛，然後風捲殘雲般，把吃食都掃進肚子裡，最後連米漿都一口氣喝完，這才滿足地不說話，開始犯睏。

莫石堅吩咐道：「來人，把賈慶送出去。」

賈慶忽然睜大眼睛，又一次神經質地說：「快逃吧，不然看不到明天的太陽……」

王差役沒好氣地勸。「行啦，吃飽喝足了，趕緊走吧。」

賈慶好像完全聽不見，兩眼發直地盯著房梁，含糊地說著什麼。

師爺嘆了一聲。「別是真瘋了……」

王差役用力推。「賈慶，你當這兒是自家啊？這裡是縣衙！走走走！」

偏偏賈慶像一灘爛泥似的，動了又沒動。

莫石堅沈吟片刻，轉身離開病房，走到小院裡，見到梅妍、鄔桑和兩個孩子都在，先行禮。「鄔將軍，這麼晚了，不知您有何吩咐？」

「隨便看看。」鄔桑隨口回答，彷彿縣衙只是路邊的池塘。

莫石堅走到男孩面前。「本官有話問你們，必須如實回答。」

虎子和石頭緊張又戒備地用力點頭。

莫石堅也顧不上什麼「孩子話不能信」，直截了當地問：「賈慶被砍手的時候，你們是不是也在？」

虎子點頭，石頭嗯了一聲。

「那名壯漢姓甚名誰？哪裡人？對賈慶說過什麼？」

梅妍滿臉困惑。這些事情不應該直接審問壯漢嗎？為什麼來問這兩個孩子？按大鄴律令他們說的話又不能當真。

鄔桑一聽就知道，那壯漢八成是沒了，看來這青雲賭坊來頭不小啊。

虎子和石頭互看一眼，先是搖頭，然後生怕莫石堅不信，補充。「他撿到我們的時候，只說讓我們叫他阿爹，沒說自己是誰。我們只知道他不是清遠人，成天不離馬車。」

「在斷賈慶右手之前，曾經小聲說了什麼，但賈慶不同意，就被切了手。」

「我們那時候在馬車裡，什麼都沒聽見。」

梅妍更困惑了，直接問賈慶不行嗎？

鄔桑問：「賈慶呢？」

莫石堅恭敬行禮，然後回答。「回將軍的話，賈慶疑似瘋癲。」

「壯漢呢？」

莫石堅行了更端正的禮。「回將軍的話，壯漢自盡身亡，搜遍馬車以後沒有特別發現。」

虎子和石頭嚇得倒退幾步，那樣狠毒的人就這樣死了？

莫石堅把心一橫。「鄔將軍，賈慶最後說話時眼神清明而焦急，渾身發抖，下官認為他的話可信，可現在他狀若癡呆，一言不發。」

鄔桑沈吟片刻，吹了一聲呼哨，烏雲應聲而出。

梅妍簡直不敢相信自己的眼睛，烏雲這麼大個兒的人，怎麼突然出來的？

鄔桑吐出兩個字。「戰備！」

「是！」烏雲旋即又消失在黑暗中。

鄔桑繼續。「莫石堅，立刻清空縣衙，轉移最近的密報資料和備份，保護雷捕頭和賈慶，檢查附近的明火、庫房尤其是私庫，有沒有違禁之物。還有，我懷疑縣衙裡有內應！」

這句話一出，每個人的後頸都感覺到了寒意。

莫石堅不信。「鄔將軍，縣衙上下的人，都是下官精心挑選來的，他們都不是清遠人，沒有親緣利益的瓜葛。」

鄔桑冷笑。「從城東到縣衙的距離，捆住加堵嘴了，為何還是會死？」

王差役聽了雙腿一軟。「莫大人，我不是，我沒有……那名壯漢真的是忽然氣絕身亡的，不是中毒。」

莫石堅還是不信。「鄔將軍，要不我們現在就去驗屍？」

「不行！」鄔桑和梅妍同時出聲。

莫石堅有些傻眼。

梅妍想了想。「賈慶求王差役把他帶回清遠，那就意味著他知道危險是什麼，可是他醒來以後還是喊著逃命，那就是說危險還在……」

鄔桑囑咐。「立刻隔開壯漢與馬車，用生石灰水淋透，周圍用火棉、磚石隔開！快去！」

「凡是碰過壯漢的人立刻聚集到一個屋子裡！」梅妍補充道。

王差役和師爺撒腿就跑，其他差役也應聲而動。

虎子和石頭瑟瑟發抖，悄悄地挪到鄔桑身後，緊張地環顧四周。

鄔桑不動聲色地護住梅妍，這樣冰雪聰明的女子可不多見。

梅妍還是不放心，走進病房看到賈慶確實眼神呆滯，問什麼都沒反應。

鄔桑和男孩子們也走進病房，莫石堅也跟了進來。

梅妍想了想，做了個大膽的決定，湊到賈慶身邊，小聲說話。「你為什麼不跑啊？逃命要快啊！」

賈慶被嚇得一個激靈，又迅速地兩眼放空，說話帶著奇怪的節奏。「月黑殺人夜，風高放火天，你們看，今晚多黑呀！你們聽，外面的風越來越大了。我貪財、爛賭，好吃懶做，我敗了劉記鐵匠鋪，還敗了自己的手……但有些事情我是絕對不會做的，我也是有良心的……」

梅妍小聲問：「他們逼你做什麼？」

賈慶沈默了很久，彷彿處於失魂狀態，說話像夢囈。「讓我趁著天黑往縣衙後院小門裡扔一根火把……」

鄔桑看向莫石堅。

莫石堅渾身一顫。「封存的小庫房，裡面都是雜物，早就廢棄不用了。」

梅妍當機立斷。「我們把雷捕頭扶出去！」

鄔桑剛要動手，被梅妍攔住。「你身上有傷，不能用力！我們來！」

梅妍看向虎子和石頭。「虎子抱頭、肩部，石頭抱腰部，我托雙腿。聽一二三，同時用力抱起。」

「嗯！」虎子和石頭前所未有的嚴肅。

「一！二！三！」梅妍一聲令下，雷捕頭立時騰空，三個人數著一二三，走出病房，走到小院裡，按鄔桑的指令放到馬車上。然後又用同樣的方法，把賈慶也移出去。

縣衙上下忙得人仰馬翻，每個人都恨不得有話本裡的分身術，總算在半個時辰內全部撤入縣衙的地道和屋子的暗室裡，還在各個屋子放了假人。

莫石堅寶貝似地抱著備份資料，窩在書房下面的秘室裡。

鄔桑摁動馬車內的按鍵，將車外的裝飾全都換掉，看起來就是一輛普通的大馬車。虎子和石頭自告奮勇地看著賈慶和雷捕頭，好在一個還在睡，另一個很呆滯。馬車再大硬擠了六個人，立刻變得侷促起來。

時間一分一秒過去，梅妍躲在鄔桑的馬車裡屏息凝神，黑暗中並不安靜，蟲吟蛙鳴一陣又一陣，漸漸的，眼皮就有些沈。

鄔桑慢慢感覺到右手肘上的重量，梅妍睏了，正緩緩地往他這邊歪，又忽然一個激靈坐起，茫然地注視著馬車外，可是沒多久，腦袋又慢慢歪了。

鄔桑不動聲色地往右邊挪了一下，讓梅妍靠得更舒服些。

虎子和石頭也漸漸支撐不住，像小雞啄米似的點頭。

鄔桑毫無睡意，伸手護住梅妍，生怕她突然驚醒了向前倒磕到頭。

梅妍迷迷糊糊的，聞到淡淡的傷藥味，像靠在很大的抱枕上，下意識地放鬆，隨手攬著抱枕抱得更緊一點。

鄔桑怎麼也沒想到，梅妍會忽然攬他的腰，一瞬間的僵硬以後便開始吐息，可無論怎麼調息，還是呼吸急促，心跳加快，只能慶幸自己腰間沒有傷，就是有點怕癢。

三更時，縣衙後方忽然冒出滾滾濃煙，緊接著有人邊敲鑼、邊高聲大喊：「縣衙走水啦……快來人啊，走水啦！」

馬車裡的人全部驚醒，雷捕頭掙扎著要下去救火被鄔桑攔住了。

很快，縣衙整個都燒了起來，火光沖天，濃煙滾滾。水龍隊趕到，擠壓水箱瘋狂灑水，沒想到火勢不減，反而因為夜風越來越大。越來越多的百姓們加入到滅火的行列，許多人衣裳不整地提著自家木桶趕來。

梅妍驚愕地望著，想下車也被鄔桑攔住，同時滿心困惑，不是提前檢查和轉移了嗎？怎麼還讓縣衙燒起來了？莫石堅夫婦和差役們真的沒事嗎？

鄔桑無聲開口。「引蛇出洞……」

梅妍望著鄔桑開合的雙唇，一時沒明白，直到他連說了三遍才了解。引蛇出洞？引哪條蛇？難道那群人還會來清遠？

不到兩刻鐘，自城東來了一列馬隊，每匹馬都配有明亮的馬燈，馬隊中間還有三輛馬車，很快就有人傳令。「靖安縣令溫錚率部下趕來救火！眾人迴避！」

「火勢太大，不要貿然救火危及自己！百姓避讓！速速退出縣衙！」

很快，靖安差役們將縣衙周圍的百姓驅趕乾淨，靖安的水龍車噴著水靠近縣衙。

梅妍驚愕，這條蛇可真夠大膽的。

靖安差役前來稟報。「回溫大人，沒有見到清遠縣衙的人！」

「回溫大人，清遠縣令莫石堅不在人群裡。」

「回溫大人，並未找到清遠縣衙的其他人。」

差役們的聲音洪亮，在嘈雜的環境裡仍然清晰。

有位老人家實在忍不住了，哭喊道：「莫大人啊，不能夠啊，這樣好的官！」老人家這一哭，引得不少百姓落淚。是啊，清遠縣令換了多少個，像莫大人這樣清廉的還是第一個。

正在這時，轟的一聲響，縣衙主建築的房頂被燒塌了，緊接著又聽到越來越多的崩塌聲。趕來救火的百姓們看了，哭的人越來越多，也越來越大聲。

靖安縣令溫錚從馬車上下來，官帽、官袍、官靴穿戴得極為整齊，臉色凝重地宣布。「清遠百姓聽著，清遠縣衙意外失火，縣令莫石堅和差役們葬身火海，實在可惜！可逝者已矣，望百姓們節哀！從現在開始，清遠縣一切事務由本官暫代打理，都散了吧，散了吧。」

天亮了，清遠縣城內瀰漫著濃重的焦炭味，縣衙除了磚石築成的部分，木質結構全被燒成烏炭。

被靖安差役驅趕回家的清遠百姓，連夜趕製了喪衣，因為事發突然，白布不夠，最後不得不用白布花代替。他們自發到縣衙廢墟前擺上米酒、糕餅、五穀，而靖安縣令溫錚卻命令差役們清掃縣衙外的廣場，灑水除髒，竹帚清洗，污水濺到了米酒、糕餅和五穀上，清掃完畢後再次驅趕百姓。

年屆花甲之年的百姓們，帶著自家兒孫主動清理廢墟，發動全城百姓給莫石堅和差役們立「衣冠塚」。

「臨時縣衙附近，不得靠近！」靖安差役的凶狠與清遠差役形成了強烈的對比，他們又一次把百姓趕走。

梅妍在馬車裡看到百姓們的舉動，很是感動；看到靖安那群人的嘴臉時，就氣不打一處來。

萬萬沒想到，更氣人的還在後面。

靖安差役們在公告欄和附近四處張貼「清遠查驗穩婆梅氏」的懸賞令，理由令人髮指，說她有重大縱火嫌疑。除了梅妍，綠柳居的花落掌櫃同樣被懸賞，理由完全相同，有重大縱火嫌疑。

梅妍隱在馬車裡，將車旁牆上的懸賞令看了一遍又一遍，氣得肺都炸了！

更想不到的是，氣還沒生起來，靖安差役就開始在縣衙附近搜人了，逐個拍馬車，迅速向鄔桑的大馬車靠近。

鄔桑極為冷靜地開口。「不用懷疑，他們垂涎妳和花落很久了。」

第六十一章

虎子和石頭都怔住了。

雷捕頭掙扎著要起身保護梅妍，卻被鄔桑摁著躺平。

梅妍的臉，帶著前所未有的陰沈，這幫畜牲不如的東西！

「害怕嗎？」鄔桑笑著問。

「害怕有用嗎？」梅妍沒好氣地反問。

鄔桑發現梅妍只有怒意，連半點恐懼都沒有，不由得好奇。「妳真的不怕？」

梅妍氣得磨牙。「我可是要在醫館開女科的郎中，沒事不要惹郎中。」

虎子和石頭驚愕地望著梅妍。

「怎麼？」鄔桑有些不解。

「郎中能救人，也能殺人，兔子急了還咬人呢，更何況是我。」梅妍說得毫不客氣。

鄔桑的笑意越發明顯。「靖安差役離我們還有兩輛馬車，妳想逃，還是想給他們點顏色瞧瞧？」

梅妍怒極反笑。「鄔大將軍，您早有計劃，何必試探我？」

鄔桑饒有興趣地望著梅妍。「那就等他們自投羅網吧。」

不出鄔桑所料，靖安差役很快就來拍馬車。「車上的人都下來！」

梅妍最先下馬車，坦然迎上靖安差役上下打量的猥瑣眼神，扭頭就走。

靖安差役們怎麼也沒想到，懸賞令還沒貼完，梅妍就這樣突然出現，而且沒有半點被通緝的恐懼。

「妳是何人？速速報上名來！」一名差役大喝。

梅妍很鎮定。「民女梅氏，清遠縣衙的查驗穩婆。」

差役們喜不自勝，毫不費力就遇上梅妍，這可是大功一件，不由分說就要動手押她。

梅妍避讓，提高嗓音。「靖安差役辦案抓人這樣沒規矩的嗎？通緝令上說我有重大嫌疑，請問人證呢？物證呢？青天白日，朗朗乾坤就這樣誣衊人嗎？」

差役忽然高喊。「穩婆梅氏在這裡！」

一下子，差役們都圍攏過來，縣令溫錚也踱著官步走來。

清遠的百姓們一聽說梅小穩婆要被抓，立刻挨挨蹭蹭地靠過來。

溫錚不緊不慢地在差役人形牆的簇擁下走到梅妍面前，立刻給個下馬威。「大膽梅氏，懸賞令前竟敢拒捕？來人！帶下去！」

差役們爭先恐後地抓梅妍，梅妍握著羅玨送的柳葉刀，就要動手。

「住手！」鄔桑從馬車上走下來，和顏悅色地勸。「這位大人，名正才能言順，您這樣抓人恐怕難以服眾。」

溫錚知道鄔桑大名，卻從沒見過他，只覺得這人看似溫和但氣勢驚人。但清遠這地方「天高皇帝遠」，區區一個小縣城，還能有大菩薩在這兒嗎？

「本官接管清遠，本官就是這裡的父母官，天下沒有不是的父母，哪容得你等刁民置喙？」溫錚完全沒把穿常服的鄔桑放在眼裡，不，只覺得他好看得礙眼！

鄔桑知道溫錚靠伯父謀得官職，但能在靖安當六年縣令，應該不笨，現在一見發覺這廝實在是個蠢材，見他這輛大馬車的規制如此不尋常，竟然毫無反應。

鄔桑沒有半點退讓，只是沈聲說道：「大人，還請您三思。」

溫錚不禁笑了。「本官難道還要你來教為官之道嗎？來人，他偏袒穩婆梅氏，與她同罪，一起帶走！」

差役們見鄔桑個子高，紛紛抽出佩劍，試圖架住他。

還沒想到，他們剛把劍抽出，還沒架到鄔桑的肩膀上，就聽到一聲尖銳的呼哨，只覺得握劍的手一麻，連膝蓋都軟了，噹啷地一陣響動，佩劍全都落在地上。

溫錚的笑容凝在臉上，望著極為坦然的鄔桑，破口大罵。「養兵千日，用兵一時，你們這群廢物，連人都抓不住？」說完抽出腰間佩劍直指鄔桑。

下一秒一聲怒吼驟然響起。「保護大將軍！大膽溫錚竟敢謀害鄔桑大將軍?!」

溫錚的手腕突然劇痛，原來鄔桑奪劍、劈腕瞬間完成，佩劍掉落在地，他腦子嗡嗡作響，怎麼可能？怎麼會？

鄔桑亮出將軍印，吩咐道：「靖安縣令溫錚，眾目睽睽之下，意圖謀害本將軍，將他摘了官帽、脫掉官袍，押入囚車待審！」

圍觀的百姓們發出一陣陣的喝彩聲。這個靖安的狗官憑什麼到清遠來指手畫腳？活該！

溫錚只覺得眼前發黑，一陣天旋地轉，官帽、官袍瞬間就被脫去，渾身直冒冷汗，鄔桑是大鄴最年輕的驃騎大將軍，自己這是真的找死，只能爭取時間。「鄔將軍，下官有眼無珠，多有冒犯，請大將軍饒命啊，大將軍！大將軍，下官要抓穩婆梅氏，不是沒理由的，她是縣衙的查驗穩婆，沒有葬身火場，聽到縣衙走水的消息，也沒有第一時間趕來救火，所以她是第一嫌疑人，大將軍……」

鄔桑的親兵們將溫錚扔進囚車鎖好，視線落到靖安差役身上，格外不友善。

靖安差役們都傻了，好不容易才回過神來，立刻跪倒一大片。「見過大將軍！」

鄔桑高聲說道：「莫大人，出來吧！」

囚車裡的溫錚瞪大了眼睛。莫大人？莫石堅？不是已經燒死了嗎？

圍觀的百姓們爆發出一陣驚愕聲。莫大人沒死嗎？那燒塌的縣衙是怎麼回事？

傳來一陣馬車聲，莫石堅下車走到溫錚被囚的馬車前，望著他異常狼狽的樣子。「溫大人，你手下的差役好大膽子，竟射箭毒殺我清遠的雷捕頭。這筆帳，我們必須好好清算！還有，那輛帶鮫鍊的大馬車到底什麼來歷，你最好說清楚！」

溫錚死命地掙扎，可他帶來的囚車格外牢固，怎麼掙都紋絲不動，只能避開莫石堅的視線，一言不發。

圍觀的百姓們發出一陣陣歡笑聲，都為莫大人沒事而開心。

身後的馬車一陣響動，雷捕頭在虎子和石頭的幫助下，走到溫錚的囚車前，臉色微黃而憔悴。「溫錚，今日你必須向我這全身的傷道歉，依律處置你手下的差役！」

溫錚閉目不語，一副死豬不怕開水燙的模樣。

鄔桑抓著溫錚的手，溫錚拚著命想掙脫，只聽到清脆的骨裂聲，伴著溫錚右手腕的異常角度，讓溫錚疼得慘叫連連。

鄔桑一使眼色，隱匿在暗處的烏雲立刻出現，放了一名靖安差役，囑咐道：「你現在就騎馬回靖安，告訴溫大人，如果天黑以前他沒有到達清遠，就等著給溫錚收屍吧！」

溫錚在囚車裡哆嗦一下，又閉著眼睛強裝鎮定。

靖安差役連跌帶爬地上了馬，像離弦的箭一樣衝了出去。靖安其他被抓被捆的差役們頓時羨慕又嫉妒，這分明是脫險的好機會。

周圍的百姓們拍手叫好的，誇莫石堅聰明機智的，誇雷捕頭身體好的……最後莫石堅實在受不了了，讓差役們催促百姓們趕緊回家。

梅妍望著莫石堅。「大人，莫夫人怎麼樣？你們有沒有哪裡不舒服？其他差役們有沒有受傷需要處理的，簡單的我也可以做。」

莫石堅微微笑，縣衙被燒成這樣，實在沒什麼可以笑的，但梅妍這樣關心大家，以及聽到清遠百姓們這樣對待逝去的「大家」，他非常欣慰這些年的努力沒有白費。

此時用布巾包頭的莫夫人走出來，看著梅妍笑意盈盈。「好孩子，妳有心了，我沒事。」

莫石堅還有許多事情要處理，在陽光之下看書抄寫非常不便，只能再次通過暗道進入縣衙的地下，雖然計劃已經很周全，但他還需要更精細地策劃。畢竟，巴嶺郡太守溫敬那個老狐狸就要來了，他必須好好應對。

鄔桑將梅妍扶進馬車，烏雲駕車，喊了聲「駕」，大馬車跑起來，徑直向營地馳去。

鄔桑的大馬車行駛得很平穩，車廂內靜得出奇。

虎子和石頭被接踵而至的事件震得茫然，不知自己能做什麼，更不知道該做什麼，兩人眼巴巴地望著梅妍和鄔桑。

梅妍閉目養神，看著極為淡然，內心卻山呼海嘯地根本靜不下來。

尋常百姓每日睜眼忙到閉眼，想著如何能靠自己的雙手和大腦賺到更多錢，怎樣才能改善自己和家人的生活，生活有盼頭，辛苦一點又算什麼？

可就有這麼一群人，錦衣華服、舉止優雅、吟詩作賦、風花雪月，衣食住行無不精緻華美，擁有了人世間所有的美好。這群人裡面，偏偏就有即使坐擁權勢地位、萬貫家財，仍然絞盡腦汁搶奪旁人的財物，踐踏為人的尊嚴、甚至奪人生命連眼睛都不眨的罪惡之徒。

若是尋常百姓，不是斬立決，就是流放。可他們糾集了一群狂惡之徒，暗中操控，即使有朝一日事發，他們也能全身而退，繼續隱匿地算計、爭奪，無休無止。

雷捕頭忽然高呼一聲。「氣死老子了！」

虎子和石頭大受驚嚇，想找地方躲，可偏偏不敢靠近鄔桑，最後下意識地往梅妍身旁湊了湊。

梅妍翻騰的思緒被打斷，看向臉色偏黃的雷捕頭，額角青筋暴起，頸間血管搏動清晰可見，頓時理智回歸。「雷捕頭，生氣和害怕一樣，都沒什麼用，趕緊好起來，回到莫大人身邊去才是正事。怒傷肝，你真氣死了，傷心的又會是誰？」

雷捕頭長嘆一聲，似乎想要吐盡胸中積鬱，悶悶不樂地問：「梅小穩婆，我什麼時候才能好？」

「這要問胡郎中。」梅妍立刻想到一樁事情。「昨晚到今早，胡郎中都沒有出現，他不會出什麼事吧？」

馬車驟然停下，聽到外面傳來胡郎中的聲音。「草民胡敬中，求見鄔桑大將軍！」

「不見！」鄔桑一拍車廂。

「大將軍！」胡郎中攔在馬車前面。

烏雲不得不勒住韁繩。「胡郎中，麻煩讓開。」

胡郎中擋在馬車前面紋絲不動。「鄔將軍，求您收下老夫攢存多年的這個竹箱！」

梅妍發現，鄔桑的坐姿甚至連搭在一起的手指都沒有動過，但整個人的氣場與方才天差地別，彷彿瀕臨爆發的火山，下一秒就會把周圍所有毀得乾淨，很不正常。

梅妍雖然喜歡聽八卦，但像鄔桑和胡郎中這樣暗藏過往的人，不是她能隨意詢問的，所以只是坐著一言不發。

鄔桑緩緩開口。「還不快走？」

烏雲一抖韁繩。「駕！」

梅妍趕緊掀開車簾，眼睜睜地看著馬車向胡郎中碾去，在即將撞上的瞬間胡郎中終於讓開，嚇得猛抬頭，撞在了窗框上，默默捂頭。

鄔桑把梅妍拽住，眼神和表情都異常凶惡。「妳幹麼？」

梅妍眨著眼睛，動了動嘴角，沒有回答。

「覺得我冷血殘酷？」

梅妍想了想。「沒有。」

「在我面前耍心眼妳還差點道行。」

「哦。」梅妍認真點頭。

鄔桑被梅妍憋得不行，瞬間炸了。「妳到底在想什麼不能直說嗎？」

梅妍假笑。「民女不敢。」

「說！」

烏雲握著韁繩的手一抖。鄔桑暴脾氣的時候根本沒人敢說話，梅小穩婆好膽量！

梅妍垂著眼睫，幽幽回答。「有什麼話敞開說比較好。」

「那妳倒是說啊！」

「民女是說您和胡郎中！」梅妍抱頭躲到車廂角落。「都是極好的人，值得說一說。」

虎子和石頭兩人沒了梅妍盾牌，嚇得六神無主地待在原地。

雷捕頭躺著不能動，不然也急著想找地方躲。

下一秒，梅妍就被鄔桑拽著下了馬車。

鄔桑瞪著梅妍堪稱凶惡至極，指著狼狽的胡郎中。「都是極好的人？誰？我還是他？」

梅妍深刻體會了「城門失火倒楣魚」的無辜，瞬間決定裝死，可這樣的情形，她連裝死的膽量都沒有。

「說啊！」鄔桑咆哮。

胡郎中，甚至馬車裡的人都瑟縮了一下，連烏雲都眼巴巴地看著梅妍，佩服她有無比勇氣的同時，還希望她能說點什麼，以平息鄔桑的怒氣。

梅妍掰著手指開始問：「鄔桑大將軍，您的戰功赫赫是拿無辜平民充人頭得來的嗎？」

「不是！」鄔桑鼻孔噴氣。

「您上戰場的時候，謀害同袍為自己獲得軍功了嗎？」

「沒有！」

梅妍鼓足所有的勇氣微笑。「生死關頭最考驗人性，您的軍功得來得光明磊落，守護邊疆安寧，在我心裡就是大好人啊。下冰雹那天，您身負重傷還策馬營救孩子們，身居高位的您完全沒必要這樣做，那也是大好人啊。我去過不少地方，許多衣錦還鄉的人第一樁事情就是大興土木、修宅子，百姓們苦不堪言。但您是返鄉養傷的，卻找個半山腰當臨時營地，親兵們不擾民、不滋事，更是大好人啊！」

烏雲倒抽了一口氣，如果剛才的郞桑像爆怒炸毛的猛獸，此時此刻卻被安撫順毛了，這就是梅小穩婆的口才嗎？簡直不敢相信！

「走！」郞桑一揮手。

「駕！」烏雲一甩鞭子，駕著馬車很快駛離。

梅妍小心翼翼地環顧四周，放眼望去是被冰雹毀損的大片農田，高高低低的喬木、灌木，天上有飛鳥，地上有動物，剩下的就是……他們三個人。很美的田園山色，嗯……讓她怕得慌。

郞桑指著胡郎中，質問梅妍。「他這樣的庸醫也配得上稱為好人？妳是不是瞎?!」

梅妍被嚇得噎了一下，卻不得不說。「大將軍，人有很多面的，至善至惡的人畢竟是少數，我到清遠來以後，胡郎中一直是拚命的好郎中。」

胡郎中雙手顫抖地從衣服裡取出厚厚一疊紙，眼神既有絕望又有希冀。「你離開清遠以後，我治癒的病人都有紀錄，我說過，醫治五人抵一人，我做到了。我四處結交遊說，終於重開了秋草巷，雖然沒能恢復到之前的樣子，但至少……」

「你住口！」鄔桑的眼神一瞬間哀痛至極，雙眼血紅。「如果當時你能重視最初的病患，好好地用隔開治療的法子，至於死那麼多人嗎？秋草巷會變成活死人之地嗎？你重開秋草巷？那時當年書墨飄香的秋草巷嗎？現在是清遠最荒涼、最骯髒的地方！」

胡郎中又從身後一堆箱籠裡取出一個匣子，哆嗦地遞過去。「這些是……秋草巷所有的地契……可是，草民能力有限……」

鄔桑怒極反笑，笑聲駭人，彷彿黑暗之中的夜鬼哭泣。「當初秋草巷從頭到尾都是我家的！你拿這些來做什麼？來做什麼！因為你的疏忽和傲慢，全清遠八百多人被趕到秋草巷自生自滅，污物橫流，屍體遍地，那裡變成了一個大茅坑！」

鄔桑面無表情地陳述。「我沒有生病，但也不能出去，阿爹、阿娘為了保護我，把我藏在秋草巷最高的閣樓裡，把所有的吃食和乾淨的水都給了我。那些都是看著我長大的人，我躲在閣樓裡，看他們不停地嘔吐、腹瀉，一個接一個地倒在污穢裡死掉。」

他越說，胡郎中越發顫抖，但鄔桑沒有停下。「先是我大伯和大伯母，然後是堂哥、堂弟，每逢有天災，第一個開施粥場的就是他們家，冬天施冬衣，夏天施草藥。再是我三伯、四伯家，他們起早貪黑三年才做出了全大鄴最便宜的紙張，可以讓寒家子弟也能用得起，走的是薄利多銷的路子，紙張賣遍了整個大鄴，也只是維持生計而已。

「然後，是我爹，接著是我阿娘！她臨死前讓我逃走，讓我活下去。我逃了，逃出去的時候，我看到了，我看到你了，你在秋草巷外面嚎啕大哭，周圍的人都在安慰你，卻用驚恐的眼睛看著我，手裡拿著磚石棍棒要打死我。你護住了我，然後把我送去了育幼堂。」郞桑現在更像是暴戾的凶獸，打算把胡郎中直接撕成碎片。

第六十二章

「求求你，不要再說了，不要說了……」胡郎中抱著頭蹲在地上。「我用命抵，我現在就自盡！」

鄔桑沒有停住，咬牙切齒地繼續。「胡敬中，你不准死，再病再累都不准死，你欠我家的債這輩子都還不清，你欠清遠百姓們的債，生生世世都還不清！」

梅妍驚愕地退開兩步，又退開兩步，望著對峙狀態的鄔桑和胡郎中，腦子裡一片空白，張了張嘴卻發不出聲音，這不是她能開解的事情。

可是她很擔心，擔心鄔桑傷口迸裂、外傷加重，更擔心鄔桑會不會因此精神錯亂，還擔心胡郎中悲痛欲絕、一病不起，最擔心到時她無能為力。

正在這時，鄔桑痛苦地捂住傷口，身體搖晃兩下，下意識看向梅妍，沒看到人，心裡一緊，環顧四周，卻發現她已經離自己有十步遠了，戒備而驚恐地望著自己。

梅妍一看鄔桑的眼神，身體比腦子還快，一溜煙地跑過去扶住鄔桑。「不要說話，跟著我深呼吸，慢慢吸氣……呼氣……」

鄔桑錯愕之餘還是照做了。在他這樣狂怒的狀態下，還敢靠近他、擔心他的，也只有梅妍了吧？

空氣像凝固了一樣，時間流逝得極度緩慢，每分每秒對梅妍都很煎熬。

胡郎中眼巴巴地望著梅妍，眼神裡既充滿感激、又有些落寞，更多的是擔心，她還會不會像以前那樣尊敬自己？

梅妍好不容易才看見鄔桑的臉色好轉，又看向另一邊。「胡郎中，您方才攔車，要鄔將軍收下竹箱，那裡面裝了什麼？」

胡郎中扔了枴杖跪下，撲通聲大得嚇人。梅妍聽了覺得膝蓋疼，生怕他一跪骨折了。

胡郎中向鄔桑恭恭敬敬地磕了個頭。「鄔將軍，您不准草民死，草民就不死！鄔將軍，這些是育幼堂六年的收支帳冊，自從您離開育幼堂以後，草民就開始搜集，腰封塗綠的是實際收支，腰封塗紅的是縣衙帳面收支。草民打探以後才知道，此前的縣令與鄉紳富戶勾結，帳面上增加了支出，實際上卻緊縮支出，每年的育幼堂撥款、捐贈後的返稅，都落進了他們的腰包，真正用在育幼堂的花銷，只有草民的那部分。」

胡郎中看鄔桑神情不變，繼續解釋。「目前所知的源頭是巴嶺郡太守溫敬，官官相護，溫敬背後一定有更大的黑手。草民力微，只願鄔將軍能收下這些帳冊上達聖聽，想來陛下心慈仁愛，能用雷霆手段清理這烏煙瘴氣的清遠、巴嶺郡，以及許許多多其他一樣的地方。」

胡郎中又磕了個頭，才道：「鄔將軍，草民知道，大鄴律令對武將有諸多約束，您年少成名，功勛顯赫，定有許多眼紅小人對您虎視眈眈，如果您不願意接手，草民明日便啟程，去國都城告御狀！若您需要有人在御前作證，草民也願意趕赴國都城，草民曾是太醫，陛下對草民還存著微薄的信任。」

胡郎中說完，又對著鄔桑行了大禮。「草民此生未娶，只願以後在育幼堂長大的孩子們不再受苦，不會因為生病而被活埋，不會因為長得尋常而被發賣，不會因為長相俊秀而害怕穿新衣服……」

鄔桑沒有理睬胡郎中，而是逕自打開竹箱，取出一本塗紅的帳冊，仔細翻看以後又拿了一本翻看，許久才問：「這些從哪兒得來的？」

胡郎中繃直身體，跪得筆直。「鄔將軍，抱有同樣的心願的人不只草民一個，有良心未泯的差役，有被逼做假帳的帳房先生，甚至於縣衙廚娘。有些帳冊上有褐色污漬，那是乾涸的血跡，是有人用性命換來的。」

胡郎中望著連眉頭都沒皺一下的鄔桑，急急道：「鄔將軍，還有，那群人手裡有許多商鋪書契，操控商鋪租金聯合漲價，每年一漲，甚至半年一漲，店家負擔不起只能跟漲，百姓們只能硬著頭皮買。店家沒賺，百姓花銷更多，店家罵百姓窮鬼，百姓罵店家心黑，他們卻賺得盆滿缽滿。鄔將軍，草民常離開清遠出診，整個巴嶺郡都是這樣，吃人不吐骨頭也不過如此！」

天空中的烏雲層層疊疊，一陣風吹過鄉間小路，揚起微塵，掠過三人身側，吹起衣襟袍裾，風過之處，只餘寂靜。

鄔桑的黑髮被風掀起，露出右臉頰駭人的傷疤，他緩緩伸手將胡郎中一把拽起來。

梅妍撿起枴杖，塞到胡郎中手裡。

胡郎中的嘴角一直似笑非笑地抽動，眼神出奇憤怒。「巴嶺郡太守溫敬，靖安縣令溫錚，伯姪二人橫行多年，現在連清遠雷捕頭都敢毒殺，昨晚竟連清遠縣衙都一把火燒了！鄔將軍，盛夏最熾烈的陽光都照不透他們一手遮天的黑暗嗎？」

鄔桑冷笑著閉上眼睛。「回去吧，別死，還有許多事情要做。」

「是！」胡郎中拄著枴杖行禮，然後從衣服裡掏出一串鑰匙，塞到梅妍手裡。「梅小穩婆，這些鑰匙上面都刻了字，按字開門就行。」

梅妍趕緊把鑰匙塞回胡郎中手中。「我不要！」

胡郎中笑得眼中有淚。「老夫會努力地活，但也保不齊哪天就活不去了。這些是備用鑰匙，以防萬一的，醫館那裡有柴謹打理，該囑咐他的話，老夫這幾日會慢慢說，不用擔心。不論何時何地，你們都可以信任柴謹，他雖然……榆木疙瘩似的，但勝在可靠，柴家的人妳也都見過了，都是坦坦蕩蕩的。」

鄔桑拿了鑰匙塞進梅妍手裡，聲音裡帶著不容拒絕的意味。「收著！」

梅妍乾巴巴地回答。「謝謝啊……」

胡郎中補充道：「梅小穩婆，那間小屋就是妳的，等縣衙重建好了老夫就去辦過戶，如果妳實在過意不去，就當是妳救治清遠疫病的酬謝。如果秋草巷的事件再來一次，老夫會瘋的，梅小穩婆，謝謝妳。」

梅妍拿著沈甸甸的鑰匙串，目送胡郎中慢慢走遠，忽然想哭。

鄔桑對胡郎中的感情非常矛盾又複雜，還有餘怒未消。「他能給妳一間小屋，我可以給妳整個秋草巷！」

梅妍輕輕地碰了一下鄔桑的胸口，指尖沒有濕濡的觸感，確定他的傷口沒有迸開，悄悄鬆了一口氣。

鄔桑被梅妍的舉動驚到了。「妳……」

梅妍沒好氣地看了鄔桑一眼。「羅軍醫把您託付給我照看幾日，還送了我許多東西，拿人手軟、吃人嘴短，我不能……哎，你別走啊！」

這人這麼大個子，年紀輕輕的卻經歷了許多人一輩子都沒吃過的苦頭，怎麼還這樣喜怒無常呢？

梅妍根本沒邁出兩步，就追到了鄔桑，原因無他，塞得滿滿的竹箱還在路邊擱著呢。見鄔桑要整個抱起來，梅妍連忙一把摁住竹箱。「不行！您的傷口會裂開的！」

「妳搬？」鄔桑眼中的戲謔沒藏住。

「我搬就我搬！」梅妍繃著臉開始算，就算一次搬十本帳冊，這裡至少一百多本，要走十幾個來回，每個來回……哎呀，不對。「搬哪兒去啊？」

「育幼堂後面的半山腰營地。」鄔桑也不客氣。「按妳這速度，一趟半個時辰吧。」

梅妍恨不得跳起來咬鄔桑一口，理智告誡自己不能這樣，勉強擠出個皮笑肉不笑。「將軍稍等，我這就去牽我的小紅馬。」

鄔桑就在梅妍身旁，想看不到她滿臉疲憊都難，繼續。「妳的小紅馬在哪兒？」果然，梅妍神智還能硬撐，大腦已經罷工。「我的小紅馬在……小屋？不對，縣衙？也不對，醫館？還是不對……」

鄔桑搖搖頭，吹了聲響亮的呼哨。可梅妍甚至都沒聽到，還在鑽牛角尖地琢磨。「我的小紅馬在哪兒？我什麼時候騎牠的？我上次見到牠是什麼時候來著？」

烏雲把雷捕頭、虎子和石頭送回營地後，就立刻駕著馬車調頭，悄悄隱在附近的樹林裡，聽到哨聲立刻駕車趕過去。

鄔桑一般不生氣，生起氣來不是人！

離鄔桑越近，烏雲越緊張，也不知道大將軍的氣有沒有消，自己會不會變成倒楣的出氣筒，萬萬沒想到的是，馬車停下的那一刻，鄔桑神情如常。

烏雲覺得這時候就算附近的小池塘突然乾了，他都能接受。「將軍！」

「上車！」鄔桑將梅妍扶上馬車，扭頭囑咐。「搬上去，掉一張紙，扒你一塊皮。」

烏雲對威脅不以為意，將竹箱搬上馬車，妥善放好。

「去哪兒找我的小紅馬？」梅妍還沈浸在馬在哪兒的疑問裡。

「先送妳回去。」鄔桑一拍車廂。「去梅家小屋。」

「駕……」烏雲一聲喝，馬車飛快地向小屋馳去。

鄔桑背靠車廂的軟墊，望著竹箱陷入沈思，靖安差役射殺雷捕頭，靖安縣令溫錚沒有登門請罪，反正一把火燒了縣衙，如果不是及時獲得消息，莫石堅他們就真的被燒死了。

鄔桑以將軍之名拉下溫錚，讓莫石堅扣了溫錚和靖安的差役們，又放了一名差役回去報信。巴嶺郡太守溫敬，這位風度翩翩的衣冠禽獸會怎麼做？

黃昏時分，巴嶺城衙門，溫敬正在書房臨帖，一筆一畫極為認真而專注。左手邊一名丫鬟在搖扇，一名在磨墨，右手邊的丫鬟在烹茶，書架和博古架邊有一名丫鬟在掃塵，書房讓一名侍衛值守，一名丫鬟在值門。

丫鬟們穿著一水兒的櫻粉色制式襦裙，梳雙髻，步態輕盈，在書房精心侍奉著。

書房外的遊廊傳來急促的腳步聲，以及一道道的傳令聲。「大人，急情急信！」

溫敬抬起手中筆，丫鬟立刻雙手接過，輕輕放在筆山上，小心地退到一旁，溫敬理了一下腰帶，沈聲問道：「何事如此驚慌？」

逃命回來的靖安差役跪在書房外。「大人，不好了！」然後抬頭看了看，欲言又止，又低下頭。

溫敬開口。「都退下吧。」

「是！」丫鬟們輕聲細語，紛紛行禮後離開。

差役這才走進書房跪下，等丫鬟把門帶上才開口。「大人，不好了，錚大人被莫石堅扣下了！還被擰傷了右手腕，關在囚車裡！」

「什麼？」溫敬連眉頭都沒皺一下。「錚兒去清遠做什麼？」

差役又小心翼翼地問：「大人，能否湊近說話？」

溫敬坐在椅子上，身體微微傾斜，聞到差役身上的汗臭味，忍不住皺眉，邊聽差役的稟報，臉色越來越難看。「莫石堅是如何逃過大火的？鄔桑怎麼會在清遠？」

溫敬每問一句，差役就瑟縮一下。

「什麼？大馬車和其他人證都在清遠?!一群沒腦子的混帳東西！來人，把他拖下去杖責二十！」

「大人，饒命啊……」靖安差役怎麼也沒想到，他拚死拚活跑來報信，話剛說完就要挨二十板子，天理何在？

梅妍下了馬車，一步三晃地走到小屋緊閉的木門前，平日熬一個通宵就夠睏的了，再經歷「生離死別」事件的衝擊，睏上加睏不說，整個人都被負面情緒包裹著，怎麼也逃不開。

梅妍用指尖分開幾乎黏在一起的眼瞼，剛要敲門，門就吱呀一聲打開了，蓉兒飛奔出來抱大腿。「梅小穩婆回來啦！」

像號令似的，梅妍又被姑娘們包圍了，像忽然掉進了鳥窩，耳邊全是小姑娘的關懷聲，梅小穩婆累不累？梅小穩婆餓不餓？廚房有好吃的！我給妳鋪床……嗓音軟萌的，輕聲細語的，溫言軟語的……一句句、一聲聲，彷彿像帶著無形的能量，圍繞著梅妍，有驅除疲勞的效果。

梅妍望著一雙雙真誠的眼睛，實在不忍心無視她們的好意，重新打起精神。「行吧，那我先吃點，然後再睡覺，行不行？」

話音剛落，梅妍就被移到桌子前，真的是移，覺得自己都沒怎麼動腳，就被拽過去了。吃食一份又一份地擺在桌上，梅子湯，涼糕，有肉有蛋還有野菜的麵片湯，還有剛摘的梅子和杏，擺了小半桌。

梅子湯酸甜可口，涼糕軟糯微涼，麵片湯鮮香，配色又好看。自以為累得沒胃口的梅妍，一刻鐘不到的時間，將食物全都送進嘴裡，喝完最後一口湯還打了個嗝。

「啊，吃飽了……」梅妍很沒形象地癱在椅子上，想到姑娘們還在看，立刻正襟危坐裝文雅。

梅婆婆這時才出現。「說說吧，妳不說清楚就別想睡覺，縣衙為何會起火？有沒有人受傷？昨兒若不是我虎著臉扮虎姑婆，她們可都趕去了。」

「莫夫人有沒有受傷？」蓉兒屬於小事迷糊、大事很精明的個性，記得莫夫人的好。

梅妍長話短說。「縣衙起火，縣衙上下都沒事，是一場意外。」

「真的？」蓉兒眼巴巴的。

「真的，莫縣令、莫夫人、師爺他們都沒事，雷捕頭去將軍營地公幹了。」

姑娘們放心了。

秀兒在幫梅妍分擔的這件事情上有執念。「梅小穩婆，我不小了，可以做許多事情，妹妹們都很乖，知道大的照顧小的，以後我要跟妳出去……」

梅妍剛恢復的那點精神很快就耗完了，舉起雙手。「行，行，行，我怕了妳了，等我睡醒了再說行不行？我真的很睏了。」

姑娘們見梅妍坐得東倒西歪的樣子，知道不能硬纏。

梅妍順便使了個小心眼。「梅婆婆在教妳們認字，那我睡醒了要檢查作業。」沒錯，既然準備好好對待，那識字就是基石。

姑娘們一聽瞬間散開，準備作業去了。而秀兒用最快的速度給梅妍準備了沐浴的水，還清走了帳幔裡的蚊子。

梅妍洗澡的時候差點睡著，穿衣服的時候撞了牆，走到床榻前怎麼也找不著帳幔的入口，好不容易找到後躺平就秒睡了。

然而這一覺睡得並不輕鬆，幾乎把秋草巷疫病又經歷了一遍，夢境裡的生與死真實得令人顫慄，更可怕的是胡郎中成了自己，被迫目睹鄔桑經歷的一切，面對他的逼問「你拿什麼賠？你怎麼賠？」只能到處亂跑，卻總是被他攔路逼問。

這場惡夢真實而殘酷，梅妍卻被困在裡面怎麼也醒不了。最後還是進臥房拿東西的梅婆婆，感覺到梅妍不對勁，掀開帳幔看到她滿頭大汗、使勁掙扎卻動不了，才趕緊把她大力搖醒。

梅妍一醒就筆直地坐起來，大口大口地喘氣，兩眼發直。

梅婆婆被嚇得夠嗆，端了梅子湯進屋，讓梅妍一口氣喝完，拉著她的手細心觀察。

梅妍幾乎停擺的大腦在汲取了梅子湯的糖分以後重啟，長舒一口氣，迎上梅婆婆關切的視線。「我沒事，就是作了場天大的惡夢。」

「孕婦死了？」梅婆婆心疼地用帕子拭去梅妍額頭的汗水。

「不只……」梅妍費力地把夢境講了一遍，心有餘悸，然後又把胡郎中的那串鑰匙交給梅婆婆保管。

梅婆婆收好鑰匙，半晌沒說話。

梅妍渾身都濕透了，又去沖涼換了身衣服，不知怎麼的覺得有點涼，在這大熱天覺得涼，是不是有哪裡不對勁？

梅婆婆替梅妍捋了一下散亂的頭髮。「妳到清遠以後太過辛苦，就好好休息幾日。」

梅妍搖頭。「不行，還約了五位孕婦呢。」

梅婆婆微微搖頭。「她們的家人都來過了，說了一堆好話，然後就……不請妳了。」

「啊？」梅妍怔住了。

「先是冰雹，清遠所有的民宅都受損了，還有人受傷，修葺房屋要花不少錢；然後是疫病，雖說沒人因為疫病死掉，但要修房、要準備吃食，還要照顧受傷的家人，有三個早產了，她們都另找了便宜的穩婆。沒法子，鄉親們平日就過得捉襟見肘的，屋漏偏逢連夜雨，除了咬著牙硬撐，也實在沒有其他法子。」

「哦。」梅妍答得乾巴巴，卻也沒太心疼，反正她手頭有餘錢，多休幾天也沒關係，畢竟鄔大將軍給的換藥費還挺多的，更別提每兩天送來的米麵糧油了。

「再睡一會兒，」梅婆婆勸道：「別怕，我守著妳。」

「嗯。」梅妍放心地躺平，安慰自己就當閉目養神了。

沒想到，這一覺竟然無夢無魘，睡得很香甜。

第六十三章

梅妍坐得筆直，望著屋子裡的亮光，覺得自己可能被睡魔附體了，她這一覺醒來竟然已經是早晨了?!

梅婆婆在小院裡打理花花草草，孩子們各忙各的。

梅妍漱洗完畢，走進小院就被姑娘們的作業給襲擊了，隨便找了個地方坐著檢查作業。

正在這時，傳來敲門聲。

秀兒去應門，一刀夫婦帶著孩子們來了，刀廚娘開始準備早飯。硬跟著一刀全家來的，還有六子木和三腳貓，奇怪的是他們不只帶了米麵，還揹了一大捆竹篾條來。

姑娘們畢竟是育幼堂長大的，對自己好的人十分嘴甜，分站兩邊打招呼，一群姑娘一迭連聲溫聲軟語。「大叔叔、大嬸嬸、刀家哥哥、刀家姊姊、妹妹、六叔叔、三叔叔。」

六子木笑得合不攏嘴，見到梅妍立刻正色。「見過梅小穩婆。」

梅妍趕緊起身行禮。「不敢當。」

三腳貓天生自來熟。「梅小穩婆，鄔將軍說，中元節快到了，讓我來給孩子們做些滾燈玩。」

梅妍有些好奇。「滾燈是什麼？」

姑娘們在育幼堂時只能勉強餬口，被接到梅家小屋才過上不餓肚子的生活，沒想到現在竟然要有玩具了，個個既興奮、又好奇。

三腳貓和六子木打開自帶的魯班椅，竹篾條擱在腳邊，拿著一團粗綿線，將篾條彎成大小不一的圓形，大圓小圓相交相疊用綿線固定住。六子木又拿著竹篾條去了廚房，用柴火將篾條烤到彎折，再拿到小院裡。

兩人用了一上午的時間，按姑娘們的身量，做好了十一盞大小不同的滾燈，又拿來薄鐵片沾了小蠟燭頭，按在滾燈的中心位置。

姑娘們將滾燈放在腳下，輕輕一推，圓球形的滾燈就會滴溜溜地滾走，而小小蠟燭頭始終保持著正中向上的位置，怎麼滾都不會翻倒。姑娘們喜出望外，一陣陣道謝聲把三腳貓和六子木的心都謝軟了，兩人抓耳撓腮地臉都紅了。

梅婆婆在旁邊看著，臉上也帶著忍不住的笑意，鄔桑大將軍真是有心了。

梅妍也被極簡美的滾燈吸引了，可滾燈只有十一盞，心底有一點微妙的羨慕。

三腳貓拗不過姑娘們充滿期盼的眼神，用一根信香點亮了蓉兒的滾燈，讓等不及天黑的孩子們先睹為快。

蓉兒又叫又笑，追著滾燈跑，滾燈在小院裡到處滾動，小小的燭光始終向上，無論滾到哪裡都有亮光。姑娘們開心極了，每個都激動得小臉通紅，完全不在意正午熾熱的陽光，在小院裡推著滾燈來回跑，只盼著天快些黑，最好馬上就天黑。

三腳貓和六子木把做燈的廢料收拾乾淨，起身告辭，又受到了姑娘們依依不捨的眼神追捧，兩人幾乎是飄出梅家的。

梅妍代替姑娘們送到門外，發現鄔桑的大馬車停在附近，還送回了小紅馬，這才反應過來。壞了，每兩天要換藥的事情忘記了！

於是，梅妍牽著小紅馬進馬廄，和梅婆婆打過招呼，揹上大包出了梅家大門。

烏雲駕馬車，鄔桑坐在馬車裡，梅妍逐一行禮打過招呼才上去，迎面就是鄔桑若有所指的、略帶控訴的眼神。嗯……

梅妍注意到眼神複雜的烏雲，沒往心裡去，上了馬車實話實說。「鄔將軍，對不起，就……睡過頭了。」

鄔桑面無表情地開口。「該當何罪？」

「民女知錯。」梅妍立刻低頭認錯。

「然後呢？」

「啊？」梅妍傻眼，認錯完了還要然後，眼珠子轉了又轉。「給將軍行大禮認錯？」

「用不著。」鄔桑從沒等一個人等這麼久，怨氣不是一星半點兒。

梅妍乾笑兩聲。「將軍……換藥吧。」

「不換！」鄔桑雙手環胸。

梅妍滿臉震驚地望著鄔桑，內心天人交戰片刻，恭恭敬敬地行了大禮。「將軍何時想換藥都可以，民女告退。」說完就小心翼翼地下了馬車。

鄔桑簡直不敢相信，梅妍就這樣走了，好像他是什麼噬人的魔物，一個眼神就夠她心驚膽戰。

而烏雲坐在馬伕的位置上，目瞪口呆地望著梅妍逃命似地回到小屋裡，雖然對自家將軍的人品有足夠的信心，也難免產生了那麼一點點懷疑。

梅妍火速溜回家，背靠著門板站了片刻，然後就迎上了梅婆婆詢問的目光，乾笑兩聲。「婆婆。」

梅婆婆打趣道：「中元節還沒到呢，妳就大白日地被鬼追呀？」

梅妍湊到婆婆耳畔。「我忘記今天是鄔桑將軍的換藥日了，他一大早就在外面等。」

梅婆婆怔住不短的時間。「藥換了嗎？」

梅妍搖頭。「他說不換，然後我就告退溜回來了。」

梅婆婆恨鐵不成鋼地戳梅妍額頭。「妳呀妳，軍營裡對時間要求最為嚴苛，軍令都是寫著詳細時辰的，軍令如山，遲到是大忌，這麼重要的事情妳怎麼可以忘記？鄔桑將軍若真的生氣，以他的權勢地位直接衝進來大發雷霆，也沒人敢吱一聲，為何沒有？那是因為他在等妳，妳說些好話讓他消氣，替他把藥換好才是正事，怎麼可以跑回來？」

梅妍弱弱地回答。「那不是昨天惡夢作得太嚇人了嘛……」

梅婆婆想了想。「妳現在去廚房做清遠的夏涼麵，多放肉和菜，麵條過兩次涼水，對於這樣務實又溫厚的將軍，這才是真正的道歉，比行大禮真誠得多。」

梅妍打開門張望，意外發現大馬車還在，急忙跑過去，匆匆行禮。「烏雲副將軍，鄔將軍，民女正要做夏涼麵，嚐嚐嗎？」

烏雲把「好」字嚥下去，轉身問馬車內的人。「將軍，你……」

「不吃！」鄔桑惡聲惡氣。

烏雲左右為難。將軍生氣嗎？是真的生氣。可生氣還不走是怎麼回事？

梅妍對著烏雲微笑。「那我多做兩大碗吧，請稍等，很快的。」

兩刻鐘以後，梅妍提著大食盒，送到烏雲面前。「請慢用，不知道您平日的習慣，盒子裡還有些辣醬，可以自行添加。」

烏雲打開食盒，黑色大淺盆，裡面捲了六個麵卷，周圍擺滿了肉片、野菜和一個水煮蛋，真正的色香味俱全。他拿起筷子挾了一個麵卷塞進嘴裡，麻油的清香、勁道的涼麵條立刻驅散了熱意，一口麵下肚，躁熱的感覺就被驅散了大半。

「好吃嗎？」梅妍極小聲地問。

烏雲連連點頭。

梅妍指了指馬車裡，又極小聲地認真拜託，然後回了小屋。

烏雲和鄔桑出生入死太多次，兩人私下相處更像親兄弟。他大口大口地吃麵條，吃著難得的滷肉片，清爽的野菜，煮得恰到好處的軟嫩水煮蛋，邊吃邊說：「哦，好吃！太好吃了！哎喲！真看不出來，梅小穩婆的廚藝這麼好！難怪羅軍醫對梅小穩婆那麼客氣，臨走的時候還送了藥。啊，我能吃五大碗！」

突然，烏雲面前只剩下空碗和筷子，大食盒被拿進了馬車，很快裡面就傳來了吃麵的聲音。「哎！你、你……你不是不吃嗎？」

與梅妍預估的時間差不多，她走到大馬車前時，大食盒裡只剩下空碗盤和筷子，會心一笑。「副將大人，夠嗎？還要再來點嗎？」

烏雲有那麼一點點的委屈。「我沒吃飽。」

「等著，還有呢！」梅妍提起食盒就往屋裡跑，很快又送了過來。

結果，梅妍送了五次食盒，不只涼麵和碗上鋪滿的配菜，連辣醬都被清空了，烏雲才說吃飽了。

就在梅妍打算把空食盒拿回去的時候，馬車裡忽然響起了鄔桑的聲音。「換藥！」

「是，將軍！」梅妍小跑幾步又折回去。「以後民女再也不會忘記了！」

梅婆婆看著提著空食盒回來的梅妍，拿帕子替她擦汗。「怎麼樣？」

梅妍粲然一笑。「我去拿背包。」

梅婆婆頗為感慨。有用夏涼麵就能哄好的鄔將軍在，清遠百姓的苦日子快到頭了。

梅妍揹著包上馬車，向鄔桑行禮。「將軍，請換藥。」

鄔桑把一條純黑的細犬摁在身邊，擺了個方便換藥的姿勢。「羅玨飛書，說營中缺幫手，妳能不能去？」

「我？」梅妍解鄔桑衣服的手一頓。「我只是穩婆……」

鄔桑因吃了涼麵舒緩的眼神又銳利起來。「梅小穩婆，大鄴的欺瞞之罪很重。」

梅妍前輩子立志要當婦產科醫生，雖在普通外科和骨科輪值過，但沒有特別盡心盡力，軍營裡都是實打實的嚴重外傷，她不見得應付得過來。

「鄔將軍，人必須有自知之明，民女知道自己能做什麼，不能做什麼。遇上病人，僅憑滿腔熱忱是不夠的。更何況，大鄴軍營本就女子禁入，我還是穩婆。鄔將軍，少年英雄也要敬畏人言的。」

鄔桑難得皺起濃眉，越發顯得眉尾修長，眼神凝重。

梅妍先解衣裳、再解繃帶，看到傷口癒合得雖然略慢，但情況不錯，尤其是用蝶形繃帶加強固定的傷口，已經完全閉合，稍稍鬆了口氣。

不由得感嘆，這時常提心弔膽、動不動就要長舒一口氣的日子，什麼時候才是個頭啊？好像不管當穩婆、還是當郎中，這都免不了。就認吧！

梅妍照常清洗傷口、換敷料、重新包紮，最後替鄔桑把衣服全都穿好。「將軍，換完藥了。」

鄔桑的眼神逼人。「妳是怕病人死了，我會怪罪於妳？」

梅妍離鄔桑近到可以聽到彼此呼吸聲的距離，被他這樣一盯，嚇得後退半步，也知道瞞不住。「是。」

「我是這樣蠻橫無理的人嗎？」鄔桑又覺得怒氣上揚。

梅妍秉持著聰明人之間打交道先要真誠。「鄔將軍，我是名聲很好的穩婆，也有保不了的母子平安，也在接生時死過人。郎中也好，穩婆也好，就算是羅軍醫，在急症、重症前面也只能盡力。這世間有許多人力不能及的事，不瞞您說，我今日遲到其實是沒睡好，作了一晚上的惡夢，夢裡我成了胡郎中，不斷不斷地被您逼問，做了許許多多的事情也不能贖罪。」

鄔桑完全不理會。「不！妳和他不一樣！妳解救了清遠疫病！」

梅妍不假思索地回答。「鄔將軍，治病救人，需要學識淵博的郎中，思慮周全的治病方案，認真配合的病患，三者缺一不可。疫病的治療預防方案確實是我提出的，但疫病能及時控制，是整個清遠百姓的配合，司馬玉川公子對傲慢富戶鄉紳的施壓，綠柳居全員出動配製補液鹽，治病救人從來都不是郎中一個人的事情。」

梅妍扳著手指算。「百姓們在大熱天喝熟水、吃熟食，我提出的所有要求，他們都做到了。將軍您知道嗎？縣令莫大人給了我一名穩婆行事令，縣衙上下除了莫夫人和夏喜，其他人全倒了，莫夫人和夏喜為了縣衙，什麼髒活累活、苦差事都做了。甚至於，全城的里正、村正他們不識字，就交給識字能算的百姓去做那些事情。」

梅妍抬頭望向鄔桑。「還是那句話，清遠上下方方面面，缺一不可。我不知道當時的秋草巷是什麼情形，如果您還記得非常清楚的話，就能知道當時的處置和舉措有多少問題了。在大鄴，一個人毀不掉一座城，一名郎中也沒法救全城的人，我也一樣。」

鄔桑怔怔地望著梅妍，好半晌說不出一個字，額頭青筋暴跳，雙拳握得咯咯響。

梅妍笑得有些苦澀。「鄔將軍，我在大鄴這些年，見過的庸醫沒有五百，也有一百，他們遇到疫病逃得最快，可胡郎中沒有。」

「妳住口！」鄔桑聲音一沈，身旁的細犬立刻對著梅妍發出低吠。

梅妍想了想。「鄔將軍，如果是羅軍醫處置不了的四肢外傷，告訴他還是截肢吧，保命要緊，到時可以回清遠試裝假肢，我們有鐵匠鋪的劉姑娘，還有其他能工巧匠。將軍，民女告辭。」

梅妍悄悄退出馬車，剛站穩就聽到鄔桑下令。「走！」

烏雲喊了聲「駕」，大馬車立刻飛奔起來，留下一騎煙塵向營地馳去。

梅妍保持著恭敬的姿勢，一直到馬車不見才起身，慢吞吞走回小屋，心裡忐忑不安。她確實被惡夢嚇到了，但在睡不著滿腦子思緒亂飛的時候，她還是把秋草巷的疫病線捋了又捋。

秋草巷事件，人禍大於天災。

清遠與靖安的紛爭剛起，胡郎中身體不好，梅婆婆也在這裡，這樣的關鍵時刻，梅妍不會離開，更不會進軍營。還有一點，如果「自帶藥房」的羅珏都處理不了的外傷，她動手也不見得能比他做得更好。

時間一天天地過去，溫敬並未帶人到清遠要回溫錚，沒有書信和拜帖，彷彿溫錚不是他的血親，而是一枚可有可無的棋子。

據莫石堅派人打探來的消息，溫敬素來是風度翩翩的正人君子模樣，擅於鑽營又工於心計，像隻大毒蜘蛛盤踞在巴嶺郡，率領著小毒蛛們織成巨大的蛛網，牢牢把控著一切。

六年前，不知道溫敬用了什麼手段，得到欽差大臣的照顧，將巴嶺郡地界上查出的事情，硬是蓋得乾乾淨淨，了無痕跡。

等欽差回到國都城，溫敬不僅沒有獲罪，反而得到了嘉獎。更令莫石堅震驚的是，欽差還是陛下頗為信任的清流之臣，回國都城一年不到便意外身亡，這也許就是溫敬如此肆無忌憚的原因。

所以，莫石堅深信，溫敬在謀劃著什麼，一個能把清遠縣城鬧個天翻地覆的事情。

可溫敬再厲害，他莫石堅也不差。

莫石堅這樣想著，負著雙手在書房裡踱步，莫夫人在烹茶，房內瀰漫著茶葉的清香。

說來可笑，莫石堅以前只知道縣衙的書房有暗室，卻不知道縣衙下面建得和上面完全相同，除了沒有太陽，其他都挺好。大火燒掉了縣衙地面以上的部分，地面以下的部分紋絲不動，完全沒受大火的影響，所以免去了一群人去租住客棧的尷尬。

可這樣一來，莫石堅就有些被動，大牢裡已經關押了不少人，以現在的情形，都是一時解決不了的事情，如今再加上溫錚……簡直頭疼欲裂。

第六十四章

三腳貓輪值，蹲在樹幹上放哨，百無聊賴地左看右看，忽然注意到了什麼，兩眼發直。輪值時，六子木悄悄溜到三腳貓身邊，用力一拍。「發什麼呆？」

三腳貓差點摔下樹。「靠，六子！來，有個稀罕事給你看，你看那邊的小水塘，看到沒？」

「哪兒？」

「那兒！哎呀，有一排銀杏樹的小水塘。」

「咦？將軍怎麼在那裡？他什麼時候開始餵魚了？」

三腳貓呵呵一笑。「鄔將軍最近喜歡上餵龜了，也不知他怎麼想的？」

六子木被自己的口水嗆到了。「將軍老是不見蹤影，原來他是滿山腳下餵烏龜？」

「不，他只餵那個小水塘裡的。」三腳貓的八卦之火熊熊燃燒。「他總是先遛狗，然後自己坐在水塘邊，狗滿山亂跳，跑累了就回到他身邊，然後再一起回營。」

「你滿嘴胡話，將軍回來了，狗還在山上！」六子木很不相信。

三腳貓不明白。「今天為什麼不一樣呢？」

六子木驚了。「梅小穩婆來了，不對，她騎馬的方向應該就是往小水塘去的吧？」

兩人在樹上看得目不轉睛，漸漸的神情有些不可思議。

「梅小穩婆也喜歡在那個小水塘餵烏龜？」

「哦……」三腳貓一拍腦門。「我知道了！哈哈哈……」

「你知道什麼了？」六子木很驚訝。

三腳貓溜下樹。「你好好待著，我溜啦！」

「哎……」六子木怎麼也沒想到，三腳貓竟然賣關子。

三腳貓到了樹下，騎上自己的馬就下山去了，不出意料地在半路遇上了回營地的鄔桑。

「將軍，我去城裡買些東西。」

鄔桑揮了揮手同意了。

三腳貓嘿嘿一笑，繼續下山，只是到了育幼堂廢墟附近順勢拐彎，直奔小水塘。

梅妍被鄔桑的大馬車揚了一臉灰，又被他的喜怒無常驚得睡意全無，略加思量就想起了「試驗小龜」，騎上小紅馬，直奔小水塘。

到了小水塘，梅妍放小紅馬隨便吃草，自己挽起袖子，捏著繫在灌木叢裡的絲線，小心翼翼地提起來，每次離水的時候都要祈禱一番。「長綠毛，長綠毛……」

第一隻水龜被拽出水面，龜殼乾淨得像被刷過，梅妍就又放回水裡。

第二隻水龜離開水面時，四肢瘋狂亂蹬，後背上有星星點點的綠苔痕跡，但很不明顯，梅妍嘆了口氣，也放回水裡。

拽第三隻的時候，梅妍覺得棉線的手感不對，好像特別沈，這是怎麼回事？

梅妍順著棉線找去，最後在挺遠的水塘邊找到了龜，望著水龜狼狽地卡在石頭縫裡，無奈地撥動四肢，頭伸得老長，全身都在使勁的樣子，她笑得停不下來，費了一些時間，才讓水龜脫困，當梅妍的視線落在龜背上時，不可思議地眨了眨眼睛。

啊這……不會吧？這才幾天啊？這是幸運值爆表了嗎？

沒錯，第三隻小水龜身上已經有了短短的綠毛，這誤打誤撞地竟然成了？

梅妍和小水龜，大眼瞪小眼，好半晌都覺得像作夢，她趕緊把小水龜綁好，小心地放回水塘裡。

「梅小穩婆？」三腳貓開心地招呼。

梅妍立刻回頭，直到現在都不知道該怎麼稱呼鄔桑的親兵們，據她所知，他們大多有武將職，但平日又一副山民百姓的樣子，只能見禮。「午安。」

三腳貓使勁搖頭。「梅小穩婆，妳實在太客氣了，叫我三腳貓就行。」

梅妍有些困惑，三腳貓、三腳貓，聽起來實在算不上好名字。

三腳貓咧嘴一笑。「我呢，按年紀排第三，但騎射馬術不太行，沒錯，三腳貓就是親兵裡戰鬥力最弱的，但是吧，我腦子好呀，還能夜辨錙銖，不用和那群莽夫一般見識。」

梅妍面帶微笑地聽，一邊分神地琢磨。

當初小水龜的試驗地點，是她精心挑選的，為何其他兩隻沒動靜，只有這隻長了綠毛？這幾個地方有什麼細微差別，是她沒注意到的嗎？

三腳貓是個話癆，自言自語都能聊不少時間，可不知為什麼，面對梅妍就不知不覺地話少，大概是她沈靜又美好，他實在不好意思聒噪。還有就是，三腳貓平日除了八卦，還有一個隱藏得很深的愛好，當喜鵲牽線搭橋。

若是為了鐵七和郿將軍兩人，他說破嘴皮子都沒關係。

「梅小穩婆，鐵七是個楞頭青，除了對鐵器、武器格外認真，其他都不在意。從認識他的那天起，他就是這樣，這麼多年，他就像塊鐵疙瘩似的，什麼都沒變。」

梅妍當然知道三腳貓為何說這些，臉上卻不顯出來。

三腳貓想了想，不能用對尋常女子那樣的法子來提醒，立刻另開話題。「梅小穩婆，我家將軍這幾日天天蹲水塘邊上，有事沒事就餵水龜玩。

「啊，我有事先走了。」三腳貓點到即止。

梅妍震驚了。郿桑到這兒餵水龜？他……是不是有多重人格，總感覺他的情緒不太穩定，脾氣又多變，哪怕是這幾日的相處下來，她也很難判斷郿桑是什麼樣的人。話說回來，郿桑是什麼樣的人和自己又有什麼關係呢？

梅妍兀自搖頭，想這些幹麼？

梅妍自嘲一番，又到附近的小溪和小河邊找，可惜沒能再捉到小水龜，索性騎著小紅馬回梅家小屋去了。反正綠毛龜試驗有穩定進展這件事情，夠讓梅妍高興好幾天了。

梅妍騎馬到家時，看到了「後廚裝修大忙人」花落，一時不知道該問些什麼。

花落不顧梅婆婆再三邀請都沒有進屋，見梅妍總算回來，立刻迎上去。「妳還有事嗎？」

梅妍眨了眨眼睛。「暫時沒了。」

「快跟我走！」花落不由分說地把梅妍拽上自家馬車，自己當車伕，飛也似地向綠柳居馳去。

「花姊姊，這是怎麼了？」梅妍印象裡的花落向來都是從容優雅的，今天實在反常。

「胖大廚摔了一跤！」花落有些氣急敗壞。「我說過多少次了，讓他減肥減肥減肥，偏不聽，今兒壓塌了一把竹梯子！」

梅妍驚詫地睜大眼睛。「姊姊，妳是不是急慌了神，我是穩婆，妳不去找胡郎中嗎？」

「我去找過了，他不在醫館裡！」花落真急了，不開口說話時，還是傾國傾城的美人兒模樣，一張嘴就氣質盡失。

「啊？」梅妍先有些傻眼，然後申明。「花姊姊，我真的只有做穩婆才有勝算，疫病那次是誤打誤撞，外傷我真的不太行。」

花落更急了。「妳死馬當活馬醫也好，怎麼樣都行，一定要把胖大廚救回來。」

「姊，妳還沒告訴我，胖大廚從竹梯上摔下來怎麼樣了？」

花落悶悶地吐出幾個字。「沒有出血，沒有骨折和外傷，只說是腰疼，躺在地上一點都動不了。」

梅妍默默地翻了一個大白眼，忽然有些想念羅玨軍醫，胖大廚這樣的體格，平日又久站，椎間盤肯定好不了，就算摔骨折了也不意外。

花落用最快的速度把梅妍送到綠柳居門外。

梅妍雖然做了心理準備，但看到胖大廚的樣子還是倒抽了一口氣，趕緊用木棍單純地先固定，邊綁邊問：「胖大廚，知道我是誰嗎？妳現在還有哪裡疼或者難受？」

「哎喲，啊呀，哎……」胖大廚只是搖頭。「梅小穩婆，妳來了呀，有勞了。」

「這裡疼嗎？」梅妍問著問著，忽然想到一樁事情，她的透視眼是不是也能看到胖大廚的骨骼情況？

花落跑去找梅妍是真抱了「死馬當活馬醫」的想法，可真把梅妍請來後，自己也傻眼。她自幼習舞，從早到晚不停歇，見過太多撐不住摔倒以後的姑娘們，起初不明白，漸漸就知道搬動必須非常小心，稍有不慎輕則落下病根，重則癱瘓。無論結果如何，不能完全恢復的姑娘們，樣貌特別好的還能做皮肉生意，其他的只剩荒野一個去處。

這也是胖大廚摔倒時，花落任他躺在地上的原因。

身形嬌小的梅妍，站在人高馬大、平躺成山的胖大廚身旁，大概只有他的四分之一，方才固定的時候，都是綠柳居的大夥兒費了好大力氣才綁好的。

接下來怎麼辦？綠柳居上下都找不到一個能把胖大廚平穩搬上床榻的人！這躺著一動不動的，可怎麼喝水吃飯？

花落真是愁死了。咦，梅妍在做什麼？

感到詫異的，不僅是花落，綠柳居所有人的視線都隨著梅妍在移動。梅小穩婆這彷彿能把身體都看透的眼神是怎麼回事？

梅妍沒想到，自己這雙眼睛不僅可以看見宮腔內的情況，還能看骨骼情況。盯著胖大廚掃了一圈，雖然前所未有的累，至少確定他全身上下沒有骨折，只有兩節腰椎移位。

來不及因為開發出新功能而高興，梅妍望著小山一樣的胖大廚嘆了口氣。誰有這樣的天生神力可以搬動胖大廚？腰椎移位需要復位啊！

事實上，病人最怕聽到醫生嘆息，古往今來都一樣，梅妍這不經意的嘆氣，把胖大廚嚇得臉都白了，語無倫次地問：「梅、梅、梅小穩婆，我……斷了幾根骨頭？還是……全身骨頭都斷了？」

綠柳居上下一聽，嚇得臉都白了。

「沒有沒有，你骨頭沒斷。」梅妍立刻意識到自己失態。「胖大廚，你全身上下的骨頭都是好的，只有兩節移位了。」

「什麼兩節？什麼移位？」胖大廚先是把自己嚇了個半死，現在聽梅妍一說，又滿臉問號。

梅妍想了想。「胖大廚，你殺過豬牛羊嗎？」

胖大廚聽到自己骨頭沒斷，心情頓時好了許多，說到自己的專長可一點都不含糊。「我可以解牛，解豬、解羊、解魚都可以！」

梅妍心想，這就簡單了。「行，那我們來聊聊背脊骨，都是一節一節的對吧？」

胖大廚猛點頭。「是啊，一節一節的，外面裹著肉和筋，肉有橫紋、豎紋，筋也有各種顏色。」

梅妍豎起大拇指。「你後腰有兩節脫位了，現在要想法子復位。」然後把復位的關鍵步驟詳述一遍。

一片寂靜，問題又回到原點，誰有這麼大的力氣和身形能替胖大廚復位？

正在這時，刀廚娘夫婦二人帶著孩子們回來了，見到斷成三截的竹梯和被綁成大字的胖大廚嚇了一跳。

一刀聽梅妍詳細講完，想了想。「我去找幾個兄弟來幫忙。」

刀廚娘聽了嚇得不輕。「行不行啊？你們怎麼會這個？」

一刀平日嚴肅臉，看向刀廚娘的眼神就很溫柔，頗有耐心地解釋。「行軍打仗，摔跤受傷是常有的事，軍醫哪顧得了這麼多人？小傷小病都靠自己，鄔將軍就會正骨。」

「不行！」梅妍不假思索地拒絕了。「將軍有傷在身。」

一刀啊了聲。「看我這腦子，梅小穩婆，您放心，我們兄弟幾個都會，您教就行，出力氣的活讓我們來！」真怪不了他，平日裡鄔將軍什麼都做，完全看不出半點受傷的樣子。

梅妍想了想，確實沒有更好的辦法。「有勞了。」

不知道一刀用了什麼法子，不到一炷香的時間，鄔桑營地的親兵們來了大半，進來就調侃胖大廚。「兄弟，怎麼搞成這樣啊？」

胖大廚被他們打量得恨不得挖個洞鑽進去。

梅妍拿出一張紙，把復位動作分成三步，並把每一步動作分給三個人，兩個人保持胖大廚的體位，另一個與她一起手法復位。先講解，再演練，梅妍展現出難得的苛刻和嚴肅，因為復位的力度和角度如果掌握得不好，胖大廚可能真的會癱瘓。

幸好，不論是軍士們，還是花落，都很清楚這些，練習進行得還算順利。

事實上，練習是一回事，梅妍之前給胖大廚固定保護的時候，就覺得他特別沈，大家合力擺體位時不得不承認，胖大廚是少有的實心胖子。因此，每個人都格外小心，生怕動作不一。

三腳貓忽然就喊起了號子。「一起用力麼哎喲，上山打獵麼哎喲，打到了獐子麼哎喲，有肉吃呀！哎喲……」

梅妍立刻跟著號子，向眾人比劃手勢。「一，二，三！」

伴著骨骼的響動，胖大廚喊了一嗓子出聲，嚇得坐了起來。所有人都緊張地看著梅妍，又看著臉色發白的胖大廚。

梅妍又用眼睛掃了一遍，復位成功。「行了，大廚，起來吧。」

胖大廚汗如雨下。「梅小穩婆，真的行了嗎？我覺得還是不行呢！」

梅妍想了想。「花掌櫃，需要這麼寬的硬布夾鐵片，把大廚的腰固定住，這兩天儘量靜臥再吃些傷藥，好好養著。」

花落的視線在梅妍和胖大廚身上來來回回。「梅小穩婆，他真的沒事了？」

「嗯，腰椎移位是沒辦法這樣突然坐起來的。」梅妍很確定。「但是，我有件事情必須說清楚，胖大廚，你必須減重，不然你的骨頭吃不消。」

胖大廚聽了直搖頭。「我這樣挺好的。」

梅妍沒有反駁，找來一根竹竿和一袋子沙，示範了骨骼和肌肉的關係，很快竹竿就承受不住不斷增加的負重斷成兩截。「大廚，你是大骨架的人，骨骼比一般人粗大，但也撐不住。」

胖大廚還是用力搖頭。

梅妍笑得很謎。「大廚，你腰疼、腿疼不是一、兩天了，有時候晚上疼得睡不著吧？而且，因為你久站的關係，膝窩處的血脈團已經非常明顯了。還不信是嗎？用力捏一下你的腳踝，是不是能摁進半個手指？」

胖大廚心不甘、情不願地捋起褲腿，與梅妍說的完全相同，臉色陡然變得格外複雜。

梅妍最後補充。「胖大廚，你和一刀差不多身量，也應該和他差不多體型才可以，不管怎麼說，今日的意外已經足夠凶險，你運氣不會一直都這樣好的。」

胖大廚沒有言語，視線卻在花落身上。

一刀、三腳貓、六子木和鐵七合力把胖大廚從地上拉起來，不約而同地拍了拍他肩膀，勸道：「兄弟，聽梅小穩婆的。」

花落把梅妍拉到一旁，幾次欲言又止，也不知道她到底存了多少耐心，就這樣等著，最後忍不住嘆氣。「梅小穩婆，胖子的情況很嚴重嗎？」

「是。」梅妍點頭。

花落問：「如果不減重會怎麼樣？」

梅妍掰著手指算。「會有渴飲症，肝早期會變肥變大，會一直腰疼、腿疼，越來越嚴重。他這麼胖，最後會五臟六腑俱損。」

花落驚愕了好一陣。「梅小穩婆，妳一直都這麼實誠嗎？」

梅妍想了想。「醫者父母心，欺瞞病患的後果會很嚴重。」

花落把手中的帕子捏出了無數皺褶，彷彿下了什麼重大決心。「梅小穩婆，妳有什麼好法子嗎？」

這下換梅妍傷腦筋了。「法子有，但前提是胖大廚會聽話，還有，他這麼大塊頭，減重會很辛苦，要花許多時間和精力。」

花落選擇相信梅妍。「聽話的事情交給我，然後呢？」

梅妍已經有了計劃。「先把腰傷養好，其他的以後再說。」

花落從荷包裡取出一兩銀子，硬塞到梅妍手裡。「妳收好，這是今日的診費，減重的事情就有勞了。」

梅妍瞪大了眼睛。「花掌櫃這麼大方嗎？後廚重新裝潢需要很多花銷的！」

花落笑著湊到梅妍耳畔。「這兩日收到賠款了，刀廚娘也收到了。」

「好吧，那我收下了。」梅妍囑咐道：「胖大廚的腰帶要趕緊做好，睡硬床榻，儘量平躺；如果側臥的話，雙腿之間要夾一定硬度的軟枕。還有從今日開始，禁止胖大廚在三餐以外吃東西，更禁止吃甜食和糕點。」

第六十五章

「嗚……」梅妍扭頭就看到哀號的胖大廚，安慰道：「你這樣想，現在少吃點，到時就可以少運動。沒有一口是白吃的。」

胖大廚扶著腰、倚著牆，表情生無可戀。

梅妍離開綠柳居，意外發現鄔桑的大馬車停在外面，親兵們都坐在馬背上，齊齊望著她。

「嗯……」梅妍不知道他們要做什麼，忽然想到這裡所有人都是有官身的，想到方才練習時對他們大呼小叫的，實在是太冒犯了，趕緊行禮。「各位大人，真是對不住。」

三腳貓哈哈大笑。「梅小穩婆，妳膽子真挺大的。」

梅妍硬著頭皮陪笑。「多謝各位大人海涵。」

萬萬沒想到，鄔桑忽然掀開馬車簾子露臉，一言不發地注視著梅妍，然後又回到車裡，吩咐。「回營！」

梅妍眨著又痠又疼的雙眼，一臉問號。這人怎麼回事？

胖大廚還在掙扎，被花落拽到綠柳居外，意外發現梅妍還沒走，正望著鄔桑和親兵們遠去的身影發呆。

「梅小穩婆，」花落用力一拍梅妍的肩膀。「他還是不想減！」

梅妍詫異地看向胖大廚，他是有什麼執念？

胖大廚撓著頭，聲如蚊蚋。「我家祖上是做角力，都這麼壯實的，梅小穩婆妳見過角力擂臺嗎？」

梅妍皺起眉頭，角力？對了，以前見過集市上擺擂臺的角力賽，上臺的都是膀大腰圓的壯漢，個個都是一身腱子肉，壯實得嚇人。臺下的人用角力士對賭，按角力士的實力下注，賭大小不同的賠率。

細想之下，梅妍明白了胖大廚的意思，認真地與他對視。「胖大廚，你擅長庖丁解牛的一切，應該知道同樣大小的肥肉和瘦肉相比，瘦肉更重對吧？」

胖大廚連連點頭，忽然僵住，眼神頓時黯了。

「胖大廚，據我所知，角力的力量驚人，對決時的場面尤其精彩，一拳打碎護欄、一腳踩穿擂臺木板是常有的事情，但，這些力量是用壽數換的。」

梅妍對待病患向來真誠。「胖大廚，你要力量還是壽數，想清楚了。」

胖大廚像毫無防備地被人扼住咽喉，怔怔地望著梅妍，眼神混亂。

「胖大廚，你可以在靜養時好好考慮。」梅妍尊重每個人的選擇。

胖大廚點了點頭，扶著腰回去了。

花落長舒一口氣，胖大廚是屬驢的，挨鞭子就倒著走，梅妍這種讓他選的法子反而好用，心裡又高看梅妍三分。角力也好，花魁也好，說到底都是供人消遣取樂的，何必因此豁出性命？

梅妍想的卻是。隔行如隔山，從角力到大廚這是跨越山海了吧？

「想什麼呢？」花落認定，梅妍絕對不只是穩婆這麼簡單。

「沒什麼。」梅妍想的是讓人捉摸不透的鄔桑，這人怎麼這麼奇怪？

花落試探道：「其實吧，我覺得鄔將軍比司馬公子好多了。」

「啊？」梅妍困惑地望著花落，這話題岔得也太遠了。「花姊姊，妳對他們有想法？」

花落毫不留情地戳梅妍。「哎，好姑娘家要懂得為自己打算。」

梅妍樂了。「花姊姊，人貴自知，別亂想了好吧？」

花落不死心。「梅小穩婆，我覺得妳配得上。」

梅妍樂大發了，搖搖頭笑道：「花姊姊醒醒！」

「不是。」花落有些猶豫，望著梅妍的大眼睛，最後還是提了要求。「梅小穩婆，妳願意收弟子嗎？妳看清遠現在這麼亂，醫者卻只有胡郎中和妳兩個人，根本忙不過來。先是冰雹，再是疫病，誰知道後面還有什麼，我知道你們名醫收徒都要看門第，要精挑細選，可是……」

梅妍苦笑。「花掌櫃，我倒是想收徒弟啊，可是有誰願意自己的女兒當穩婆的？」

花落一針見血。「妳別再整天穩婆、穩婆的了，妳就是名醫！人平常就挑三揀四，什麼穩婆不吉利，什麼穩婆晦氣，一到生死關頭，哪管穩婆還是郎中？能救命就行！」

梅妍還想辯，花落抬起手。「疫病時就能看得出來，綠柳居沒事，柴家沒事，陶家也沒事，效果擺在眼前，妳不讓喝生水就不喝，不讓吃生食就不吃，現在清遠人都知道，胡郎中常與梅小穩婆商議治病，這事瞞不住。」

梅妍當然知道，卻有些無奈。「花姊姊，我就算現在張貼收徒告示，也沒人把自家姑娘往我這兒送，這也是事實。育幼堂的姑娘們倒是想學，可她們最大的也才十二歲，最小的四歲，能做什麼？」

花落不以為然。「梅小穩婆，孩子嘛，妳把她們捧在手心裡就是寶，把她們扔下地，她們也是什麼事都能做的。我四歲的時候，已經踩著板凳上灶臺做飯了。窮苦人家的孩子們野草似的，妳只要用心教，她們學得很快。」

這根本是用童工啊！

花落又道：「只要妳願意，要多少姑娘我都能給妳找來。」

梅妍有那麼一瞬間，覺得花落很有當人販子的潛質，眨著眼睛打趣。「妳除了當綠柳居掌櫃，還當拍花子嗎？」

花落捶了梅妍一下。「都是些窮苦孩子，既沒姿色又算不上聰明，找個出路罷了。」

梅妍不同意。「不論穩婆還是郎中，不聰明肯定不行，還要能急中生智，更必須認真踏實。」

花落皺緊眉頭。「這樣，我把人帶來，妳儘管挑，這樣行了吧？」

正在這時，柴謹駕著牛車從綠柳居門前經過，疲憊的胡郎中見到梅妍就喊停。「梅小穩婆，老夫有事找妳商議。」

梅妍一聲哎還沒來得及出口，王差役就騎著馬找來了。「太好了，梅小穩婆，胡郎中！莫大人找你們。」

梅妍眨了眨眼睛，很想嘆息。她真是每天睜眼就是事，一樁接一樁的，沒完沒了。

一刻鐘以後，梅妍和胡郎中就到了縣衙原址，驚訝地發現，短短幾天時間，焦黑的廢墟已經清理乾淨，留下的都是耐火耐寒的磚石。他倆跟著王差役到了地下，被上下完全相同的空間驚到了。

莫石堅坐在書房裡，抬頭見到他倆立刻招呼。「快進，快。」

梅妍和胡郎中行禮後，走進書房。「莫大人。」

「坐。」莫石堅說完就埋頭在足以把人淹沒的紙頁裡，好半晌才開口。「胡郎中，梅小穩婆，這些是巴嶺郡十六縣的冰雹災害損失，以及疫病死亡人數的造冊。清遠縣內疫病死亡人數為零，但冰雹災害無法估量。如今正是麥子收割季，這幾日所有農戶都在搶收，能撿回一些、是一些，但是田地被毀嚴重，秋種無望。」

莫石堅苦惱地揉揉眉心。「如何過冬不死人，是最大的問題。現在全城泥水匠、木匠、瓦匠，除了受傷的，都在搶修受損屋頂；布莊已經出去加購冬衣要用的棉花；其他商戶有一個、是一個，都出城採購糧食了。」

胡郎中捋著鬍鬚，梅妍正襟危坐，兩人不約而同地從堆疊紙張的縫隙裡打量莫石堅，不知道他這樣絮絮叨叨的想說什麼。

莫石堅停頓片刻。「離開清遠採購糧食的商家都沒有收穫，最遠的已經離開巴嶺郡地界了，但聽聞郡外也有許多地方受災，不瞞你們說，賑災糧倉去年放空了一半，如今已不夠過冬。更何況，還要預留明年春種的種糧。」

莫石堅嘆道：「本官與帳房連夜趕出的免稅帳冊早已送出，朝廷何時能撥糧下來，能撥糧多少，本官也不知道。所以，只能未雨綢繆，清遠自救。本官也已經把拜帖發往各地，請同僚們代購糧食運到清遠，但遠水解不了近渴。」

莫石堅望向他倆，誠懇道：「胡郎中是名醫，梅小穩婆也不只是穩婆這樣簡單，清遠依山傍水，水中有魚蝦，山中有野味，本官希望你們能利用這些，指點百姓們囤下冬日的餬口糧。有用得著本官和縣衙差役的，儘管開口。」

胡郎中和梅妍兩人互看一眼，心情前所未有地沈重，這意味著饑荒近在眼前了。

胡郎中先起身。「莫大人所託，草民自然全力以赴。」

梅妍也立刻站起來。「莫大人，能不能讓我們看一下清遠百姓名錄和數量，方便預算糧食缺口。」

莫石堅從紙堆後面走出來。「本官只希望，隆冬時節能和疫病時一樣，沒有死人。」說完，捧出清遠造冊的戶籍紀錄。「本官和師爺、帳房預估過，算上糧倉所有庫存，只夠一半人餬口過冬。」

梅妍只覺得眼前一黑。

莫石堅擠出一個比哭還難看的笑，事情一樁接一樁，沒完沒了，靖安縣令溫錚和差役們還關在大牢裡呢，這日子一天天地他都不知道怎麼熬。

梅妍想了想，只能回答。「莫大人，民女知道了，會想法子的。」然後和胡郎中一起告退。

兩人離開地下以後，站在縣衙廢墟前面，都不說話，只是乾站著。

胡郎中望著梅妍。「梅小穩婆，有什麼高招？」

梅妍假笑。「除了糧食，就把天上飛的，水裡游的，山上跑的，都算進去唄。」

胡郎中既覺得不可思議、又有些敬佩，梅小穩婆這骨子裡透出來的臨危不亂，實在難得，立刻邀請。「梅小穩婆，到老夫的醫館坐一下，盡快合計出法子來，早日著手，早日餬口啊。」

「好。」梅妍隨口答應，然後跟著胡郎中向集市走去，邊走邊看，到醫館時，已經發現了不少糧食補充。

醫館裡，胡郎中坐下歇息，看著梅妍拿出粗草紙用漿糊黏成大張的紙，問道：「天上飛的？」

梅妍沙沙寫著。「天上飛鳥肉，水中魚蝦，肉攤下水，山中野味，棗兒、核桃、野果……」

胡郎中和柴謹兩人看著紙上一行又一行的字，神情複雜。

梅妍一口氣寫了小半張，抬頭與他倆面面相覷。「真沒得吃，蚊子腿也是肉呀。」

胡郎中格外嚴肅地指點柴謹。「你啊什麼都好，急中生智是一點都不行，看看梅小穩婆！」

柴謹很無奈，這話他聽得耳朵都要長繭子了。

梅妍寫完所有的點子，手瘦得很，將大張紙擺到胡郎中和柴謹面前。「具體施行的話，還要和農戶、獵戶、屠戶和漁夫商量著來。推行的時間越快越好，那樣百姓們有個適應的時間，也能攢下更多的裹腹之物。」

胡郎中點頭。「梅小穩婆不僅思慮周全，還知人善用，實在難得。謹兒，再看看你。」

柴謹滿面羞愧，一個字都不敢說。

梅妍覺得必須替柴謹說兩句好話。「胡郎中，您別這麼說，柴醫徒大熱天熬藥、打理醫館，還跟著您四處奔波，從不叫苦叫累，已經很難得了。更何況，十年學徒，柴醫徒才剛滿兩年。」

胡郎中哼了一聲。「也只有這些。」

梅妍繼續。「不僅如此，柴醫徒還頗有膽識，即使清遠疫病的時候，他也跟在您身邊，這樣的膽量已經不小了。」

柴謹驚訝地望著梅妍，眼淚都快出來了。

胡郎中嗤之以鼻。

梅妍覺得柴謹這種性子，鼓勵大法比打壓教育有效得多。「胡郎中您是名醫、也是嚴師，柴謹打心裡尊敬您，您思維開明要求甚嚴，能跟得上您的醫徒寥寥無幾，偶爾也要誇兩句嘛。」

胡郎中都沒正眼看柴謹。「三日不訓，懶散至極。」

嗯……梅妍總覺得這話和「三天不打，上房揭瓦」差不多，轉了轉大眼睛。「哦，其他郎中身邊的醫徒沒有十個、也有五個，您身邊卻只有獨苗寶貝似的柴醫徒，胡郎中說實話很難嗎？」

柴謹整個人都怔住了。確實，胡郎中以前有不少醫徒，最後只剩下自己。

胡郎中惡狠狠地瞪了梅妍一眼，腮幫子都鼓起來了，最後不甘心地癟回去，像洩了氣的皮球，忽然眼睛一亮。

梅妍立刻有了不好的預感。

胡郎中笑得像頭九尾狐。「梅小穩婆，老夫查了黃曆，明日是個吉日，就在醫館掛牌出診。梅小穩婆妳人美心善、醫術精湛，清遠城中許多姑娘家都希望成為第二個妳，只是穩婆名聲不好，家中長輩縱使有心，也過不了名聲這個坎。」

梅妍瞪大眼睛，她只是誇了柴謹兩、三句，胡郎中怎麼能這樣陰她，決定反對到底。「胡郎中，您豁出醫館的名聲不顧，強行將我推成梅郎中，有多少百姓願意相信？到時候，您的診檯前全是人，我的診檯前全是笑話。」

胡郎中捋著鬍鬚。「清遠百姓又不瞎，之前妳急救孕婦柴氏，前些日子提供疫病的治療方法，今兒又給綠柳居的胖大廚正骨，郎中名聲早就傳出去了。現在清遠無論男女老幼，都尊稱妳一聲梅小穩婆，妳只管坐診，其他科不說，婦人病一定會願意找妳。再退一步說，老夫把脈面診可以，給婦人查體的事情，有妳在就方便太多了。」

梅妍內心是拒絕的，提醒道：「胡郎中，您是忘了我家還有十一位姑娘要照看了吧？那麼多冬衣都要準備，我可忙了！」

胡郎中微微一笑，眼角的魚尾紋更深了。「這些事情妳都不用操心，布莊掌櫃已經給妳約好了裁縫，等忙過這一陣就會去妳家量體裁衣，放心。」

梅妍怎麼也沒想到，胡郎中考慮得這麼周全。

柴謹生怕梅妍不信。「梅小穩婆，妳的診檯和什物真的都備下了，傍晚時分就會有牛車送來，聽說妳要掛牌開診，莫大人讓陶家泥水匠先帶人修好了醫館的屋頂，真是連夜修好的。還有，梅郎中的木牌子，是胡郎中請莫大人親筆寫的，胡梅醫館的牌匾也做好了。」

「胡梅醫館？」梅妍完全不敢相信，胡郎中這是把自己攢了半輩子的名聲都拿來為自己鋪路了。

正在這時，一輛牛車停在醫館外，有人扯著嗓子喊：「梅郎中的診檯、桌椅到了，擺哪兒？」

柴謹應道：「搬進來，地方已經騰好了！」

五分鐘後，梅妍看到嶄新的、還帶著木料味的診檯和桌椅一個個搬進來，擺到了胡郎中預留的位置上，雖然時間倉促，但做工很好。

梅妍有些怔忡，想到梅家小屋裡恨不得天天黏著自己的姑娘們，以及綠柳居掌櫃花落全力推薦的姑娘們。成為梅小穩婆的弟子，只能是穩婆；但如果是梅郎中的弟子，那就是醫女了，或許裡面有天賦極好的，也能成為女郎中。

就……行吧，不對！梅妍猛地想到最重要的事情。「胡郎中，我不會開方子！」她是個貨真價實的西醫啊，雖然羅軍醫承諾會提供她所有藥品，可是看病不開方子，清遠百姓不會接受的。

胡郎中笑了。「妳把病因和需要的藥方屬性備下，開方子的事情交給老夫便是。」當初給莫夫人看病，他倆配合得很不錯。

梅妍深呼吸，然後恭敬行禮。「多謝胡郎中全力提攜。」

胡郎中捋著鬍鬚笑而不語，好半晌才問：「不坐上去試試？」

梅妍整理了一下衣物，坐到了診檯上，這時才發現，身後還有簾子擋住的小隔間，方便為女病人檢查身體，剎那間，上輩子門診的感覺又回來了，既懷念、又新鮮。

柴謹有些不敢相信自己的眼睛。梅小穩婆，哦不，梅郎中坐上診檯的那一刻，整個人的眼神和氣場與往日完全不同，眼神堅定又機敏，完全是令人信服的郎中模樣。

下一秒，他就繃不住了，明明年齡差不多，他還只是個醫徒……真是……人比人得死，貨比貨得扔。

第六十六章

「梅郎中。」胡郎中也想到了一些事情，還需要和梅妍探討。

梅妍還沈浸在出診回憶裡。

「梅郎中！」胡郎中提高音量。

梅妍一時沒反應過來，梅郎中就是自己，慢了半拍才「啊」了一聲。

「妳不再是梅小穩婆了！」胡郎中有些不悅。

「多謝提醒。」梅妍立刻回神。「胡郎中，還有什麼事？」

「妳出去走訪時帶上柴謹，也讓他長長見識。」胡郎中頗有深意地看了一眼柴謹。梅小穩婆變成梅郎中以後，去提親的人肯定會再次變多，傻徒弟要把握機會啊！

柴謹傻了。他跟去做什麼？這不是變相偷師嗎？

梅妍第一反應是柴謹太忙。「我騎馬，柴醫徒不會，走路又太辛苦了，而且柴醫徒平日事情就不少了，他忙得過來嗎？」

胡郎中極為自然地囑咐。「救人如救火，不會騎馬就學！」

柴謹僵成一根人棍。「我小時候被馬踩過，我害怕……」

梅妍這時才明白，每次柴謹看到小紅馬或者其他馬，都有些閃躲是怎麼回事了，這就不能勉強了吧？

胡郎中的眼神裡帶了些許凌厲。「疫病來臨時，郎中害怕就可以脫逃嗎？」

柴謹嚇得一個字都不敢說。

梅妍想了想，出聲解圍。「胡郎中，現在醫館事情太多，學騎馬多半會受傷，傷筋動骨一百天呢，還是等以後有空閒的時候，再讓柴醫徒學也來得及。我騎馬問遍這些人家挺快的，柴醫徒就先忙其他的吧。」

胡郎中沈默片刻才點頭同意，心裡有些恨鐵不成鋼。

柴謹感激地看向梅妍，暗暗舒了好大一口氣。騎馬實在太嚇人了！

「胡郎中，那我先告辭了。」梅妍留下剛剛寫好的一大張紙，離開醫館。

等梅妍騎上小紅馬在集市轉悠了一大圈，再次經過醫館時，「胡梅醫館」的牌匾已經掛好了，胡郎中和柴謹兩人正背對行人抬頭看著。

還聽到路過的百姓議論紛紛。「醫館要來新郎中了？誰啊？」

「是不是和胡郎中一樣厲害？」

很快，路人越聚越多，議論聲也越來越大。

胡郎中見攢夠了人氣，捋著鬍鬚慢悠悠地開口。「新來的梅郎中你們都認識，醫術精湛，鄉親們有目共睹。」

「啊？誰啊？誰啊？」

柴謹用最大的聲音回答。「明日起，梅小穩婆會在醫館開診女科，也就是胡梅醫館的梅，鄉親們可改稱她為梅郎中！每日上午坐診。」

好巧不巧，陶桂兒和柴氏婆婆剛好買菜經過，湊了這個熱鬧，聽完打心底替梅妍高興，立刻拍手叫好。「清遠總算有個看女科的郎中了！大夥兒，這是好事啊！」

「對啊，梅小穩婆人美心善，醫術精湛，找她看病也放心是不是？」

「真的！」

須臾，四處響起了叫好聲。

陶桂兒和柴氏婆婆退出人群，高高興興地向親朋好友說這個消息去了。

傍晚時分，胡梅醫館的牌匾剛掛好，夜幕降臨以後，整個清遠都知道，梅小穩婆要成為梅郎中了。

一時間，梅妍再次成為全清遠討論的話題，綠柳居上下都高興壞了。

天黑透了，梅妍騎著小紅馬回家，還沒到家門口，就看到大大小小的滾燈像路燈一樣照著路，伴著蓉兒稚嫩的嗓音。「梅郎中回家啦！」

十一位姑娘衝出梅家小屋，迎接梅妍，一迭連聲的「梅郎中」不絕於耳。

梅婆婆提著燈籠，笑意盈盈地望著梅妍。

梅妍趕緊勒住馬頭，生怕馬跑快了撞到姑娘們，忽然發現，還有三頭細犬撲過來，跟著小紅馬一起跑。看著細犬高大瘦削的流線型身材，以及快如閃電的奔跑速度，梅妍認出這是鄔桑的愛犬。牠們為什麼跑這兒來了？

「妳們先進屋，我還有點事。」梅妍一個個抱完姑娘們，才安撫住她們過分激動的情緒。

等她們和梅婆婆都進了屋，梅妍拴好馬，跟在細犬後面，走了沒多久，就看到倚樹而靠的大將軍鄔桑，立刻行禮。「民女見過將軍大人。」

鄔桑略顯深沈地瞥了梅妍一眼，還是不說話。

梅妍捺著性子，又問：「將軍大人，有事嗎？」

「伸手！」鄔桑吩咐。

「啊？」梅妍不明白，但是大將軍的話不能不聽，還是乖乖伸手。

三隻細犬輪流嗅著梅妍的雙手，有一隻還用舌頭舔了她的手指，三隻圍著她特別激動地繞了好幾圈。

梅妍小時候被狗咬過，為此還挨了好幾針破傷風疫苗，對貓狗完全沒有熱情可言，所以她很能理解柴謹怕馬的感覺。但怕歸怕，梅妍並沒有躲閃，只是心跳略快而已，畢竟不管多害怕，眼神不能輸，好在細犬們嗅聞夠了，就各自撒歡去了。

就算梅妍不喜歡動物，也看得出，這三頭細犬受過嚴格的訓練，令行禁止做得非常好，可是為什麼鄔桑要讓狗來做嗅聞動作？

「我有事會離開清遠幾日，不方便帶牠們去，放妳這兒。」鄔桑雙臂環胸盯著梅妍。

「不用餵，牠們自己會獵食。」

梅妍目瞪口呆，這叫什麼事啊？

「上車換藥！」鄔桑垂下雙手，但沒有動。

「是！」梅妍跑回小屋，取了換藥包，跟著鄔桑上了大馬車。

鄔桑在車上正襟危坐。

梅妍驚訝於鄔桑非人的恢復速度，之前也是這樣的坐姿，但能感覺他在硬撐，可是現在卻坐得極為輕鬆。更重要的是，鄔桑竟然自己解了繫帶，開始脫衣服。

梅妍先是一怔，迅速戴上口罩。憑心而論，鄔桑大將軍雖然長得很有攻擊性，臉也相當出眾，身材更是非常好。

鄔桑脫衣服的速度不慢，很快就袒露了上身，不過繃帶纏得太多，彷彿還穿著一件衣服，只是是隨著呼吸，腹肌時隱時現。「愣著做什麼？」

梅妍立刻回神，迅速動手拆繃帶。

鄔桑的胸背肌肉結實而寬厚，梅妍每次左右手換手拿繃帶的時候，都有些圍不過來的感覺，於是離他越來越近，最後姿勢就像抱著他。

梅妍的耳朵很敏感，每次被鄔桑的氣息拂過，都會臉頰發燙，只能不斷告誡自己，醫者父母心，不能對他起那啥的心。對，沒錯，她只是純粹欣賞他的好身材！

好不容易把繃帶拆掉，對梅妍來說，彷彿過了一整天那麼漫長。好在，鄔桑的縫線傷口都長好了，包括之前迸裂的。

梅妍取了拆線包，拿出線剪、酒精棉球和碘伏消毒液，先單向擦拭傷口，然後小聲提醒。「拆線的時候會有一點疼。」

「嗯。」鄔桑應了一聲。

一根線，兩根線，三根線……梅妍把拆掉的縫合線平鋪在大紗布上，為了清點方便，擺得非常整齊。

鄔桑很喜歡與梅妍獨處的時光，雖然短暫而安靜，但就能讓他生出歲月靜好的感覺，但他不喜歡她怕自己，覺得應該說些什麼。「聽說妳要在醫館開診女科？」

梅妍被突然出聲的鄔桑嚇得手一抖，挾住縫線的鑷子扯動了傷口。「回大將軍的話，是的。」

「多加小心。」鄔桑說出自己的真實想法。

梅妍拆掉最後一根線，清點了三遍，才抬頭看鄔桑。「回大將軍的話，線都在這裡，完整而且數量相符，沒有斷口，也沒有遺漏，請過目。」

鄔桑一眼看過去，嘴角微微揚起，羅玨拆線也是這樣，讓自己放心，也讓病患安心。

梅妍望著鄔桑的胸膛，縱使傷口已經癒合，疤痕還是令人心驚，想到他平日動起來完全不顧傷口，用蝶形膠帶又加固了幾處。

「大將軍，您活動一下看看？」

鄔桑站起身，伸展雙臂、旋轉上身，做各種動作。

梅妍仔細觀察，蝶形膠帶固定處很穩妥，然後視線就不由自主地落到了鄔桑的腰線和深深的後背線上，立刻回神。「將軍，請穿衣，雖然傷口已經癒合，但騎射、石樁訓練這些暫時還不能做。」

鄔桑伸展雙臂，一言不發。

梅妍只能認命地拿來衣服，一件件給鄔桑穿上，認真地繫好帶子。「將軍，換藥完畢，民女告退。」

鄔桑的視線落在梅妍堪稱豔紅的耳朵上，嘴角再度上揚，就像羅玨說的，不能著急，慢慢來。

梅妍收拾好拆下的繃帶以及其他物品，向鄔桑行了禮，下了馬車後，又向烏雲行禮，這才離開。

大馬車隨之而動，正準備向半山腰的營地馳去。

忽然梅妍想到一樁事情，喊道：「將軍，營地的孩子們怎麼辦？」

鄔桑挑開車簾。「一刀會照顧他們。」然後吹了聲呼哨。

梅妍放心了，出於禮貌還是揮手。「將軍，多加小心。」

鄔桑放下車簾，心頭一暖。

馬車漸行漸遠，烏雲清楚地聽到車內傳出輕笑聲，只覺得頭皮一麻。

將軍獨自在車裡笑什麼呢？

三頭細犬沒有跟著馬車走，只是眼巴巴地望著，狂搖尾巴，卻沒有亂叫，直到看不見馬車才跟著梅妍回到小屋。

姑娘們立刻被高大挺拔的細犬們吸引住了，而蓉兒竟然伸手要摸狗頭。

梅妍出聲阻止。「牠們是軍中之犬，擅長奔跑，勇敢又凶猛，妳們誰都不要招惹牠們，不要摸，不要逗牠們。」

「知道了。」秀兒答得很乾脆。

姑娘們紛紛乖順點頭，只有蓉兒噘著嘴收回小手，滿臉都寫著不高興。

梅妍從柴房裡拖出一塊舊門板，擱在屋簷下，又在門板上鋪了厚粗布，四角繫好，給細犬們當窩，好讓牠們晚上睡得舒服些。但是怎麼才能讓牠們知道這是窩呢？

梅妍一不敢抱牠們，又不知道牠們是不是聽她的，只好乾巴巴地招呼。「那個……你們晚上睡這裡。」說完，拍了拍門板窩。

細犬們左右搖頭看著梅妍，然後到處嗅聞，最後都躺上去了。

梅妍為細犬的聰明感到吃驚，隨後被撲面而來的食物香味勾住了鼻子，脫口而出。「好香啊！」

梅婆婆笑得慈祥。「刀廚娘說是慶祝妳成為郎中。」

梅妍後知後覺地問：「妳們怎麼知道？」梅家小屋離醫館還挺遠的。

刀廚娘笑著回答。「綠柳居都知道了，我肯定也知道呀！這些肉菜還是花掌櫃讓我帶來的。」

梅妍走到裡間，就被滿滿當當一桌子菜晃花了眼睛，頓時覺得好餓。「這麼多好吃的？」

一刀笑呵呵地看著梅妍，很是佩服。

「姑娘們，快吃吧。」刀廚娘招呼著。「都快坐下，我家都在綠柳居吃過了。」

梅婆婆先坐，梅妍再坐下，姑娘們也紛紛坐好。

梅婆婆欣慰地望著梅妍。「以後就是郎中了，要謹言慎行啊。」

梅妍點頭。「嗯，我會小心的。」

刀廚娘除了會做魚膾，廚藝是真心不錯，姑娘們吃得特別開心，因為每道菜都非常好吃。

梅妍吃得頭都不抬，吃到半飽，忽然意識到，自己已經是良民，除了草房，還有了這間小屋子，雖然多了十一個女兒，但也成了郎中。她不僅可以照顧好自己，還能更好地照顧梅婆婆，這樣一想，就有了滿滿的動力。

刀廚娘率先開口。「梅郎中，好吃嗎？」

「刀廚娘做什麼都好吃！」梅妍答得極快。「還有，我覺得妳最近幾日越來越好看，笑起來就更好看了。」

刀廚娘的笑意凝在臉上，臉一下紅了。「梅郎中，妳胡說什麼呢？」

梅妍眨了眨眼睛。「實說實話嘛。」

沈默寡言的一刀難得插話。「我也覺得。」

刀廚娘的臉更紅了，看向一刀的眼神更溫柔了。

梅妍暗暗感慨，一刀真是鐵漢柔情的典型，重逢沒多久，刀廚娘完全是大變活人那樣變美了。

梅家小屋歡聲笑語的同時，莫石堅坐在地下書房，聽到王差役稟報。「莫大人，溫縣令在牢裡大喊大叫，要見您。」

莫石堅擱下手中的筆，呵了一聲，他知道溫錚不會說「要見您」，而是說「讓莫石堅滾過來見本官」這才是原話。

王差役這幾日在牢裡輪值，每天都被靖安縣令和差役們氣得半死，要不是莫石堅有令在先，他早把他們揍得爹娘都不認識了。

「莫大人，小的這就去回話。」

莫石堅笑了。「師爺，走，我們一起去瞧瞧籠中困獸，看看牠們都是什麼德行。」

師爺只能小聲提醒。「大人，如果溫敬再不來要人，恐怕……」

「恐怕什麼？」莫石堅站起身，徑直向大牢走去。

「恐怕只能將他們放了。」師爺心細如髮。「冰雹、疫病、秋收這些當口，縣令和差役們不在，靖安要亂成什麼德行，只怕真查起來，他們會反咬一口。」

莫石堅去大牢的路上，腦海中思緒紛亂，但又不約而同地回到他為何來清遠做縣令。大鄴官場水深，國都城周邊尤其嚴重，所以他選了較偏遠的巴嶺郡。

巴嶺郡地界多山多水，耕地相對較少，雖然有十六個縣，也還是大鄴比較窮的地界，所以巴嶺郡太守聽著威風得很，但也只是從六品的官員，郡內十六個縣的縣令，更是芝麻小官。

想要調查近年來數量激增的「妖邪案」，這裡是比較合適的地方，但萬萬沒想到，這裡像江流山谷，表面平靜無波，水下暗流洶湧，谷底猛獸成群。

「莫石堅，你膽大包天！」溫錚像個瘋子在大牢裡叫號。

莫石堅背著雙手打量溫錚和靖安的差役們，他們大概是大牢裡，不，大概是大牢建成以後身分最高的囚犯了。但大牢就是這樣奇特的地方，無論在外面多跋扈的人，在這裡關上幾天，再囂張的氣焰都能滅掉一半，因為這裡實在是太磨人了。

黑暗、骯髒、臭味以及一點兒透亮的氣窗，初進時就讓人想奪門而出，當發現無論如何掙扎都無法逃離時，當鼻子聞不出臭味時，腦子就陷入麻木的狀態，取而代之的是深深的絕望。

溫錚如今明顯是絕望到瘋癲的狀態，如果沒有牢籠阻擋，誰都相信他能衝出來活生生咬死莫石堅。

莫石堅站在牢籠外，連眉頭都沒皺一下，泰然自若地問：「溫錚啊，都這麼些日子了，溫太守沒有出現，師爺也沒來，連封書信都沒有，你真是太守親姪嗎？」

溫錚抓得牢籠木欄咯咯作響。「本官是你能欺騙的嗎？莫石堅，你識相的話最好現在就放了本官，不然以後的日子，你會求死不能！」

莫石堅像沒聽見似的。「師爺，慫恿或指使縱火焚燒縣衙該如何處置？」

師爺大義凜然，行禮後清了清嗓子。「回莫大人的話，各級衙門都是國之門面，應禮樂興盛、法制莊嚴，按大鄴律令，縱火者與慫恿指使者斬立決！」

莫石堅一字一頓。「溫錚，你也好，你的屬下也好，本官現在將你們拉到菜市口斬立決，溫敬太守能說一個不字嗎？」

溫錚的眼睛瞪得幾乎脫眶。「你不敢，你敢的話……不，斷案需要人證、物證，你沒有，你這是誣陷！如果我死了，你……」

莫石堅字字誅心。「溫錚，承認吧，你是一枚被拋棄的棋子，在溫太守心裡，親姪是比不上官位權勢的。」

「啊！」溫錚慘叫一聲。

牢籠裡溫錚的手下們面面相覷，不約而同地臉色煞白。

莫石堅似笑非笑地望著溫錚。「你對溫太守已經無用了，但對我還有用，你雖然身在大牢，但本官心性純良，還是好吃好喝招待著你。」說完，拂袖而去。

大牢裡先是針落有聲般的寂靜，接著是爆發出一陣喝倒彩聲。

「天天擺個什麼臭架子，還真當自己是官老爺啊？」

大牢裡的木欄被敲出很嚇人的響動，尤其是溫錚和手下周圍的木欄。碰碰碰！碰碰！碰！牢房簡直像要被撞破了。

溫錚再怎麼見過大場面，但「虎落平陽被犬欺」的狀況還是第一次，被四周蓬頭垢面、眼露凶光的骯髒囚犯打量，心裡一陣陣地發怵。

更讓他驚慌的是，靖安差役們眼中仰仗和敬畏的眼神漸漸散去，取而代之的是游移和算計，不用懷疑，再這樣下去，他們為了討好莫石堅會說出許多事情，到時候……

溫錚後背一陣陣地發涼，不著痕跡地縮到角落，低著頭，不與任何人有視線交集，勉強將自己繃出一個略顯放鬆的身形。忽然溫錚想到溫敬以前說過，這世上他只信自家人，溫家人榮辱與共、不離不棄。

溫錚給了自己一顆定心丸，而後輕蔑地警告。「哪家大伯會對親姪見死不救？不過是莫石堅比較難纏，需要時間設局罷了。」

一時間，籠中差役們的眼神又發生了微妙的變化。

莫石堅離開大牢後，後背沁出細密的汗水，現在已是騎虎難下的狀況，放也不是，關也不是。而始終沒有消息的溫敬，也不知在何處虎視眈眈地盯著清遠，盯著自己。

第六十七章

巴嶺郡衙門，溫敬正襟危坐在書房裡，揮退隨侍身旁的各色侍女，盯著跪在書房內的婦人，視線極其危險。

「婦人李氏，妳說妳認識清遠的穩婆梅氏？」

「是，太守大人，民婦不敢撒謊，十七、八歲的俊俏模樣，一雙含水的大眼睛，只是她以前不姓梅，姓柳，與一位老婦人形影不離，兩人都是穩婆。大人您看，上面畫的是不是她？」婦人說著，掏出一張懸賞令，恭敬地遞出去。

溫敬師爺接過去，讀出聲。「穩婆柳氏，二八年華，接生時漫天要價，致使產婦金氏一屍兩命。凡提供此罪女線索或協助抓拿者，賞錢一貫。」

師爺讀完，將懸賞令遞到溫敬手中。

溫敬一目十行地看完，懸賞令上畫的人像，果然是位美麗少女，下垂的嘴角揚起一絲不易察覺的弧度，指尖在懸賞令上摩挲，而後又盯著來報信的婦人。

「產婦金氏是妳何人？為何跑到巴嶺郡衙門前喊冤？」

婦人年齡最多不超過三十，看起來很憔悴，但一雙眼睛卻亮得很，雖然恭敬地跪著，但總偷瞄書房裡目之所及的物品。

「回太守大人的話，產婦金氏是民婦的妯娌，平日裡我倆情同姊妹，臨盆前民婦就勸她，平日節省一些沒事，但臨盆大事萬萬不能省，穩婆一定要好好挑選……嗚嗚嗚……」婦人說著就落下淚來。「如果當時民婦能勸住她，也就不會發生這樣的事情了，大人，您一定要為民婦家作主啊……」

溫敬忽然打斷婦人的話。「大膽刁婦，竟敢欺瞞本官？來人，拖下去杖責十！」

差役應聲進來，摁住婦人。

婦人嚇得面如土色，不住地磕頭。「大人，大人，您聽我說，民婦絕對不敢欺瞞！」

師爺上前勸道：「大人，事情緊急，且聽她詳說。」

溫敬耐著性子，哼了聲。「這十杖先記著，說錯一句再加十杖。」

婦人拜在地上，根本不敢抬頭，只能不住地說：「是，大人，大人饒命，民女說話句句屬實。」

兩刻鐘以後，婦人將事情的前因後果詳細講述一遍，不敢有半點隱瞞。師爺邊寫口供、邊引導，婦人不識字，簽字畫押以後，總覺得密密麻麻的字，比自己所說的事情多，內心隱隱不安卻抵不過一貫錢的誘惑。

溫敬臉色緩和。「明日一早，動身去清遠縣，先指認穩婆，之後的一切都聽師爺的安排，若妳半路反悔，就有二十杖等著妳。師爺，將她妥善安置。」

婦人膽戰心驚地跟著師爺離開，走出書房前，眼角餘光瞥到了溫敬異常陰沈又透著算計的眼神，立時嚇得渾身一激靈，卻又不敢說什麼。
師爺辦妥以後回到書房。「大人，反覆囑咐過了，絕對萬無一失。」
溫敬活動了一下僵硬的頸肩，眼色深沈。「莫石堅在清遠無事生非，除了公審妖邪案，現在還有育幼堂的事情，真是地獄無門偏要闖。那就別怪老夫心狠手辣！」
師爺立刻奉承。「大人從清遠穩婆梅氏入手，此計甚妙啊。」
溫敬閉上眼睛，不置一辭，往椅背上靠。
師爺立刻吩咐。「都進來伺候。」
「是。」貌美的侍女們輕聲細語地回答，走進書房後，迅速各歸其位。
師爺恭恭敬敬地行禮，而後悄悄退出書房，還帶上了房門，識趣地去把這件事情布局得更加周全。哼，莫石堅這樣作死的還是第一次見。
第二天，一大早，巴嶺郡太守溫敬的馬車隊就從東城門魚貫而出，運送貨物的牛車和馬車，還有押運犯人的囚車，以及一輛格外寬敞的大馬車，車內木椿上繫著鮫鍊。
出發前，師爺拉著鮫鍊拽了又拽，心裡不禁有些期待，這位少女穩婆到底有多麼迷人聰慧，令溫太守不管不顧地要帶這大馬車，也不知她被鎖在這大馬車裡，是嚇得花容失色，還是處之泰然。若真美得傾國傾城，也不知太守是留在身邊，還是送出去。
師爺悄悄嘆了口氣。再美又如何？他也只能巴巴地看上兩眼，再無其他。
威風凜凜的溫敬端坐在馬車裡，腰板挺直，閉目養神，許久才開口。「師爺，那婦人用完就棄，無須猶豫。」

「是，大人。」師爺應道，已經見怪不怪了，這民婦蠢到想讓溫太守替自家索賠，又為了一貫錢拚命學了許多半真半假的話，用完確實沒有留下的必要。

一貫錢，能做什麼？一貫錢？遠遠不夠喪葬花銷。

師爺靠坐在馬車裡，嘴角帶著笑意，眼神冰冷，一遍又一遍地琢磨，確認萬無一失，才想起那位愚蠢的婦人，像河中受不了餌料吸引的魚，只看到餌，沒看到餌繫著駭人的鈎子。

清晨，梅妍騎馬出城，找了不少時間才看到漁船，見三十歲上下、皮膚曬得黝黑的漁夫正在補漁網，沒有出船的打算，上前行禮。「這位大哥，有事想請教。」

漁夫每日早晚去清遠集市賣魚，魚攤離醫館不遠，當然知道梅妍現在是郎中，還知道她人美心善，以為她是出城問路，沒想到先行了禮，說有事請教，頓時受寵若驚。

他不識字，說話也有些顛三倒四，還有些口吃，平日話少得可憐，都是聽人說話，一時有些懵，緊張得搓著手。「梅……郎中……問、問問……儘管……問什什什麼……」

梅妍心裡咯噔一下，口吃症的人交流起來特別費勁，又不認字，這一問不知何時才能結束。但這位漁夫是綠柳居的魚肉供應商，捕魚的功夫了得，送去的魚質量非常高，著實是個「鋸嘴葫蘆」。不過，好在，梅妍運用了溝通技巧，兩人連說帶比劃，交流起來還算順利。

足足半個時辰，梅妍打聽到了清遠地界河裡的主要魚類和可食用的部分，不考慮銷量問題，每日可以捕多少魚。她拿著粗紙本，邊問邊寫，邊聽邊問，記錄得非常仔細。

漁夫怎麼也沒想到，活了半輩子，有一天自己能說這麼多話，還被用心地記錄下來，直到梅妍騎馬走遠，還覺得像作一場虛妄的夢。

更沒想到的是，梅郎中的小紅馬後面，有一頭身形高大而瘦削的純黑色犬，飛快地跟著馬奔跑。可不能讓這狗傷了梅郎中！漁夫抄起一柄魚叉從船上跳起來，可上岸的工夫，梅郎中和黑犬都不見了。

漁夫追出去好一段路，既沒聽到狗發狂時的吠叫，也沒聽到梅郎中喊救命，這……應該就沒事了，那黑犬應該只是追著撒歡而已。

梅妍馬不停蹄地趕回城內，生怕在醫館坐診日第一日遲到，在醫館前停下馬才發現，不早不晚，柴謹剛好打開醫館第一扇木門。

「梅郎中，這麼早？」

「早，柴醫徒。」

梅妍和柴謹一起開了門，簡單地撣塵和收拾以後，胡郎中拄著枴杖準時出現在醫館前。梅郎中上值的第一日就這樣開始了。

胡郎中走到外窗，莊重地掛上「梅郎中」的木牌子，與「胡郎中」的牌子完全相同，映著晨曦的光暈，顯得格外柔和。

胡郎中有不少慢性病患，一來就被病人簇擁到了診檯旁。

而梅妍收拾完畢，外面卻沒有候診的女病人，一個都沒有！

果然，不出所料，梅妍眼角餘光瞥到被病患包圍的胡郎中，在大鄴，十七、八歲的穩婆已經是稀罕事，更不要說十七、八歲的郎中了，還是一名女郎中。再說，醫館又不是什麼好地方，雖說有陶桂兒和柴氏婆婆她們幫著宣傳，但她們的身體都不錯，沒道理為了捧場走進醫館。

而在梅妍心裡，她們不來最好，至少證明她們身體不錯。

時間一分一秒過去，梅妍從充滿期盼到漸漸失望，以及到最後的心有餘而力不足的不指望，現實很殘酷，每一位進入醫館的病患，不論男女老少，看見她都很吃驚，然後毫不猶豫地走向胡郎中。

反正閒著也是閒著，選擇躺平任嘲的梅妍乾脆坐到診檯裡面，開始整理漁夫的口述筆記，順便給筆記配上插圖，以及每條魚的解剖圖。稍稍得閒的柴謹站在藥櫃裡面，伸長了脖子看，一臉震驚，梅郎中不僅醫術精湛，畫畫功底還非常了得，只是這畫不像以往見到的任何一種，有些稀奇。

胡郎中連叫了三聲。「徒兒，抓藥。」

柴謹還杵在藥櫃那兒，看著梅妍畫畫。

「柴謹！」胡郎中難得怒目相向。「抓藥！」

「哎！」柴謹被師父陡然提高的音量嚇到，急忙走出藥櫃取方子，又因為貪看，膝蓋撞在了木櫃上，發出好大一聲響，卻不敢喊疼，皺著眉頭，開始忙碌地取藥、秤量、包藥，囑咐用藥方法和其他。

梅妍和漁夫交談時，為了節約時間，記錄時用的全是縮寫，要整理得讓其他人看得明白，就必須完整地寫出來。

正午時分，梅妍總算寫完了，她活動一下僵硬的頸肩，甩了甩痠脹的手腕，抬頭發現胡郎中和柴謹一左一右地站著，正眼神複雜地望著自己，只能眨了眨眼睛。「嗯……胡郎中，您看，我一個病人都沒有……」

胡郎中早有心理準備，指著一疊紙。「妳何時去詢問漁夫的？」

「今日一大早啊！」梅妍不假思索地回答。「城門一開我就出去了，剛好開醫館前回的城。」

「這畫？」

梅妍擠出一個假笑。「畫成什麼樣不重要，關鍵是讓人一眼就瞧明白是不是？」

「妙啊！」胡郎中捋著鬍鬚，笑得滿臉皺褶，又意味深長地瞥了眼柴謹。

柴謹頓時汗如雨下，壓力山大，磕磕絆絆半天。「梅郎中，妳能教我嗎？」

「教什麼？」梅妍不明白。「我的字比起柴醫徒來可差遠了！」來大鄴前，她對自己的字很有自信，來了以後才知道，什麼是書法，什麼是工整。

「我、我、我想學這樣的畫！」柴謹鼓足勇氣說出來。

「可以啊。」梅妍爽快應下。

柴謹簡直不敢相信自己的耳朵。在大鄴，梅郎中這樣的畫能稱得上獨門畫技，就這麼說教就教？太草率了吧？不，她真的太慷慨了！

胡郎中滿意地點了點頭，問：「梅郎中，下午準備做什麼？」

梅妍想了想，然後拿出記事本，將漁夫一項劃掉。「要趁肉戶午睡前，去問肉類的事情；傍晚時分，向獵戶請教……最後去柴氏婆婆那裡問一下，肉類的儲存方法。」

胡郎中又看了柴謹一眼。

柴謹秉持著「債多不愁，嫌棄不怪」的想法，決定從現在開始隨便胡郎中嫌棄。

梅妍收拾好所有的紙，寫好頁碼，全都交到胡郎中手裡，順便把簡寫版放進背包裡。

「胡郎中，告辭。」

胡郎中捋著鬍鬚，頗有些詫異。「開診第一日，妳覺得如何？」

這話問得太傷人了。柴謹手心裡捏了一把汗，剛要替梅妍說話，她就回答了。

梅妍還真沒往心裡去。「胡郎中，今兒雖然沒有病人，但我整理好一份資料啦，沒有虛度時光就可以。」

胡郎中望著梅妍離開時挺拔的背影，看向柴謹。「若她是男兒，將來做出多大的事業都不奇怪。」

柴謹認真點頭。沒錯，但他相信，梅郎中不需要是男兒，將來也定能成就一番大業！

梅妍騎上小紅馬，徑直向肉攤奔去，沒想到今兒肉攤沒開，問附近的攤主都說不知道，只能半路改成去找獵戶，更沒想到的是，獵戶進山去了，什麼時候回來也不知道。

梅妍想了想，騎馬回到梅家小屋，給了姑娘們特別大的驚喜。

「梅郎中，妳今天回家好早啊！」姑娘們的心裡很微妙，知道梅郎中奔波是為了她們，但又希望有更多的時間和她相處，也是第一次感受到矛盾的情緒，每個人的神情都有變化。

梅妍徑直去了廚房，掀開大灶鍋蓋，不由地驚訝。「哇，今兒的午飯吃得真好。」

蓉兒人小鬼大，見到梅妍秒變話癆，什麼都敢說。「刀廚娘做的，做得又快又好吃，我吃了兩碗飯！」

梅妍摸了摸蓉兒圓滾滾的小肚皮，打趣道：「妳吃這麼多，不怕撐到嗎？」

蓉兒無所畏懼。「姊姊們吃得更多，我吃得最少了！」

梅妍端出溫著的飯菜，邊吃邊和蓉兒有一搭、沒一搭地閒聊，就在這時，秀兒走到她面前，恭敬行禮。「梅郎中，讓我跟在妳身邊吧，我學什麼都很快。」

梅妍的筷子停住，詫異地望著秀兒。這孩子真是好執著，反正她也打算收弟子，那就讓秀兒當大師姐吧？這樣想著，她微一點頭。

「啊？」秀兒看到梅妍點頭了，這毫無預兆的同意，讓她不知所措。「梅……梅郎中，妳這是同意了？怎麼就同意了呢？」

梅妍眨了眨眼睛，回得很調皮。「妳可以反悔啊，我沒意見。」

「梅郎中，我不後悔！」秀兒第一次這樣大聲地說出自己的心裡話。

梅妍繼續。「成，把妳這幾日的字拿來瞧瞧。」

秀兒一溜煙跑掉，又很快地捧來了作業本。

梅妍吃完午飯，被姑娘們團團圍住，開始了修改作業的大工程，邊改邊聽她們的心聲，結果幾個姑娘都說想要像秀兒一樣跟在她身邊。

「大家聽清楚，秀兒是因為今年十二歲，也有些能力，才能做一些自己想做的事情，其他人先好好識字，等將來再說。」

蓉兒急了，論身高、年齡，怎麼也輪不到自己，這可怎麼辦，於是抱緊梅妍的大腿。「梅郎中，莫夫人很喜歡我，不如妳送我去吧。」

「為什麼？」梅妍更驚訝了。

蓉兒繼續人小鬼大地回答。「莫夫人不用向別人行禮，聰明美麗又能幹，而且她對我很好。如果我去縣衙，有什麼事情發生一定是最早知道的。」

第六十八章

「行啦！」梅妍抱起蓉兒。「妳不到處亂跑我就很感激了！」

蓉兒緊緊摟著梅妍的頸項，粉粉的小嘴巴又一次嘸得可以掛油瓶。

梅妍被一雙雙充滿期盼的眼睛望著，不知怎麼的，覺得自己像個負心漢，思來想去終於有了主意。

「行啦，睡個二十分鐘的午覺，然後起來讀書寫字，每日寫字最好的，第二日就可以跟我去醫館出診半日，這樣好不好？」

「好！」姑娘們握緊了小拳頭，以最快的速度睡午覺去了。

梅婆婆坐在一旁看梅妍和孩子們鬧，笑而不語。

梅妍乘機溜到小院裡，望著空空的「臨時狗窩」，第一反應是看向梅婆婆。「狗呢？」

梅婆婆笑了。「早晨跟著妳一起出門的。」

梅妍傻眼，這三隻狗聰明嗎？會不會撒手沒啊？真的找不到了，鄔桑回到清遠時，她拿什麼賠給他？

一連串的自我恐嚇以後，梅妍整個人都不好了。

梅婆婆又笑。「妳別嚇唬自己，這種狗兒很聰明，山上和農田裡的野兔子，一抓一個準，認識路，知道怎麼回家。」

希望是吧！梅妍暗暗祈禱。

像要證明梅婆婆說的，不久後三隻細犬頂開虛掩的木門，魚貫而入走進小院裡，向梅妍瘋狂搖尾巴，然後各自往地上扔下野兔。

梅妍望著地上的三隻兔子有些傻眼，這麼厲害？

三隻細犬注視著梅妍，猛甩尾巴。

梅妍想了想，壯著膽子逐個摸了狗頭，猛誇。「乖狗！真棒！真厲害！」

見牠們舌頭伸得老長，天這麼熱，梅妍從廚房取出一個扁扁的陶盆，放滿清水，端到牠們面前。「渴嗎？喝水嗎？熱不熱？」

三隻細犬扎進水盆裡，嘩嘩地喝起水來，喝完水就躺回狗窩，瞇著眼睛犯睏。

梅妍看著牠們，看了又看，覺得好像也沒這麼嚇人了，視線落在三隻肥滋滋的野兔身上。「婆婆，把牠們燉了？」

梅婆婆起身拍了拍梅妍。「我來吧。」

兩刻鐘後，梅婆婆就把兔子肉燉到鍋裡，讓梅妍把剝下的兔子皮用荷葉包好送到集市找皮草匠人硝製。

梅妍騎上小紅馬，來回的速度飛快，可惜的是，肉攤主和獵戶都不在，想順帶做些什麼都不行。

回到梅家小院，梅婆婆看出梅妍的沮喪，問：「今日開診順利嗎？」

梅妍嘿嘿一笑。「一個病人都沒有，不過我也沒閒著，把漁夫的資料整理好了。」

梅婆婆頗有些意外，還是安慰。「慢慢來，急不得。」

農田裡，柴氏婆婆戴著草帽揮汗如雨，一邊忙著農活，一邊考慮是不是應該去醫館向梅郎中道賀說說話，但她每日睜眼忙到閉眼，實在有心無力。可一想到梅郎中的救命之恩，覺得不去又說不過去，正在兩難的時候，聽到旁邊田地裡的農婦們在閒聊。

「真沒想到，咱清遠醫館裡竟然有女郎中了！」

「誰啊？」

「梅小穩婆啊，聽大夥兒說，她不僅接生好，醫術也不錯。」

「真是胡鬧，那樣貌美的少女，怎麼能當女郎中？她會開藥方嗎？會望聞問切嗎？」一個五十左右的老婦人張氏冷著臉。「胡郎中也真是的，竟然把醫館改名成胡梅，怎麼能這樣抬舉梅小穩婆呢？」

「梅小穩婆還是縣衙的查驗穩婆呢！論膽識，論接生手段，論其他，整個清遠縣，除了她還能有誰？」柴氏婆婆聽了直搖頭，不禁嘟囔。這張氏還是她家鄰居，平日說話就這樣尖刻，誰都不放在眼裡，句句噎人，偏偏還話多。

疫病時的補液鹽就是梅小穩婆的配方，她當然可以當郎中！柴氏婆婆抬頭抹去滿頭滿臉的汗水，再看一眼自家沒割完的麥子，倒的倒，折的折，不由得加快手裡的速度。

清遠的農田離池塘小河有些遠，田頭有水渠，兩邊是整齊結實的田埂，每家每戶的田地數量不等，位置也遠近不一，農家常常要東跨西跨地過田埂。

方才繃著臉的張氏扛著鋤頭準備去另一塊地，跨田埂的時候腳下一滑失去重心，不偏不倚地跨坐在了一道田埂的邊緣，爆發出一聲慘叫。「娘哎，疼死人啦！」

「哎喲，妳這是怎麼了？」附近的農婦們撂了手裡的農具，循聲找過去。

「疼啊……」張氏老淚縱橫。「動不了了！」

好歹是鄰居，柴氏婆婆放下手裡的活計，跨了四條田埂才走到張氏身邊，和其他人一起把她拽起來，別說走路姿勢了，連站立姿勢都不對勁，問：「大嬸子，妳沒事吧？」

「有事！」張氏顫顫巍巍的。

柴氏婆婆耐著性子問：「那，我們扶妳上牛車，送妳到醫館去？」

「我不去！我死都不去醫館！」張氏疼得臉都變形了，還是一步步地勉強挪動。

柴氏婆婆越看越覺得不對勁，但也不願意和張氏多話，還是問：「那現在送妳回去，好好歇著？」

張氏心不甘、情不願地點了點頭，還加一句。「坐妳家牛車，我不付錢的。」

柴氏婆婆只當沒聽見，駕著牛車把張氏送回家，交代她兒女注意著，又火速趕回地裡繼續忙活，就這樣一直到傍晚時分回家。回家以後忙著照顧孫子、孫女，忙著看一眼珠兒和兒子，全家人圍坐著邊吃晚飯、邊閒聊，不知怎麼的，總感覺隱約聽到哭聲。

柴火問：「隔壁出什麼事了？」

珠兒搖頭，表示完全不知情。

柴氏婆婆有些納悶。「不知道啊，老嬸子今兒跨田埂的時候摔了一跤，疼得起不來，還咬著牙說不去醫館，我沒法子，就用牛車把她送回來，可能是真疼吧？」

正在這時，張氏的兒女都來了，一見到柴氏婆婆像見到救星。「嬸子，求妳去看看我阿娘吧，她把自己反鎖在屋子裡，說什麼都不出來。」

「反鎖在屋子裡？」柴氏婆婆放下碗筷，這是怎麼了？

張氏的女兒拽住柴氏婆婆的胳膊，就差沒跪下來了。「嬸子，妳去勸勸我阿娘行不行？她一直說明兒就要死了，誰也治不了……聽著怪嚇人的。」

柴氏婆婆無奈地抽回胳膊。「你們都勸不了，我這個外人怎麼勸呢？」

「嬸子，求妳去看看吧。」張氏的女兒情急之下跪了。

柴氏婆婆實在拗不過，硬著頭皮把門勸開了，見張氏臉色發白、滿頭大汗，想到當初珠兒被牛撞了就是這樣的臉色，頓時覺得後背發涼。「嬸子，妳這是怎麼了？哪裡疼？出血了嗎？」

張氏有氣無力地硬撐。「我挨不過明日了，讓女兒準備壽衣，她只知道哭，還把妳拉來了，妳又不是郎中，是郎中也不成啊！」

柴氏婆婆再次選擇性地聽不見，問：「傷哪兒了？給我瞧一眼。」

張氏默默地揭開衣裙，慘兮兮又眼巴巴地望著柴氏婆婆。「大妹子，這樣子我哪敢去醫館，如果讓胡郎中瞧，我還不如死了算了。」

那私密處的血腫樣子，讓柴氏婆婆看得兩眼發直，這……怎麼能腫成這樣？這顏色、這大小可太嚇人了！

「大妹子。」張氏又蓋好衣裙。「疼，真的疼，但這樣哪能去醫館啊？讓我家老頭子知道，還不一紙休書把我趕走？」

柴氏婆婆忽然有了法子，沈著臉色問：「大嬸子，妳想不想好？」

張氏眼淚出來了。「這樣還能想著好嗎？」

「妳只要回答我，妳想不想好？」柴氏婆婆實在不願意再費唇舌了。

「想。」

柴氏婆婆覺得，張氏難纏，不能給梅郎中惹麻煩，索性問得直白。「那妳捨得花多少錢？這個治起來只怕很難。」

張氏難得大方。「五百錢？」

柴氏婆婆拿定主意。「妳等著，我去請梅郎中上門出診，能不能治，能不能好，還要等她來瞧了才知道。」

張氏的臉色出奇難看。「梅小穩婆？」

柴氏婆婆皺起眉頭，心裡的不悅頓時到達新高度。「是，如果妳瞧不上，大嬸子，我就回去了，家裡還有一堆事情呢。」

「我看！我看！」張氏提高嗓音，希望能讓離開的柴氏婆婆聽見。

柴氏婆婆走出門，向張氏的兒女說明情況，然後借了匹馬，駕車直奔胡梅醫館。

萬萬沒想到，胡郎中和柴謹說，梅妍早就回家了。柴氏婆婆只得又趕到梅家小屋，用力敲門。「梅郎中，梅郎中在家嗎？」

梅妍打開門看到是柴氏婆婆，吃驚不小，難道是珠兒或者龍鳳胎出了什麼狀況？

柴氏婆婆覺得這事情不能聲張，湊到梅妍耳邊，如此這般地說了一遍，末了才提高嗓音。「梅郎中，我家隔壁的老嬸子病了，妳能上門瞧瞧嗎？」

「稍等。」梅妍回屋準備好要用的物品，塞了滿滿當當一個大背包，從馬廄裡牽出小紅馬，轉頭對梅婆婆和姑娘們說：「我去出診啦。」

秀兒送到門外，充滿期待地望著梅妍。

梅妍招呼道：「秀兒，妳見血會暈嗎？」

「不會！」

「跟我走！」

秀兒開心地原地跳了兩下，在梅妍的幫助下上了馬背。

等梅妍和秀兒騎馬離開，一隻純黑細犬倏地起身，伸了個長長的懶腰，抖了抖毛，又甩了甩頭，緊跟著出去了。

梅妍騎馬快，柴氏婆婆趕車慢，反而梅妍先到張氏門口，本想先進去，又停住腳步。

秀兒詫異地問：「梅郎中，不進去嗎？」

梅妍輕輕搖頭。「等柴氏婆婆，對了，秀兒，妳照顧過病人嗎？」

秀兒瞬間紅了眼圈。「梅郎中，阿爹和阿娘生病都是我照顧的，可是……」他們還是死了。

梅妍拍了拍秀兒的肩膀，先把必要的知識簡單講述一遍，不指望她都能記住，只是想知道她的學習能力怎麼樣。

好在，柴氏婆婆很快趕到，帶著梅妍一起走進張家，邊走邊說：「嬸子，我把梅郎中請來了。」

張氏兒女們一聽，急忙迎出來。「梅郎中，趕緊替我阿娘瞧瞧。」

梅妍帶著秀兒剛走到臥房外面，就聽到張氏斷斷續續的叫號。「老天爺啊，祢開開眼吧，我這輩子都沒做過壞事啊，為什麼要遭這種罪啊？每年燒香拜佛一次都沒少過啊，佛祖怎麼不保佑啊？」

秀兒聽了心裡很不是滋味，阿爹和阿娘那麼好的人，也早早就去了。

柴氏婆婆推開臥房門的瞬間，梅妍和秀兒都戴好了口罩。

張氏哼哼唧唧個不停，見到戴著口罩的兩個人，頓時嚇了一大跳。「老天爺啊，是什麼人啊？」

柴氏婆婆趕緊出聲。「嬸子，梅郎中來了。」

張氏哼哼得更大聲。「梅郎中啊，我家裡窮啊，我命苦啊……妳是活菩薩啊，快給我瞧瞧吧。」一說完，顫抖著手掀開裙襬。

梅妍心裡咯噔一下，張氏的外陰腫脹得厲害，竟然脹出一個碗大的血腫，大約平日也沒怎麼清潔，表面還沾了不少污物，濃重的氣味透過口罩撲來。

張氏見梅妍看了不吱聲，只覺得天都要塌了。「梅郎中啊，我家真的窮，連診費、帶藥費，最多出得起一百文。」

梅妍結結實實地愣在當場，片刻後才開口。「這位嬸子，妳這裡腫得很大，裡面全是血，第一步就要刺破放血，然後清創縫合，還要服藥，藥價不菲，不僅如此，還需要每日清洗傷口換藥。」

張氏虛弱地問：「梅郎中，這樣就一定能好嗎？我家可出不起冤枉錢。你們郎中都是懸壺濟世的，不能看在我家這麼窮的面上，不收錢嗎？救人一命，勝造七級浮屠啊，梅郎中，妳看妳這麼好看，肯定是位人美心善的活菩薩。」

柴氏婆婆聽了都不知該怎麼說才好，想到梅妍還是自己請來的，絕對不能給她惹上麻煩。「嬸子啊，妳這是要錢不要命啊。」

張氏聲音低，但話真不少。「柴家的，梅郎中可比我家有錢多了，整日有人送米送麵送肉，布莊還送布……哦，對了，綠柳居的廚娘每日三頓地做吃食，過的可是鄉紳富戶的日子啊。」

秀兒忍不住了，剛要開口就被梅妍攔下。

柴氏婆婆問梅妍。「梅郎中，照妳說的法子治，大概要多少錢？」

梅妍粗略算了一下。「刀針費，縫合，清洗，每日用藥換藥，稍有不注意就會感染發炎……真的不好說，還有這裡面太暗了，真的要清創，得點上整盤蠟燭，起碼六百錢。不包括後續換藥的費用，而且因為這個部位特別容易感染，要換藥、到拆線，要靜養不能動，需要力氣大的人來照顧，吃食方面也要改善。」

萬萬沒想到，張氏梗著脖子叫。「天殺的，一盤蠟燭要好多錢啊，還要另外付六百錢，老天爺啊！梅郎中，妳是來我家搶錢的嗎？」

梅妍搖頭。「這位嬸子，還是讓妳家人另尋郎中吧，妳這樣子，我沒法治，告辭。」說完，拉著秀兒轉身就走。

張氏的嗓音陡然提高。「梅郎中，妳不能見死不救啊，妳回來，我家真的窮……梅郎中，妳年紀輕輕的，沒人找妳瞧病吧？我都不嫌棄妳年輕了，妳怎麼能說走就走呢？」

柴氏婆婆怎麼也沒想到，張氏平日惹人煩就算了，今日梅郎中開診就遇上這樣的，真是倒了大楣了，快步離開，對守在門外的張氏兒女說：「你們也聽到你們阿娘說的了，快去另尋郎中吧，不要耽擱了。」

張氏兒女和老頭面面相覷，勸也不是，不勸也不是，只能分頭尋郎中。

梅妍帶著秀兒走到張氏門外，被柴氏婆婆追上。「梅郎中，真是對不住，我怎麼也沒想到張氏是這樣的人！我真的是……梅郎中，她說話一直這麼難聽，真是，我對不住妳……」

梅妍沒往心裡去。「沒事，柴氏婆婆，我已經回絕了，這就回去了。」

柴氏婆婆實在不好意思，但還是心軟。「梅郎中，如果放著不管，她會好起來嗎？」

梅妍回答得點到即止。「天氣炎熱時的血腫很棘手，表皮已經很薄，稍有磕碰就會破，血流盡後不及時清洗，或者即使清洗了還是會紅腫熱痛，不用幾日就會發高燒，然後就……」

柴氏婆婆嘆氣，高聲說道：「要錢不要命啊，神仙來了也沒法子啊，怪誰呢？」

左鄰右舍們從梅妍騎馬來的時候，就在窗邊、門邊聽動靜了，柴氏婆婆這一嗓子，再加上張氏平日模樣，就知道這事怪不到梅郎中身上。

梅妍和秀兒剛要上馬，就被柴氏婆婆一手拽一個，完全不容她倆拒絕，進門就喊：「火兒，珠兒，快出來，看誰來了？」

柴火跑得快，看到梅妍就往回跑。「珠兒，珠兒，是梅小穩婆，不對，是梅郎中！」

珠兒在臥房裡遛彎兒，一聽趕緊開口。「梅郎中，快進來坐。」

於是，梅妍帶著秀兒，先向珠兒問好，然後就打量吃飽就睡的龍鳳胎，兩個小臉兒紅撲撲、粉嫩嫩的，腦後沒有枕禿，明顯沒有缺鈣，一看就知道照顧得非常好。

柴火搬椅子，柴氏婆婆匆匆端來兩碗紅糖水煮蛋，分別放在梅妍和秀兒手中。「嚐嚐，別客氣。」

梅妍和秀兒道了謝，小口小口地喝著。

柴氏婆婆覺得自己坑了梅妍，不住道歉。「梅郎中，我就不該當這個好人，還是我把她從地裡送回來的，她家的人也怪得很，這麼長時間都不找郎中，硬拖到天黑。」

第六十九章

秀兒第一次被人當貴客招待，覺得紅糖水煮蛋是最好吃的東西，吃著吃著就問：「梅郎中，病人沒錢，就不給她們瞧病嗎？」

張氏不窮卻哭窮，還逼梅郎中替她看病不收錢，實在太壞了。

梅妍笑了。「分人，張氏這樣的就不要瞧了。」

秀兒滿臉困惑，柴家人都看著梅妍。

梅妍笑著問：「大夥兒都有阿娘對吧？咱們想想，如果自己阿娘下午從地裡回來受了傷，疼得直叫喚，還不讓找郎中，我們會怎麼做？」

柴火一拍大腿。「當然要去找啊！借錢也要借啊。」

柴氏婆婆、公公、珠兒和秀兒紛紛點頭，表示同意，當初他們可是都準備賣地了。

梅妍一針見血地戳破。「張氏兒女雙全，年紀也都不小了，還有夫君在家，可他們沒去找郎中，還是央了柴氏婆婆找來的，你們會這麼做嗎？反正我不會。還有，如果自家阿娘對郎中出言不遜，我們會怎麼做？阿娘一直哭窮，一直逼郎中看病不收錢，我們又會怎麼做？」

柴火憨憨地回答。「當然是讓阿娘不要說了，自己出錢請郎中啊。」

梅妍繼續。「最後，如果我沒猜錯的話，他們不會去找胡郎中，也不會離開清遠，只會找穩婆。張氏這麼重的傷，我都沒把握，不管哪位穩婆同意動手，都會遭殃。」

柴氏公公聽了，忙跑到門外，打聽回來，氣得一屁股坐在椅子上。「他們還真去找穩婆了！」

柴家上下想了想，覺得張家透著說不出的古怪。

珠兒小心翼翼地問：「梅郎中，妳怎麼猜到的？」

梅妍苦笑。「我以前在白水縣的時候，就遇到一家這樣的，不過是位足月的孕婦，她的妯娌和大伯說了差不多的話。孕婦人很好，但她夫君駐守邊關時殉國了，身邊的孩子又小，沒人能替她說話，所以我決定幫她試一下，沒有收錢。」

珠兒有些期待。「然後呢？」

梅妍說的時候非常平靜。「她難產的時間太長，我沒能救得了她，她的妯娌和大伯把我告到了縣衙，說我漫天要價致孕婦難產而死，一屍兩命。」

柴氏婆婆的心懸到了嗓子眼裡。「梅郎中，那裡的縣衙呢？官司怎麼說？然後呢？」

梅妍現在回憶起來，還算平靜。「清遠縣有秉公執法、心懷正義的莫大人，白水縣沒有。」

秀兒小心翼翼地問：「梅郎中，那邊的大人怎麼判？」

梅妍硬擠出一個難看的笑臉。「我輸了官司，付不起一百五十兩的賠款，梅婆婆帶我連夜逃了。」那位縣令的嘴臉，她實在不願意再提。

柴家眾人都聽呆了。一百五十兩賠款？那裡的縣令瘋癲了吧？

柴氏婆婆捂著胸口，恨不得搧自己兩巴掌。「梅郎中，我真是老糊塗了，怎麼能把妳往坑裡帶呢？我真的是……唉……」

梅妍老穿越人遇到的糟心事遠不只這一樁，內心已經鍛鍊得非常強大，安慰道：「誰沒有看走眼的時候？誰沒有做好事坑到自己的時候呢？別往心裡去。」

柴氏婆婆怔怔地望著梅妍，許久才嘆氣。「梅郎中，妳年輕輕的怎麼比我們還看得透？」

梅妍笑而不語，看透了才能過好以後的日子。

柴氏婆婆既心疼、又佩服，左思右想之下，又去取了一塊柴記燻肉，硬要塞給梅妍。「梅郎中，妳一定要收下，不然我今晚睡不著。」

梅妍拒絕。「妳家和綠柳居簽了書契，燻肉要保質保量供應，不能隨便送人了；而且以後會有許多人上門要肉，還會有人上門要妳買他家的豬肉，什麼事都會發生。若做不到書契上注明的，要賠付許多的，打官司也是必輸的。」

這下，不只柴氏婆婆，柴家人的神情都變了。

梅妍從背包裡取出粗紙本子，笑著岔開話題。「反正我來都來了，剛好有事情要請教。」

柴氏婆婆立刻緩過來。「梅郎中，妳這麼說是把我當外人啊！」

梅妍嘿嘿笑著語出驚人。「柴氏婆婆，把妳家燻肉的秘方告訴我唄？」

「成！」柴氏婆婆不假思索地回答。

梅妍被驚到了，萬萬沒想到，柴家上下居然還都跟著點頭。

「梅郎中，妳聽好啊……」柴家婆婆的話被堵住了。

「我只想知道，天熱的時候，對，就是現在的天氣，怎麼樣保存肉類不容易壞，包括鳥肉、魚肉、獸肉和豬肉。」

柴氏婆婆怔住了。「梅郎中，平日已經夠忙了，妳還打算自己醃肉？」

梅妍當然不能把「饑荒」這個充滿變數的可怕消息走漏出去，斟酌了詞句以後才開口。

「我家現在人口多，育幼堂一時半刻也建不起來，現在那些獸肉、魚肉都便宜，就想多買些囤著過冬。姑娘們都是長身體的時候，多囤些總是沒錯的。」

秀兒看向梅妍的眼神都變了，梅郎中真的處處為她們考慮。

「沒錯，是這個理。」柴氏婆婆聽了連連點頭。「醃肉費鹽，妳現在還是能省則省，山上的乾枝卻不要錢，我可以教妳做煙燻肉，什麼肉都可以燻，只要能防鼠防蟲，放上一年半載都不壞。」

為了讓梅妍放心，還補充一句。「不是柴記燻肉的做法，就是尋常燻肉。」

梅妍趕緊拿出炭筆。「妳說，我記下來。」

柴氏婆婆毫無保留地把煙燻肉的做法都說出來。

梅妍握著炭筆迅速地寫滿了兩大張紙，又另外注明了注意事項，寫完瘦得直甩手。

柴氏婆婆像卸掉了壓在胸口的一塊大石，長長地舒了口氣，能幫上梅妍真是太好了。

梅妍小心地把紙收好，卻意外掉出之前寫的問題集。

柴火手快地撿起來，珠兒眼尖地看到了，問：「梅郎中，妳還要去問獵戶和肉攤主啊？」

梅妍點頭。「對啊，可惜他們都忙，今兒個找了兩趟都撲了空。」

柴氏婆婆一下站起來。「獵戶天黑以前就到家了，肉攤主應該也在家，走，我帶妳去。」

「現在天都黑了，他們是不是歇下了？」梅妍當然想在最短的時間把資料都收集齊全。

柴氏婆婆笑了。「現在天熱，獵戶都要立刻把獸肉、獸皮處理乾淨，不然就壞了，肉攤主也是，他們肯定都在家裡忙活呢。他們都是爽快能幹的，不像張氏那樣。走，用梅郎中妳的原話，來都來了，走吧！」

說走就走，有要事在前，沒人再管張氏的事，每人都有自己的選擇和因果。梅妍跟著柴氏婆婆，先去獵戶家拜訪。就像柴氏婆婆說的那樣，他們真誠又熱情，聽到梅妍來意先是一怔，之後就邊做手裡的事情，邊回答問題，兩不耽誤。

獵戶對山上有多少種動物了如指掌，哪些動物春夏季交配，哪些動物秋冬季交配，哪些可以吃，哪些時間段不能獵，包括每日不間斷地打獵，能有多少收穫，全都說得清楚明白。

梅妍為了表示感謝，順便替獵戶處理了受傷的手背和胳膊肘，以及被荊棘劃傷的小腿和腳踝。這其間，秀兒的配合與表現，都讓梅妍刮目相看。

高高興興地離開獵戶家，梅妍又到肉攤主家裡，果然像柴氏婆婆說的那樣，夫婦二人聽梅妍說有事請教，立刻受寵若驚，說話都結巴了。

與其他地方不同，清遠的肉攤主有好幾個，但眼前這位既是屠戶、又是肉攤主，姓賴，一般都叫他「不賴」、「不賴家的」，原因無他，他人好、刀工好、賣的肉品質好。而他妻子的左腳天生就有些足內翻，走路微跛，溫柔賢慧還有不錯的廚藝，是出名的巧媳婦。

「不賴」對豬牛羊魚等的庖解經驗豐富，因為巧媳婦的關係，還知道哪個部位做什麼菜最合適，回答完梅妍所有的問題以後，忽然想到一件很重要的事情。「梅郎中，下水就是內臟，宰完直接扔水裡，順水而下，那可沒人吃啊。下水雖然重，但也不能算在肉裡。」

梅妍很清楚。「那是下水的做法不對，做法對了，和肉一樣好吃。」

「不賴」是個較真的人。「梅郎中，下水又臭又髒、腥味又大，怎麼可能做得好？退一步說，不，就算退一萬步說，下水做得和肉一樣好吃，清遠也沒人吃。」

巧媳婦表示同意。「當初我也覺得下水扔了可惜，試做過許多次真的不能吃，不僅不能吃，整個廚房都是臭的，臭好幾天味道都散不掉。」

梅妍沈默。這……可是意想不到的阻礙。

忽然，「不賴」想到一個事情。「柴氏婆婆，我記得妳最近常來買豬肝、豬心、豬肚什麼的，去妳家好像也沒聞到什麼怪味啊。」

柴氏婆婆笑了。「我家珠兒的身體虧損太大，必須好好調養，梅小穩婆體諒我家花銷大，說下水也可以，豬肝、豬心、豬肚這些還別說，做出來確實好吃。人嘛，有得挑的時候，一定嫌棄下水；真要遇上饑荒，餓極了的時候，連土都吃得下去，你們說是不是？而且我家珠兒頓頓有肉，現在臉色都好看了，之前那個臉白得呀！我真怕她挨不過去。」

好像很有道理的樣子。「不賴」一時還真的無法反駁，又想到。「梅郎中，按妳說的，應當連豬大腸都算進去了吧？那真是洗不乾淨還臭得很！」

梅妍胸有成竹。「改天做成了，我帶給你們嚐嚐？」

「不賴」夫婦半信半疑，還是點了點頭。

梅妍早就想好，「下水上餐桌」這項大工程應該交給誰最有可能完成，當然是綠柳居的胖大廚啊，這位對美食異常執著的天才廚子，肯定不會讓她失望的。

除此之外，梅妍還注意到了巧媳婦因為積年累月的微跛走路姿勢，已經造成雙肩不平衡的後果，長此以往，脊柱變形也是肯定的。要想個法子，最大程度地改善跛行的問題，但一時半刻也沒什麼特別好的方法。

於是，梅妍順帶著問：「冒昧地問一下，妳的腳，之前有去醫館瞧過嗎？」

「巧媳婦」一怔，瞬間被勾起了傷心事。「小時候，阿祖嫌我天殘想溺死我算了，但阿娘以死相逼，一有時間就抱著我去看郎中，都說是天生的，沒法治。阿娘整天以淚洗面，誰也勸不住，忽然有一天她不哭了，拚命給我攢嫁妝……」

梅妍拍了拍她的肩膀。「胡郎中那兒去過嗎？」

「去過，胡郎中也說沒法子。」

「巧媳婦」眼中有化不開的憂鬱和傷感。

梅妍覺得沒把握，就不該給人希望，所以什麼都沒說，打算有時間找羅軍醫談談。此情此景，讓她想到一張梗圖「努力堅持住，忙完這一陣，就能忙下一陣了」。

饑荒預備方案完成以後，梅妍又有了新的忙碌目標，就是下水和「巧媳婦」的腳。

離開「不賴」家，梅妍和秀兒向柴氏婆婆道謝，然後騎上小紅馬點亮馬燈，向梅家小屋馳去，經過林間小路時，被掠過的白影嚇了一大跳。

秀兒嚇得緊靠著梅妍，聲音都緊張起來。「梅郎中，剛才的是什麼？為什麼一直跟著我們？」

梅妍琢磨著白影的高度和速度，忽然想到一樁不可能的事情，為了緩解秀兒的緊張所以告訴她。「秀兒，白影像不像新來我們家的狗？」

秀兒驚到了。

梅妍高聲說：「出來吧，看到你了。」

果然，像一種回答，純白的細犬跑到梅妍的小紅馬旁邊，汪汪兩聲，然後愉快地搖著尾巴，其他兩條黑細犬也接連出現。

正在這時，秀兒驚呆了又帶著些許驚喜。「梅郎中，我們家的狗都來了！」

梅妍一看還真是，抓緊韁繩，招呼道：「行啦，乖狗狗們，我們回家去！」

秀兒忽然紅了眼圈，上一次有人對自己說「我們回家」是什麼時候？好像是阿爹、阿娘還活著的時候，心裡既高興、又悲傷，複雜的感情像要把人生生扯成兩半。

小紅馬跑得飛快，三頭細犬撒著歡地追，不叫也不鬧。有高大威猛的細犬護送，黑夜騎行的梅妍一點也不忐忑，秀兒更是開心，一路上有說有笑。

梅家小屋外，遠遠的就能看到，大大小小的滾燈都亮著，被夜風吹得或明或暗，吸引了不少趨光的昆蟲。「家」在光亮裡，靜靜等待她們。

秀兒一進屋就被姑娘們圍住，被纏著講出診的故事。

梅妍進了小屋，先安頓好每天都很忙的小紅馬，然後給細犬們添好水碗，還在「臨時狗窩」的四邊放了驅蟲香囊。

細犬們通人性，不停地向梅妍搖尾巴。

梅妍想了想從屋子裡拿了梳子出來。「我給你們梳個毛吧？」

細犬們應該被鄔桑照顧得很好，不僅享受梳毛，還會自動翻面，外加哼哼唧唧地撒嬌。

梅妍看著牠們仨，腦海中浮現出狗狗「猛男撒嬌」的圖，真是一模一樣。

雖然她穿來以前對貓狗這類的寵物退避三舍，但架不住同事們都養寵物，聽到最多的就是「什麼人養什麼貓，寵物隨正主」。確實，細犬是傳說中哮天犬的原形，身形高大瘦削、威風凜凜，奔跑速度爆表，妥妥的猛男，和驃騎大將軍鄔桑一個風格。

梅妍代入地想了一下「猛男撒嬌」，立刻把想法搖出腦子，鄔桑撒嬌……太嚇人了！

梅婆婆看梅妍在院子裡和狗玩得很開心，打趣道：「之前誰遇見狗就繞路走？」

梅妍裝傻。「牠們不咬人就很不錯。」

梅婆婆也願意讓梅妍打哈哈過去，轉移話題。「說說吧，出診怎麼樣？」

「我拒絕了，和白水縣那戶人家差不多德行，雖然拒了，但也沒有虛度時光。」梅妍從背包裡取出厚厚一疊紙。「我好好整理完，明兒交到縣衙去。」

梅婆婆點了點頭。「去吧，刀廚娘送了一盒子糕餅來，餓了可以墊肚子。」說完，就到門外把滾燈吹滅，收回院子裡擺放整齊。

「好！」梅妍答一聲，剛打算溜進臥房，就見秀兒被孩子們央著不斷說話，她說話也是要算話的。「秀兒別說了，趕緊睡，明兒跟我出診。」

「是！」秀兒激動得都破音了。

「行啦，妳們也是！」梅妍並不喜歡內鬥和殘酷的競爭。「明日秀兒去，之後從大到小輪換。但是，如果妳們真的想幫忙，每天都要好好聽婆婆講課，好好練字。書到用時方恨少，為了治病救人，學習不能停。」

姑娘們激動極了，梅妍又收穫了一堆喜出望外的眼神，照常抱抱每一個，總算把她們都哄去睡覺了。

進了臥房，梅妍點好蠟燭關上門，明明很累，卻了無睡意，謄寫速記資料的同時，無比懷念筆電和錄音筆。

第七十章

第二日一大早，梅妍和秀兒到達醫館門口時，柴謹剛好打開第一扇門板。

看什麼都好奇的秀兒和柴謹的眼神撞個正著，大大方方地招呼。「柴醫徒，我是秀兒，今兒跟在梅郎中身邊。」

「啊，哦……」柴謹怔了一會兒才回神，又有些詫異地看向梅妍。「梅郎中，秀兒是不是太小了點？」

秀兒立刻解釋。「我十二了！我不小了！我會做很多事情！」

梅妍笑得不懷好意。「柴醫徒，敢不敢和我打賭，處理外傷的時候，秀兒的能幹與你不相上下？」

「妳吹牛，怎麼可能？」柴謹覺得匪夷所思，遇到梅妍以前他從沒輸過，各個方面都是。

「昨晚我對秀兒說了起碼有小半本的注意事項，沒想到她全記住了，哦，不僅記住了，還做到了知行合一，這麼厲害的，我也是第一次見。」

秀兒從沒被人這樣當面誇過，小臉羞得通紅。

柴謹決定當死鴨子。「梅郎中，遇上外傷見分曉。」

「行！」梅妍和秀兒一起幫柴謹開門，說話幹活兩不誤。

醫館的門都打開時，胡郎中拄著楞杖準時出現。「梅郎中，昨晚沒睡好啊？」

「睡得還行。」梅妍打哈哈，胡郎中比她更拚命，熬夜整理資料，在他看來根本不是事。

梅妍很正式地介紹秀兒。「胡郎中，早，這是秀兒，今日她跟在我身邊參觀醫館，請胡郎中不吝賜教。」

「好。」胡郎中應了一聲，坐到診檯後面。

秀兒介紹自己的話還沒來得及出口，就面對胡郎中的背影，不禁有些慌張，是自己哪兒做得不好嗎？

梅妍拍了拍秀兒的肩膀，胡郎中對病人有父母心（很慈父的那種），對柴謹也是父母心（嚴父的那種），非常雙標。秀兒不是病人，在胡郎中眼裡就是學徒了。

秀兒感受到了梅妍的鼓勵，又動作輕快地幫柴謹打掃藥櫃、診檯和候診區，做事情有條不紊。

雖然梅妍說是參觀，但柴謹切實體會到了有一位「心靈手巧又勤快」的小師妹，是多麼讓人舒心的事情！

梅妍做完準備工作後，醫館外照常沒有女病患，也沒聽到昨晚張氏的消息，趁胡郎中有空的時候，把熬夜整理出來的資料，全都交到他手上。「胡郎中，請過目。」

胡郎中的眼睛瞪得更大。「梅郎中，妳是怎麼做到的？這……」

梅妍把昨晚的經歷說了一遍。「本來想謄寫兩份，在醫館也留一份，但抄起來太累。」

胡郎中向柴謹招手。「徒兒，你兩日之內把這些謄寫三份。」

柴謹看著厚厚的紙張差點就跪了。一份就夠抄死人了，還三份？

梅妍頗有同情心地看向柴謹。「秀兒也會寫字，替你分擔一份？」

胡郎中沒有吭聲，柴謹連頭都不敢點。

梅妍向秀兒使了個眼色，秀兒立刻接過炭筆和粗草紙，認認真真地謄寫了一頁紙。

梅妍把紙遞到胡郎中面前。「請過目。」

胡郎中一眼掃過去，把紙還給梅妍。「徒兒，謄寫三份，一個字都不能少。」

秀兒自認字跡工整、謄寫清晰，怔怔地望著胡郎中，眼淚在眼眶裡打轉，下意識看向梅妍。

梅妍可沒這麼容易被唬住。「胡郎中，嚴師出高徒，給點意見唄。」

胡郎中又看了秀兒一眼。「下筆太快，字在紙上，沒進心裡。」

梅妍默默翻了一個白眼，這老人家真的是，明明長了快俠的憨憨臉，在學徒面前卻毒舌又嚴苛。秀兒抄寫得又快又好，難不成他還要求她抄一遍就記住？過目不忘是傳說好嗎？

梅妍只能看向柴謹，但胡郎中沒發話，柴謹連頭都不敢抬。

正在這時，出人意料的事情發生了，秀兒忽然開口，把整頁紙的內容背出來，一字不差，頓時醫館內一片靜默。

胡郎中看了一眼柴謹，沒有說話。

柴謹總覺得自己在作夢。

梅妍好不容易從震驚中緩過來，問：「秀兒，妳剛才邊抄邊背的嗎？」

秀兒搖頭。「昨晚他們說的時候，我就記得了。」

醫館裡更安靜了，一陣風吹過，窗櫺的響聲吱吱呀呀，聽得特別清楚。

梅妍覺得自己撿到寶了，又驚又喜。「太厲害了，妳怎麼做到的？」

秀兒又被梅妍誇了，臉又一次紅透。「阿爹、阿娘忽然病重，我時常要陪他們來醫館看診抓藥，病人很多，柴醫徒很忙、說話又快，煎藥、熬藥、藥引這些的，我聽一遍記不住，聽兩遍還記不住，聽第三遍的時候後面等抓藥的人就不樂意，所以我只能拚命記，大半年下來，我聽一遍就記住還不會錯。」

梅妍從不吝嗇誇獎。「我家秀兒聰明又能幹！」

秀兒被誇得不好意思了，連連擺手。「梅郎中，我也只能記得兩天，時間一長就忘了。」

胡郎中沈默許久，趁著手邊沒病人，拿著筆在那張紙上勾畫一番，交給秀兒。「這些字還需多加練習，三份都給妳謄寫。」

秀兒高興地跳起來，拉著梅妍的手，笑得眼睛彎彎的。

柴謹不知不覺看呆了。「小師妹」真的好可愛，啊，他終於想起來秀兒是誰了！難怪覺得她有些面熟。

梅妍想了想。「胡郎中，反正現在暫時沒病患，柴醫徒、我和秀兒三人先同抄一份，抄完以後，就把這份送到縣衙去，好讓莫大人安心。」

胡郎中慢悠悠地點了一下頭。「如此甚好。」

「人多好做事」，三個人抄一份的工作量少得多，半個時辰就完工。

梅妍甩了甩手腕。「秀兒，走，我先把妳送回去，妳在家慢慢抄。」

「嗯！」秀兒點頭。

胡郎中在秀兒出門告辭時，神色嚴肅地囑咐。「記住，這些是他們的生計，只能爛在妳肚子裡。」

「胡郎中，我記下了。」秀兒行禮後上了梅妍的小紅馬。

一刻鐘後，秀兒第一天跟著梅郎中去醫館，就被胡郎中指點，還得到了謄寫的差事，姑娘們可羨慕了。不過好在，梅妍說過，姑娘們每天輪流去醫館，所以大家都有份，姑娘們比平日更認真地認字、練字。

梅妍騎馬回醫館的路上，止不住地想，秀兒冰雪聰明、做事有條不紊，是個做郎中的好苗子。可那群衣冠禽獸卻只看到了她的美貌，呵，真是暴殄天物。

醫館門前，胡郎中拄著枴杖，拿著資料卷，打算等梅妍回來一起去縣衙，沒想到等了不少時間，她也沒回來，候診區已有兩、三個病患在等。

想了想，胡郎中獨自去了縣衙，將資料交到莫石堅手中時，清楚明白地稟明。「莫大人，這些都是梅郎中自己尋訪和整理出來的資料，老夫沒做任何事。」

莫石堅是追求辦事高效的人，上行下效，清遠縣衙的差役們都效率極高，饒是如此，也被梅妍的行事能力震驚了。

「梅郎中，真是奇女子！」莫石堅感嘆完，隨即問：「梅郎中人呢？」

胡郎中也納悶。「回莫大人的話，梅郎中今兒帶著育幼堂的秀兒到醫館試練，小姑娘天賦極佳，領了謄寫差事要回小屋去，梅郎中騎馬送她，到現在都沒回來。」

莫石堅因為溫敬的事情神經繃得很緊，問：「王差役，以小紅馬的速度，從醫館到梅家小屋往返需要多少時間？」

王差役因為每日巡邏，對這條路線了如指掌。「回大人，快則兩刻鐘，慢則三刻鐘。」

莫石堅看向胡郎中。

胡郎中想了想。「梅郎中與老夫約好，每日上午在醫館開診，以她的性子送了秀兒，必定迅速返回，現已超過兩刻鐘了。」

莫石堅的臉色一變。「王差役，去找！」

王差役領命而去。

胡郎中陡然緊張起來。「莫大人，梅郎中出什麼事了嗎？」

莫石堅從牙縫裡擠出四個字。「以防萬一。」

正在這時，王差役又折回書房，在門邊稟報。「莫大人，梅郎中來了。」

莫石堅和胡郎中齊齊看向門口，果然見梅妍以極快的步子走進來，不約而同地想：沒事就好。

梅妍走進書房。「見過莫大人。」

莫石堅將梅妍上下打量一番，確定沒事，神情稍緩。

胡郎中卻沒有，帶著明顯不悅，問：「等了妳不少時間，就算沒有病患，妳也應該快去快回坐在醫館裡，到底因為什麼事耽擱了？」

梅妍回答。「前幾日，綠柳居的胖大廚傷了腰，來時剛好遇到他，就給他檢查了一番，又被花掌櫃拉著說了些話。」

胡郎中敏銳地察覺不對，語出驚人。「梅郎中，妳做事極快，檢查胖大廚用不了多少時間，還做了什麼？」

梅妍微微皺了眉頭。「我出了綠柳居往醫館去，半路遇到一位拄著枴杖的老婦人問路，我給她指了路，她說不認識要我給她帶路，而且是要出城，我說有事要忙實在走不開，讓她另外找人問，她就哭哭啼啼的不讓我走。」

莫石堅和王差役互看一眼，神色有了極細微的變化。

胡郎中追問道：「若是平日，妳肯定就送了，是發現什麼了？」

梅妍想了想。「我也說不上來，她說是來清遠尋親的，可說的地址卻在城外，一會兒又說自己記不清了，再說就是老眼昏花，說話不對勁，而且她的眼睛並不老。」

胡郎中的水泡眼更腫了。「妳的意思是，她裝成老婦人？」

梅妍回想著，然後點頭。「是，人的眼睛，眼白部分會隨著年齡增加而逐漸變黃，就是俗話說的人老珠黃，但她的眼睛亮得不尋常。」

「做得對！」莫石堅忽然開口。「可是妳怎麼會注意到這些的？」

梅妍嘿嘿一笑。「婆婆說我這樣的，很容易被拍花子盯上，從小就教了，各種各樣的花拐子，我遇到過不少。」

莫石堅和胡郎中聽了，半晌無語，既憤怒、又無奈。

莫石堅囑咐道：「梅郎中，妳近日不得出城，不管去哪兒都要告知身邊的人，沿著差役巡邏的路線走，有馬可騎，繞就繞一點。」

「多謝莫大人關心。」梅妍謝得很真誠。

胡郎中說出了壯士斷腕的決心。「梅郎中，明日起妳不要開診了，就在小屋待著。」

梅妍不假思索地拒絕。「那可不行，我答應過姑娘們每日輪流到醫館試練的，而且綠柳居的胖大廚約了明日一早到醫館看診。」

胡郎中詫異極了。「胖大廚？」

梅妍點頭。「是的，他太過壯實了，要減重。」

胡郎中的臉色頓時變得有些奇怪，而莫石堅向王差役使了個眼色，比了個手勢，讓巡值的差役們注意行跡可疑的老婦人。

王差役立刻離開書房。

莫石堅放心之餘，想到了方才看資料時的疑惑。「梅郎中，這些資料裡，用下水充作口糧的想法確實很好，但是這下水的滋味實在是……不好聞。」

梅妍還是微笑。「莫大人，這個問題，我會和胖大廚好好解決的，您放心吧。」

莫石堅是實戰派，在親眼看到成果以前，即使是梅妍的承諾，都將信將疑，但又因為是梅妍，所以他還是比較樂觀，僅憑目前手中的資料，已經夠莫石堅和差役們開始準備前期工作了。

胡郎中見莫石堅明顯有事要忙。「莫大人，草民告辭。」

莫石堅點了點頭。

梅妍忽然想到一樁事情。「莫大人，鄔將軍的臨時營地剛才傳來口信，雷捕頭在營地靜養，身體恢復得很好，再過兩、三日就能回縣衙當值了。」

至於傳話的人嘛，自然是每日到梅家小屋做三餐的刀廚娘和一刀大哥。

「真的？」莫石堅現在正是缺人手的時候，雷捕頭能回來實在是太好了。

「民女不敢誆騙莫大人。」梅妍回得鄭重其事。

「好！」莫石堅猛地站起來，招呼道：「師爺，隨本官出去走一趟。」

「是，大人。」師爺從屏風後面走出來。

梅妍趕緊告辭，萬萬沒想到，剛走出地下，就被叫住。「梅郎中。」

梅妍扭頭一看，夏喜扶著莫夫人走近，急忙行禮。「莫夫人。」

莫夫人開門見山地說：「梅郎中，我想蓉兒了，帶我去妳家瞧瞧。」

梅妍納悶，莫夫人一直是婉約派美人，今兒怎麼這麼直接？納悶歸納悶，實話還是要說的。「莫夫人，我要在醫館待到正午時分才會回家，要不，下午我再來接您？」

她可不敢讓莫夫人等。

莫夫人哪會聽不出梅妍的委婉拒絕。「不用，我現在跟妳一起去醫館瞧瞧。」

梅妍驚到了。「夫人，您要去醫館等我啊？」

夏喜從身後取出兩頂帷帽，替莫夫人戴上繫好，自己也戴上。於是，梅妍回到醫館時，胡郎中和柴謹兩人看到跟在後面的莫夫人，被嚇了一大跳。

莫夫人和夏喜隨意找了椅子坐下。「胡郎中，我只是等梅郎中，你們自便，不用沏茶。」會這麼主動也不是為什麼，實在是地下漆黑太憋悶，想出來透透氣。

正午時分，梅妍騎上小紅馬，莫夫人和夏喜上了牛車，一起回到梅家小屋，受到了姑娘們的熱烈歡迎。

蓉兒更是人小鬼大地撲過去，一口一個「莫夫人，蓉兒想妳了」、「莫夫人，蓉兒好想妳啊」。

莫夫人一把抱起蓉兒，體會到了有女兒的甜蜜，毫不介意地進屋，先拉著梅婆婆閒話家常，隨後又與姑娘們說笑，還嚐了她們沏的茶。

梅妍知道莫夫人與絕大多數的縣令夫人不同，但怎麼也沒想到，她能平易近人到這種地步，因為參觀完小屋以後，她又拉著梅妍去看了農田，還到山腳下轉悠。

梅妍看著莫夫人伸展雙臂迎接山風時，腦海裡莫名其妙地浮現兩個字「放風」，差點笑出聲。

莫夫人望著安靜的梅妍，嗔怪。「怎麼？占用妳太多時間，嫌我煩了？」

梅妍搖頭。「只是在想，同樣都是縣令夫人，您怎麼和她們差別那麼大？」

莫夫人先是笑而不語，隨後岔開話題。「梅郎中，現在白天熱、晚上涼，可以準備姑娘們的秋衣和冬衣了，免得到時來不及。」

梅妍點頭。「夫人，民女記住了。」

莫夫人忽然正色道：「梅郎中，我這幾日深思熟慮，也與莫大人商量過了，育幼堂的蓉兒與我投緣，想收她做我們的義女。」

梅妍驚訝地望著莫夫人，兩人視線交會，坦然而堅定。

在莫夫人心裡，梅妍是值得深交的人，願意給她足夠的尊重。「妳放心，不是想用蓉兒招孩子的，就算……以後萬一我們有了自己的孩子，也會好好照顧她。」

梅妍還是搖頭。「莫夫人，蓉兒這孩子心性很好、又聰慧過人，但您也知道她四歲就敢走很長的夜路，敢拿石頭砸驃騎大將軍，骨子裡是匹小野馬，其實並不好養。而且梅婆婆教姑娘們禮儀和練字時，蓉兒是最不聽話的。」

梅妍細細解釋，不希望莫夫人輕率決定。「莫夫人，其實您貴為縣令夫人，帶蓉兒走只是一句話的事情，但您願意和民女商量，民女自然要告訴妳蓉兒的一切，而不是強調她乖巧懂事、什麼都好。」

莫夫人點頭。「梅郎中，我知道妳的擔心，那就讓我先帶蓉兒三日，相處看看如何？」

「可以。」梅妍不假思索地回答。「如果您吃不消，就把她送回來。」

莫夫人帶著微笑，吩咐道：「我們回去吧，順便問一下蓉兒是否願意跟我走。」表面上平靜，她心裡不知道為什麼還有點慌。

梅妍不由地想到，前天蓉兒主動要求去找莫夫人，不是為了好吃好喝，而是為了打聽消息，莫夫人今日一提，蓉兒肯定樂意。

不出梅妍所料，蓉兒聽到莫夫人的邀請，立刻點頭同意，上馬車前還不忘抱著梅妍的頸項撒嬌，馬車開始駛動時，蓉兒又乖巧地依偎在莫夫人的身邊。

莫夫人喜出望外，將蓉兒抱坐在自己的膝頭上，摟著她。

梅妍望著遠去的馬車，只能搖頭，幸好蓉兒心性純良，不然非長成大魔頭不可。

第七十一章

與此同時，王差役回到縣衙地下覆命。「莫大人，守城東門的兄弟查過了，確實有個老婦人從東門進入，一個時辰不到又離開了，不知所蹤。」

莫石堅手中筆不停，提問也不停。「每日進出城門的人那麼多，如何記得？」

王差役也覺得奇怪。「一來，清遠百姓都在忙自己家事，整個上午進出城門的不多；二來，老婦人進城時說是尋親，卻沒帶任何包裹，說話又顛三倒四的，所以容易記得，但不論城內城外都尋不到她。」

莫石堅擱筆。「哼，衝著梅郎中來的。」

王差役咦了一聲，詫異地望著莫石堅。

莫石堅面沈如水。「育幼堂的勾當持續多年，這次秀兒被我們截下，但那頭還等著，他們中有人見過梅郎中，秀兒的容貌又算得了什麼？」

王差役怔了足足有五秒。「莫大人，梅郎中比秀兒大幾歲。」

莫石堅搖了搖頭。「王差役，綠柳居的花掌櫃是不是驚豔四方？」

「是！」

「花掌櫃是描妝之後的美豔動人，可梅郎中平日不施粉黛，相較之下，你能不能明白？」

王差役倒抽了一口氣。

莫石堅的眼神帶著怒意。「他們把少女當作褻玩之物，只要足夠美麗，就會不擇手段。」

王差役氣得牙齒咬得咯咯作響。「這幫畜牲不如的東西！梅郎中可是救了整個清遠的人！」

莫石堅很快恢復平靜。「王差役，他們來了。」

「是，大人！」王差役迅速離開縣衙，網早就鋪開了，就怕他們不來！

梅妍目送莫夫人的馬車離開，以為會看到姑娘們羨慕又憧憬的眼神，卻發現她們已經進屋開始練字，而秀兒正一筆一劃地謄寫，為了保密原則，她和姑娘們之間還隔了一道簾子。

小小年紀怎麼會細心到這種程度呢？

梅婆婆看出梅妍的困惑。「窮人家的孩子早當家，更何況是她們，話說回來，看看妳自己也能預判一二。跟著我這樣的老婆子，妳平白吃了多少苦？」

「是啊，是啊……」梅妍悄悄扮了個鬼臉，扭頭就看到三頭細犬魚貫而入走進小院，純白那隻走路的姿勢有點怪。

三頭細犬先衝到梅妍身邊使勁撒嬌，得到回應以後才心滿意足地躺回「臨時狗窩」裡，純白色那隻一直在舔自己的左前爪，舔個沒完沒了。

梅妍湊過去，先友好地摸狗頭，然後摸脖子，見白犬無底限地示好，問：「怎麼了？」試著握住牠的左前爪翻轉，毫無準備地看到了新鮮的血跡。

下一秒，梅妍看到了左前爪肉墊上扎的荊棘刺，略呈三角形，幾乎扎進去了一半。「你等著啊，我把刺取出，然後消個毒。」

白犬伸著長舌頭，吭氣有聲，望著梅妍走進屋裡取東西。

「乖乖的，你別動！」梅妍迅速把棘刺取出，順便消了毒。

「汪！」白犬疼得渾身一哆嗦，像根狗形彈簧蹦了出去。

啊，牠會不會記仇啊？梅妍無奈地望著白犬警惕又幽怨的小眼神，哪知道，一刻鐘不到的時間，白犬又伸著長舌頭湊過來猛男撒嬌，就……行吧，梅妍開始每日摸狗梳毛一條龍服務。

「穩婆梅氏在家嗎？」梅家小屋的門被敲響，同時傳來陌生男子的聲音。「有人嗎？快開門，有孕婦要臨盆了。」

梅妍和梅婆婆互看一眼，清遠最近沒有臨盆的孕婦，而且整個清遠就沒人叫穩婆梅氏的，這火燒眉毛的語氣和要敲破門的架式，蹊蹺得很。

梅妍立刻想到了莫石堅的提醒，心裡難免有些忐忑，先是在路口攔人，現在竟然跟到小屋來了？

梅婆婆向梅妍輕輕搖了一下頭，又向屋裡探出頭來的姑娘們比了個安靜的手勢。

「穩婆梅氏快開門！有沒有人啊？難產啊！救命啊！」

敲門聲一陣高過一陣，語氣越來越難聽，最後竟然開始罵人。「我們大老遠地趕到清遠來，就是聽說穩婆梅氏接生得好，現在裝不在家是怎麼回事？真是豈有此理，滾出來！」

幸好梅家小屋的門板比較結實，如果是以前的梅家草屋，竹門已經被捶破了，但這樣一直裝沒人在家也不合適，都吵到左鄰右舍了。

梅妍走到門邊。「奉清遠縣令莫大人之命，我不能離開清遠，請抓緊時間另尋穩婆吧，抱歉。」

敲門聲和咒罵聲戛然而止。

可沒多久罵聲又起。「穩婆三教九流最下流，妳算個什麼東西，不出診還抬著縣令之名壓人？誆騙之罪是要挨板子的！可真會往自己臉上貼金，現在就開門出來，跟我去縣衙分說清楚！再不開門，老子可要砸門了！」

真沒完沒了！

梅妍衝進廚房抄起燒火棍，手剛搭上門栓，就聽到外面有馬蹄聲，緊接著就是一陣打鬥和慘叫聲，打鬥得非常迅速，很快外面就安靜了。

王差役高聲說道：「梅郎中，人已經抓了，跟我去縣衙吧。」

話音未落，梅妍拿著燒火棍開門走出去，先向王差役行禮，然後就看到地上一名中年漢子，頭髮散亂、模樣邋遢，穿著髒兮兮的衣褲被捆得結實，嘴裡讓破布堵著還在喋喋怒罵。

梅妍覺得這人有些眼熟，卻一時想不起在哪裡見過。

梅婆婆走出門。「王差役，民婦也一起去。」

王差役剛要答應，梅妍卻阻止。「婆婆，您還是和姑娘們待在一起，再過一會兒，刀廚娘一家就要來了，別讓他們撲空。」

梅婆婆沈吟片刻，接過梅妍手中的燒火棍，轉身進屋把門關死。

王差役看著陌生漢子一雙眼睛幾乎黏在梅妍身上，當即狠踹一腳。「看什麼看？」

陌生漢子發出嗚嗚聲響，正在這時，梅家小屋旁的巷子裡衝出一位中年婦人，撲過來要抓梅妍，王差役眼明手快，伸腳一絆，與此同時，梅妍敏捷地避開。

中年婦人撲空摔倒，瞬間爬起來追梅妍，邊追邊喊：「穩婆柳氏，妳害得我弟妹一屍兩命，一走了之，我夫婦二人找妳找得好苦啊！妳賠我弟妹的命，妳現在就跟我回白水縣衙投案！這位差大哥，妳別被她一張狐媚子臉給騙了，她是白水縣懸賞的嫌犯，真的，不信的話，我還帶了懸賞令來！」

王差役呆住三秒，出聲怒喝。「妳站住！一切到縣衙見過莫大人自會分曉！」心頭亂顫，梅郎中怎麼會是懸賞的嫌犯？但那婦人帶來的懸賞令有白水縣的官印，字跡也是公文體，這是怎麼回事？

婦人邊走邊大喊：「清遠的穩婆梅氏是懸賞的逃犯！她害我弟妹一屍兩命！」

「住口！」王差役從震驚中回神。「再喊直接拖妳去縣衙挨板子！」

婦人被王差役嚇得一哆嗦，只能乖乖跟上，到了縣衙廢墟前，眼神精彩得很。

「你們都站住，我去通傳。」王差役厲聲吩咐。「莫大人自會主持公道，你們若是存心敗壞梅郎中的名聲，天不收你們，清遠大牢會收你們！」

夫婦倆互看一眼，立刻跪倒。「請清遠縣莫大人替我家主持公道！」

王差役讓其他兄弟來守著，自己飛奔到地下向莫石堅稟報。

夫婦倆，尤其是婦人開始哭哭啼啼。

可惜的是，清遠百姓們在村正和里長的指導下，不是在修葺房屋就是在地裡搶收莊稼，連縣裡平日遊手好閒的都被抓去當短工了。

因此，縣衙門前冷冷清清，只有兩、三個路人經過，見地上跪著兩個人，只瞥一眼就匆匆離開，毫無興趣。

這讓婦人和漢子面面相覷，這和預期的不一樣，沒人來看熱鬧，他們哭給誰看？鬧給誰看？

在一旁看守的差役，眼神在梅妍和夫婦二人身上來來回回，見婦人哭得真切，可是梅妍到清遠來以後的所作所為，他們都是看在眼裡的，如果梅妍真是逃犯，這可怎麼辦？

婦人先是哭得悲痛欲絕，四周無人圍觀，漸漸的聲音就低了，到最後只是偶爾嚎一聲。

「我可憐的弟妹啊……莫大人，要為我們作主啊！」

中年漢子近乎貪婪地望著梅妍，一年多沒見，長得更吸引人了。婦人偶爾抬頭，循著丈夫的視線看去，立刻咬牙切齒地狠掐丈夫一把，又憤憤地看向梅妍，眼神陰毒而憤怒。

梅妍的視線與婦人交集，卻不打算開口，只是透過婦人想起那位挺著大肚子、悲傷疲憊、眼中含淚的孕婦，以及難產太久沒了血色的臉龐。

婦人啐了一口。「也不知道成天的勾搭到了哪個富戶，還住上了成套的小屋子，呸！狐媚子成了精！」

一句話就把差役惹怒了。「住口！」游移不定的立場，立刻堅定地站到了梅妍那邊。這婦人是怎麼回事？看到長得好看的就是狐媚子？就是勾搭人？都是什麼東西！

梅妍冷冷地望著跪在地上的夫婦二人，心裡有說不出的滋味，人生在世，總有事情讓人想努力忘掉，卻總有那麼幾個人會不斷挑起那些事情，令人如鯁在喉。

午休結束，小憩之後的莫石堅精神百倍地向書房走去，就看到莫夫人抱著蓉兒從外面回來。

蓉兒素來膽大，也不怕生，端端正正地向莫石堅行禮，嗓音柔軟地問候。「育幼堂蓉兒見過莫大人。」

莫石堅很喜歡蓉兒小不點兒，因為她能逗夫人笑，就更縱容她一些，逗她。「妳為何來縣衙呀？」

蓉兒認認真真地回答。「回莫大人的話，蓉兒想莫夫人了。」

「那行，」莫石堅臉上也有了笑意。「好好陪夫人，如果妳不乖、不聽話，本官就讓梅郎中家法處置妳。」

「是。」蓉兒乖巧地回答，順勢抱緊莫夫人的大腿。

莫夫人睨了莫石堅一眼，把蓉兒抱起來，和夏喜回內院去了。

莫石堅有些尷尬地清了清嗓子。好吧，自找的，怨不著別人，捏了捏鼻子走進書房，盤算著還有多少事情要做。

王差役一路跑到書房外。「莫大人，有事，有大事！」

莫石堅放下剛端起的茶盞，微微皺眉。「大呼小叫的，成何體統？」

王差役趕緊行禮，呈上懸賞令。「莫大人，苦主，哦，不對，苦主的兄嫂正跪在外面呼天搶地，這可怎麼辦？」

「白水縣的穩婆柳氏？」莫石堅瞪著懸賞令上的畫像、文字和官印，一個頭、兩個大，為了應對溫敬可能出的陰招，做了許多方案，怎麼也沒想到，溫敬會用這種方式對梅妍下手。

站在旁邊的師爺將懸賞令看得一清二楚，越看越心驚。

「王差役，既然死者是殉國將士的遺孀和兄嫂，打聽起來應該很容易，你去一趟白水縣。」

「是，莫大人！」王差役領命但沒立刻離開。

莫石堅現出抬頭紋。「還愣著做甚？」

師爺上前一步。「莫大人，按大鄴律令，身負命案的逃犯在別處發現，為了防止逃跑，必須就地關押，等犯案地的差役來押解，且不能取保候審！」

莫石堅雙手一捶案桌，如果通知白水縣差役帶走梅妍，就是死路一條，但如果梅妍真的揹了命案又該怎麼辦？

師爺聯想到近幾日打探來的消息，回答。「這應該是溫敬的手段之一，梅郎中是縣衙的查驗穩婆，卻是揹負命案的逃犯，一經查實，大人就落得用人不察的罪名。溫敬再使第二個手段，說梅妍是揹負命案的逃犯，她的查驗紀錄和呈堂證供都不可信任，查驗過的案子就可以不作數。一旦坐實莫大人的失職之罪，之前的妖邪案和育幼堂的案子，就會被順勢抹去，不愧是盤踞巴嶺多年的溫敬。」

莫石堅異常沈默，吩咐道：「王差役，立刻將梅郎中押入女牢，再派人暗中保護梅家小屋裡的姑娘們。」

「將梅郎中押入女牢？」王差役簡直不敢相信自己的耳朵。「莫大人，不管是誰家的姑娘進了女牢，名聲可就沒了！」

師爺涼涼地加上一句。「總比被押回白水縣好，如果莫大人不立刻收押，外面的金氏夫婦高喊清遠縣令循私，等在一隅的溫敬就能衝出來，以循私枉法的罪名摘了莫大人的烏紗帽。到時候，暫管清遠的又是溫錚那個混帳東西！我們都會被下進牢裡！」

「是！」王差役腦袋裡嗡嗡的，可他也明白自己必須盡快趕到白水縣打探消息。

莫石堅面沈如水，遇上溫敬這樣的對手，不論梅妍是不是逃犯都必須保住；可是，梅妍能否擔得起他的信任？

梅妍冷眼打量金氏夫婦的時候，曾經想過許多可能性，所以，當她看到木枷套向自己的時候，並沒有什麼意外，既不掙扎，也沒喊冤，走入縣衙地下時，平靜地彷彿回自己家。

金氏夫婦先詫異、再震驚，最後拍手叫好的聲音，格外刺耳。

胡差役押著梅妍往女牢走，表面還是喝斥。「快走！快點！」

梅妍雖然有過許多經驗，進女牢卻還是第一次，套上木枷的那刻就有心理準備，但是真走進去，還是被裡面的異味熏到了。

「哎喲，梅小穩婆啊！」育幼堂的管事夏氏本來在籠子角落裡捉蝨子玩，忽然看到梅妍戴了木枷走進來，像感覺到了什麼，高興得像個瘋子。「妳怎麼進來了？妳為什麼進來啊？」

夏氏在梅妍經過時，突然伸手要抓。

梅妍敏捷躲開，可是木枷大，撞到了另一邊牢籠，立刻聽到喝斥。「誰活膩了吵老娘睡覺？」

大鄴牢獄的排列，有非常詳細的規定，大牢人多，關押的都是輕罪；越往裡走，牢子越小，關押的罪犯也越少，盡頭就是重囚牢，單個關押。

犯了命案，還是個逃犯，梅妍揹負的罪名配得上一個重囚單間。

「噹啷」一聲響，重囚單間的牢門打開，空空的四壁長滿了霉斑，有一個牆壁上有透亮的氣窗，滿地乾草，角落裡一個便桶，就是全部。

胡差役按照慣例推了梅妍一把。

梅妍很配合地摔進去，乾草戳了臉，疼倒是不疼，就是有點癢。

胡差役一波日常訓斥，邊把木枷拆下。「老實點，別動什麼歪心思！人在做，天在看！」然後鎖上牢門，頭也不回地走了。

梅妍坐在乾草堆上，剛才跟著自己摔進來的，還有平日出門必帶的大背包，不由得苦笑，這乾淨的草、大背包和牢門邊的清水罐，已經是胡差役能給的最大優待了。

大背包裡有乾糧，有清水，單間有光，關鍵是單人間。

梅妍把大背包拉到自己身邊，意外發現，乾草下面還有什麼東西，便將乾草都推開，一個鋪了草墊的門板赫然出現，還有驅蟲包，最關鍵的還是乾淨。

梅妍莞爾，然後順勢躺倒，準備得這麼用心，差役大哥們還真是辛苦了。

重囚區很安靜，地下比外面涼快得多，透亮的氣窗投進一個方方正正的光，乾草還帶著陽光的味道，似乎很適合……睡覺。

似乎從到了清遠以後，就大事、小事一樁又一樁，連休息都是忙裡偷閒，晝夜顛倒是常有的事情，累嗎？累。

梅妍腦海裡紛亂的思緒就這樣歸零，沈沈睡去。

第七十二章

日頭正毒，醫館難得沒人，胡郎中在診檯邊收拾東西，柴謹則趴在藥櫃邊打盹兒，雖然熱好歹也能眯一會兒。

正在這時，一位每逢秋冬就發喘病的老漢走進來，差點絆倒在門檻上，急忙抓著醫館門邊喊：「胡郎中，胡郎中，不好啦，梅郎中被套了木枷押走了！」

「什麼？」胡郎中瞪大了泡泡魚眼。

柴謹嚇得整個人都跳起來。「不可能！」

「真的，我親眼看到的，胡差役上的木枷，梅郎中既不喊冤，也沒反抗，就這麼押走了……」老漢因為走得太急，喘得不行。這位老漢是個實誠人，愛湊熱鬧，但不亂嚼舌根。

胡郎中站起來。「徒兒，關醫館，隨老夫去求見莫大人。」

「是！」柴謹立刻按照平日的清理、清掃、關門步驟來。

「都什麼時候了！快！」胡郎中惡狠狠地瞪了柴謹一眼。

柴謹扔了手裡的東西，直接關門上鎖，然後扶著胡郎中向縣衙走去。

胡郎中邁出去幾步，又轉頭囑咐老漢。「你慢慢走回家，誰都不要說。」

「哎，我這就回家了！」老漢很聽話，走了兩步又折回來。「梅郎中這麼好的姑娘，人美心善的，不會有事吧？」

胡郎中的壽眉直抖，又吩咐柴謹。「你快去綠柳居，告訴花掌櫃；再去我家以前的那個小屋，告訴梅婆婆；再跑到育幼堂後面的半山腰，去鄔桑將軍的營地報個信。」

柴謹風一樣地跑了。

胡郎中整理衣衫平復心情，看了眼湛藍的天空，一隻早晨就高飛在空中的紙鳶突然斷線向河邊栽落，心頭一陣亂跳。這究竟是怎麼回事？

吐息三次，胡郎中拄著枴杖向縣衙走去，王差役騎著馬另帶了兩匹馬，徑直從他眼前掠過向城東門馳去，一個「王」字還沒來得及出口，馬已經跑遠了。

胡郎中只得硬著頭皮走進縣衙的地下入口，黑漆漆的通道，並不算亮的蠟燭，也許是年紀大了，老讓他有種走在墓裡的錯覺。

正在這時，莫夫人牽著蓉兒的小手，兩人說說笑笑地從內院走出來，剛好遇見。

胡郎中立刻行禮。「莫夫人，聽說梅郎中被下了大牢是怎麼回事？」

「沒聽說啊！」莫夫人趕緊讓夏喜把蓉兒抱走。

偏偏蓉兒倔得很，堅決不走。「我不，梅郎中怎麼了？」

莫夫人沈了臉色。「蓉兒，聽話，趕緊回去，我會去打探清楚。」

蓉兒的視線從每個人身上掃過，最後心不甘、情不願，噘著小嘴被夏喜抱進內院。

莫夫人和胡郎中匆匆向書房走去，剛經過小竹林，就聽到莫石堅大聲呵斥。「你這分明是藐視本官！」

書房內有公事，任何人不得隨意窺探。胡郎中和莫夫人只能退得更遠，心急如焚地等莫石堅出來，可越等越著急。等了許久，莫夫人耐心盡失，徑直向大牢處走去，走了一段發現，胡郎中也跟在後面，想出聲阻止，但是好像不阻止也沒事，畢竟也沒有公文說不得探監。

白水縣的金氏夫婦被蒙了眼睛，帶到了地下的某個屋子裡，黑布一取掉，就看到帶著怒意、官帽官袍穿戴整齊的莫石堅，當下跪倒。「莫大人，您要為我家可憐的弟妹主持公道啊！」

師爺站在莫石堅身旁，觀察金氏夫婦二人，忽然開口。「你倆姓甚名誰？家住何處？有何冤屈，從實招來！」

金氏夫婦的每一步都經過指點，從梅妍被套上木枷帶走就已經脫離預設，所以他倆現在完全不知所措，莫縣令不循私，等候時機的溫太守進了清遠也沒有機會發難，這可如何是好？

漢子磕磕絆絆地回答。「回青天大老爺的話，草民姓金，名大郎，白水縣金家橋人；這是草民的媳婦，金李氏，跟著草民一起住在金家橋。」

金李氏再喊話。「莫大人，您一定要為我那可憐的弟妹作主啊！她的命……」

師爺打斷。「金大郎，你認識我家大人？」

金大郎一怔，急忙搖頭。「不、不認識啊，我，草民怎麼能認識縣令大人？」

師爺打算速戰速決。「你被王差役打倒，嚷嚷著要進縣衙說理，現在一見到我家大人，就說是莫大人，聽起來，你和我家莫大人很熟悉嗎？」

金大郎懵了，而金李氏聽得張著的嘴都忘記合上。

這和之前教的不一樣啊！這該怎麼回答？

莫石堅清楚地看得到夫婦二人眼中的慌亂和無措，不緊不慢地問：「清遠前些時候遇到冰雹，白水縣有沒有遭災？你家田地還好嗎？」

金氏夫婦再次目瞪口呆。

師爺又開口。「我們可是聽說白水縣的冰雹落得不小，之後傳了一陣子疫病，死了不少人，你們不知道？」

莫石堅又問：「金大郎，看你們的歲數孩子也不大，把他們留在白水縣，跑這麼老遠來抓穩婆柳氏，孩子誰照看呢？」

金大郎支支吾吾的，什麼也說不上來。

金李氏望著丈夫，不斷使眼色讓他說話，可他偏偏一個字都擠不出來，氣得她牙根癢癢的，趕緊插話。「莫大人，草民家有一兒一女，阿爺、阿奶照看著呢。」

莫石堅背著手走到案桌前。「你們金家都有哪些人，都做什麼生計的，說來聽聽。」

金李氏狠狠地擰了丈夫一把，賠著笑臉極為諂媚。「回莫大人的話，我們金家……」

莫石堅忽然打斷。「本官問的是金大郎和金家，問妳了嗎？師爺，這樣搶嘴的婦人，要挨幾板子？」

師爺恭敬地回答。「每搶一句，挨一板子。」

金李氏慌了，連連磕頭。「大人，青天大老爺，民婦再也不敢了！再也不敢了！」

莫石堅再次打斷。「金大郎，本官詢問，為何不答？你這分明是藐視本官！」

金大郎嚇得僵住，嘴皮子怎麼動也發不出聲音來，只是一個勁地看金李氏，金李氏只顧著磕頭，越來越慌，越來越不敢吱聲。

莫石堅向師爺遞了個眼色，確定他們是受人教唆跑到清遠來抓梅妍的，能做這事的除了溫敬，不做第二人想。

師爺微微一笑。「來人！把他倆拖出去，各杖責三！」

「莫大人，饒命啊，我們不懂規矩啊，莫大人！」

聽了幾聲慘叫，莫石堅看向師爺，杖責三，純屬皮肉疼，但足夠讓他們更加心驚膽戰，越慌越出錯，越出錯、越慌亂。

這送上門的「餌」該如何處置，才能把溫敬一網打盡？

溫敬這招很聰明，能用「餌」釣他用人失察、失職之罪；可反過來，莫石堅也可以用這個「餌」釣出溫敬誆人來誣陷縣令，以此來解救縱火燒縣衙的惡徒溫錚。

這樣的陰謀，注定莫石堅要以下犯上，至於前途如何，那誰知道？捅一個蜂窩最害怕，捅第二個最多有些慌，捅多了那就無所謂了。莫石堅的臉上有了笑意，就看最後誰死誰活吧！

距清遠城東十里的山林裡，隱著一隊馬車、牛車，大馬車裡坐著巴嶺郡太守溫敬。

一名身著尋常衣服的男子策馬飛奔而來，單膝跪到馬車前。「大人，金氏夫婦確認梅氏是穩婆柳氏，鬧到了縣衙，縣令將柳氏收押入大牢，金氏夫婦則不見了。」

溫敬蹙著眉頭。「怎麼不見的？」

「回大人的話，縣衙燒毀後的廢墟太大，屬下怕被發現不敢跟得太近，他們是忽然不見的。」

「清遠縣衙燒了，莫石堅一行人現在在哪兒？」

「回大人的話，屬下不知，行人寥寥，問了也不答。」男子的頭越來越低。

溫敬慢條斯理地問：「那你跟了什麼？又打探到了什麼？」

男子整個人恨不得縮成團埋到土裡，想到什麼忽然又向上伸展了一些。「回溫大人的話，清遠育幼堂被冰雹砸塌了，那些花兒都在穩婆柳氏家裡，家中只有一個腿腳不便、拄著枴杖的老婆子。」

溫敬的眼尾紋以極細微的幅度顫動了一下。「你如何得知？」

「金氏夫婦被巡邏的差役打倒，鬧去縣衙之前，老婆子要跟著穩婆柳氏一同前往，但柳氏讓她留在家中照顧花兒。」男子額頭滴落的汗一顆比一顆大。

溫敬半瞇著眼睛。「與老婆子相依為命，看來金氏說得不錯。」袖中的指尖又搓了搓。

「大人，下一步該如何？」男子問得恐慌，卻不得不問。

溫敬掀開車簾。「人都跟丟了，要你這樣的廢物有何用？來人，將他發賣了。」

馬車內的師爺問：「大人，賣到何處？」

「呵，皮相不行，文不成、武不就的，賣去做苦力吧。」溫敬靠著柔軟的墊子，嗓音卻暗藏凌厲。「都聽著，本官這兒不需要沒用的廢物。」

「是！」馬車周圍一眾爪牙整齊回答。

男子身形一晃，差點摔倒又用力撐住。「大人，請再給屬下一次機會！」

爪牙們一擁而上將男子制住捆綁，自有人將他帶走。

「大人，屬下立了許多功勞啊！」男子充滿不甘地怒吼。「大人，屬下對您忠心耿耿啊，大人！」

溫敬充耳不聞，像點菜似地隨意點了馬車外的一名爪牙。「你現在就去清遠，打聽金氏夫婦的下落，再找到關押溫縣令的地方。任務完成有重賞，完不成，剛才那人就是你的下場。」

「是，大人！」爪牙翻身上馬，馳出山林。

溫敬放下車簾，重新靠回軟墊上，瞇起眼睛。

莫夫人和胡郎中走到大牢入口，就被差役攔下，非常委婉又堅決地不讓進。

莫夫人也是有性子，直接明說。「不論是判前還是判後，囚犯都可以探視，哪有不讓進的道理？」

清遠縣偏遠，人口也偏少，大牢的規模也小，簡而言之，囚犯數量也等比例地減少了，所以巴嶺郡衙門大牢有獄監，而清遠縣衙的大牢裡都是差役們輪值。

疫病時，莫夫人花布包頭、穿圍裙和丫鬟夏喜一起，照顧清遠縣衙上下，包括一眾差役，差役們都對莫夫人感激於心。

所以，莫夫人面帶慍色時，差役心裡也直發怵，再聽莫夫人這樣一說，也只得自己帶路，順便小聲提醒。「梅郎中在重囚的最裡間。」

大牢的骯髒程度，總是能超乎尋常人的想像，也包括莫夫人與胡郎中，兩人剛走沒多久就被熏得頭暈眼花，再走一段覺得視線都模糊了，直到最裡面一間才停住腳步。

其他重囚牢裡的囚犯們紛紛探頭看人，再不濟也有人來回走動的聲音，唯有梅妍這間安靜極了，彷彿是個空置的。

差役也被這不尋常的安靜嚇到了，趕緊掏出鑰匙開門，門打開的瞬間，三個人目瞪口呆——梅妍平躺在乾草上一動不動。

莫夫人想到大牢的各種手段傳言，登時倒抽了一口氣。「梅郎中怎麼了？」

胡郎中搶先一步走進去，探鼻息把脈，臉色複雜又多變，好半晌才幽幽開口。「莫夫人，梅郎中睡著了。」

三個人詫異極了，不論是誰，被扔到大牢的重囚牢籠裡，總會有憤怒、絕望等複雜的情緒表露出來，哪怕一言不發，整個人的肢體語言也會有所表現。關進大牢裡，不喊冤，不憤怒，沒有任何情緒波動，反而睡著了的梅妍，算是什麼事？

莫夫人緊盯著胡郎中。「她怎麼能睡得著？」

胡郎中長嘆一口氣。「近幾日奔忙得厲害，到醫館開診，又被人拽去出診受氣，四處尋訪，昨晚還熬夜謄寫資料文書，太累了吧。雖說年輕體力好，但到底也是有血有肉，會累會疼的人，還是沒出嫁的姑娘家，唉……」

莫夫人望著睡得正香的梅妍，心疼得不知道該說些什麼，在這樣骯髒的地方也能睡得著，這該有多累啊？這孩子的心到底有多大呀？她不害怕嗎？

差役又把門重新鎖好，小聲提醒。「莫夫人，我們會好好照顧梅郎中的，請放心。」

莫夫人和胡郎中互看一眼，這種情形怎麼可能放心？簡直是要把人急瘋了！

正在這時，剛鎖好門的差役忽然聽到牢裡有動靜，趕緊把門打開一條縫，果然，梅妍醒了。

梅妍睜眼就看到牢門虛掩著，剛坐起身的瞬間門開了，差役、胡郎中和莫夫人三個人正眼神熱切地望著自己。

啊……環顧四周，這是女牢重囚啊！他們為什麼來這裡？不怕晦氣嗎？

下一秒，莫夫人就這樣走進來，梅妍眨巴眨巴眼睛。

莫夫人有那麼一瞬間覺得梅妍是不是嚇傻了。「妳這孩子什麼表情？」

「莫夫人，您進女囚不合適吧？」梅妍乾巴巴地擠出一句。哪有縣令夫人親自進女囚探監的？

莫夫人的神情由擔憂變成微怒。「梅郎中，妳這是什麼意思？縣令夫人就應該自私冷漠、視人命為草芥嗎？我之前對妳的關心和喜歡都是做戲嗎？」

「嗯……」梅妍忽然意識到，這還是第一次看到莫夫人生氣，這……該怎麼哄？

莫夫人這下更確定了，有種上趕著貼冷屁股的怒意。「說啊！」

梅妍特別無辜地眨巴眨巴眼睛。「那什麼，莫夫人，嗯……我之前在白水縣的時候，替縣令的小妾瞧女科的時候，不僅收不到診費、處置費，還要和婆婆買藥品、補品送去。」

莫夫人更生氣了。「我是這樣的人嗎？」

梅妍尬笑一陣，忽然伸手，可憐兮兮的。「莫夫人，您上次沒給我診費和處置費。」

「我……」莫夫人的臉色變了又變。「我……確實沒給，我那時候……不對，夫君沒給妳嗎？」

「沒有啊。」梅妍趕緊掏出記帳小本本，翻到收款項，上面清清楚楚地記著：葡萄胎清除術處置消耗五百文（未收，莫縣令夫婦二人很親和，權當贈送）。

兩行字的顏色深淺不同，明顯不是同一天記下的。

莫夫人看了小本本，覺得哭笑不得，嗔怪道：「妳這孩子不能直說嗎？」

「起初是民女不敢。」梅妍見險招生效，悄悄鬆了口氣。「莫大人減免我家稅賦，還給了我良民文書，民女感激不盡，這些都比診費貴多了，所以當作贈送。還有，莫夫人後來給了五十兩銀票，我也記下了。正因為如此，民女覺得莫夫人做得已經夠多了，不能再犯忌諱進女囚探監。」

「妳這孩子真是……」莫夫人替梅妍整理了一下睡亂的碎髮。「讓人氣不起來呀！不是，妳都這樣了，怎麼還在擔心我呢？」

梅妍誇人向來真誠。「莫夫人，民女跟著婆婆走南闖北，像莫大人和您這樣清明公正、體恤百姓的官，還是第一次遇到，是清遠百姓好不容易得來的福氣。這樣的福氣當然要好好護著，不能有半點閃失。」

莫夫人怔怔地望著梅妍，被感動得說不出話來，好半晌才說：「妳給我說說，到底怎麼回事？」

梅妍把白水縣金氏夫婦如何苛待孕婦弟妹、縣令如何逼迫自己當小妾等糟心事全都說出來，望著莫夫人和胡郎中氣憤難當的神情，又一次覺得身心疲憊。

莫夫人承諾。「妳放心，我現在就去找夫君。」說完，轉身就走。

胡郎中卻沒有動，慢條斯理地開口。「把手伸出來，老夫替妳把個脈。」

「啊？」梅妍完全不明白胡郎中這是鬧哪齣，但現在的情況，閒著也是閒著，於是伸出右手。

胡郎中垂著泡泡眼，仔細地感受梅妍脈象變化，鬆開手以後又要求。「把舌頭吐出來。」

「啊……」梅妍做了個誇張的大鬼臉，將舌頭伸得老長。

「妳月事可正常？」

「沒來過。」

胡郎中被氣著了。「妳自己精通醫術，怎麼能把身體耗損成這個樣子?!」

梅妍覺得自己能吃能睡，每天精神飽滿，接生兩、三個孕婦不成問題，哪有耗損這一說？於是乾巴巴地回答。「醫不自醫，我覺得身體挺好的啊。」

莫夫人聽到他們的對話又折回來。「胡郎中，你剛才說什麼？」

胡郎中難得用手指人。「這孩子，對，就是梅郎中，憂思過度、經年操勞、血氣虧損得太厲害，會影響到壽數。」

「啊……」梅妍腦中有一瞬間的空白，事情好像嚴重了。

莫夫人簡直不敢相信，梅妍平日像陽光一樣燦爛，怎麼會病得這麼重？

以梅妍對胡郎中的了解，他這是真的著急上火，面對盛怒的名醫，一切強詞奪理和詭辯都是徒勞，換來的結果只能是更苦、更難喝的湯藥，所以努力扮乖巧。
胡郎中對梅妍怒目相向。「妳認不認？」
「認。」梅妍秒慫。
「妳年幼時是不是受過極寒？」
「是。」梅妍心裡一驚，胡郎中的醫術這麼高，診脈就能知道這些？
「如何醫治的？」
梅妍有些心虛，她沒有更早的記憶，總不能說可能是原主凍死了，她借屍還魂來的。
「我不知道，這個要問梅婆婆，她說我昏迷了一段時間才醒來的。」
「老夫這就回去開藥，湯藥會一日三頓送來，一滴都不能少喝。」胡郎中拄著枴杖走了，比平時走快了不少。
莫夫人追出去。「胡郎中，到底是怎麼回事？」
「這孩子，在鬼門關前遊蕩了不少時間！」胡郎中又氣又急。
怎麼會?!莫夫人驚呆了。
差役聽了全程，關門的時候小聲說：「梅郎中，我再去給妳拿些褥子過來，那水妳也別喝了，等等給妳換成熱的。」
梅妍哭笑不得，現在外面還挺熱的，雖然地下陰涼，但拿褥子來墊、喝熱水是不是有點太誇張？

福不雙至，禍不單行，屋漏偏逢雨……梅妍腦海裡掠過一段又一段倒楣詞句，也許被金氏夫婦找上門是凶兆，預示著連環倒楣正向她襲來。不然怎麼會下到女囚，又被胡郎中診出重疾，想到他離開時的神情，就知道，苦死人的湯藥正向她招手。

冷靜！不要自我恐嚇，只是莫夫人和胡郎中知道，沒什麼關係。

梅妍知道自己人緣好，但尋常百姓都有自己的家人和生計要忙，自己的人緣也沒好到，幫助過的人都撂下生計來探監的地步，沒事的。

不一會兒，差役說到做到，送了薄褥子和熱水來。於是梅妍把乾草床重新鋪了一次，捧著熱水慢慢喝直到出汗，反正閒著也是閒著，就當在這裡靜養吧。

莫大人精明又強悍，自己這點事情，應該難不倒他，就不替他操這份心了。

第七十三章

正在綠柳居後廚裡坐鎮的花掌櫃，聽完柴謹說的話，手中的算盤掉落在地，正在忙活的夥計們也驚呆了，梅郎中被押到女牢去了？這算怎麼回事？

花掌櫃也是進過女牢的人，腦海裡閃過無數念頭以後，果斷開口。「胖大廚，做些容易存放的吃食，按梅郎中的口味，先做三日份的！」

「好！」纏著護腰的胖大廚捋起袖子站起來。「啊，可新灶剛裝好，要兩天後才能正常使用。」

花落從震驚中徹底緩過神來。「別做了，庫房存貨糕點先拿三盒出來，我現在就去探監。」

柴謹跑得上氣不接下氣，喉頭泛著血氣，他決定等送完消息，一定學騎馬，騎馬快而且不累人！不就是被馬踩過嗎？有什麼好怕的?!

好不容易跑到梅家小屋前，發現小屋門開著，進去就看到刀廚娘夫婦和孩子們，轉了轉眼睛，走進去將梅婆婆請到一旁，小聲告知。

梅婆婆捏著笸籮的指尖泛白，仍然溫和回答。「有勞柴醫徒，先喝些梅子湯再走吧。」

柴謹顧不上客套，牛飲了五盞梅子湯才覺得暢快，隱約覺得梅婆婆是經過大風大浪的人，知道梅郎中出事，還克制得這麼好，真不容易。

梅婆婆見柴謹臉色恢復正常，氣也喘勻了，慢慢問了些事，知道胡郎中去了縣衙，心裡略微放心些。「柴醫徒，你稍等，老婆子駕牛車把你送回去。」

如果平日，柴謹肯定要推託，但今天實在是跑不動了，很爽快地點頭。

梅婆婆走進廚房，在刀廚娘夫婦面前，恭敬地行禮。「老婦覥著臉請你們留在小屋裡，等老婦回來以後再離去可好？」

一刀本來就是鄔桑留在清遠、給梅家小屋守夜的，天亮了回去睡覺，一直睡到傍晚時分，再跟著妻子、兒女來梅家準備晚飯，吃完以後繼續守夜，所以他並不知道下午發生了什麼。

梅婆婆這樣一說，一刀立刻感覺到了異樣，問：「梅婆婆，梅郎中發生了什麼事？」

梅婆婆怕嚇著姑娘們，蘸了水在灶臺上寫。「梅郎中因為冤屈舊事被押入女牢，我要去縣衙做人證。」

一刀驚呆，刀廚娘立刻捂住了嘴。

「拜託了。」梅婆婆轉身牽了牛車出門，載著柴謹向縣衙去。

刀廚娘剛要開口，就被一刀的眼神制止，夫妻之間的默契很好，專心地準備姑娘們的晚飯。

一刀走進小院，搖醒睡覺的一隻純黑細犬，從懷裡取出木雕梅花，繫在牠的項圈上，拍了一下頭。「快去找鄔將軍！」

純黑細犬撒腿衝出梅家小屋，很快就跑得沒影了。

「莫大人，梅郎中的婆婆求見。」

莫石堅望著因為疼痛而瑟縮的金氏夫婦，吐出一個字。「見。」

很快地梅婆婆就拄著枴杖到了莫石堅的書房外。「民婦梅氏見過莫大人。」

「進。」

梅婆婆走進去，盯著金氏夫婦兩人看了又看。「果然是你們。」

金氏夫婦看到梅婆婆，金李氏忽然大聲說道：「妳們在白水縣明明姓柳的，怎麼忽然姓梅了，妳們連姓名都是假的，妳們根本不是穩婆！都是騙子！」

不管怎麼樣，金李氏覺得先指攀一氣再說。

梅婆婆慢慢走到莫石堅面前，從懷裡取出一個木質令牌，恭敬地回答。「莫大人，隱姓埋名自然是有原因的，我們確實是穩婆，接生了那麼多孩子，那麼多母子平安，足以證明不是騙子。」

莫石堅和師爺兩人瞪著木牌，眨了眨眼睛，又眨了眨眼睛，把令牌翻來覆去看了許多遍，最後才把木質令牌還給梅婆婆。

梅婆婆明明拄的是竹製枴杖，卻拄出了龍頭杖的氣勢，一語道破。「金大郎愛賭，金李氏貪財，你們方才說了什麼，我老婆子不知道，但來來去去總是當年在白水縣衙公堂說的那些。老婆子年歲大了，記性不太好，一屍兩命的孕婦金氏，死之前已有一兒一女，兒子六歲，女兒三歲，他們長高了嗎？還是那麼瘦弱嗎？」

金氏夫婦直接梗住了，這個死老太婆明明每年都過不了冬的樣子，怎麼還沒死？

「答不上來是嗎？」梅婆婆居高臨下地俯視他們。「總有人說天下沒有不是的父母，你倆賭輸急了，把自家孩子都賣給了人牙子，還會好好照看死鬼弟妹家的孩子嗎？」

莫石堅和師爺預想過金氏夫婦不是什麼好東西，但沒想到這麼無恥、無賴。

金李氏開口反駁。「妳胡說！妳……」

梅婆婆一針見血。「你們以為這裡是稀裡糊塗的白水縣公堂嗎？你們以為莫縣令是那個貪財好色的劉縣令嗎？這裡是清遠，誆騙是要挨板子的！」

「嗝……」金李氏被嚇得發出了怪音，挨了板子的部位還火辣辣地疼。

梅婆婆繼續。「你們不僅賣了孩子，還賣了自家房子，貪了弟弟的殉國撫恤，還盯著弟弟家的房產，指使弟妹做這做那，臨盆時摁著不讓請穩婆。我家妍兒心善，給你們弟妹接生，是你們拖的時間太長了，才一屍兩命的！害我家妍兒作了多少天的惡夢！你們這樣喪盡天良的，下雨天怎麼沒被雷公劈死?!」

「妳這個胡說八道的死老太婆！」金大郎倏地從地上跳起來，就要掐梅婆婆的脖子。被差役一把扭住摁在地上，卸了右肩關節。「大膽！」

金大郎殺豬似的嚎。「救命啊，殺人啦！啊……」接著下巴也被卸了，身下濕了一灘。

金李氏嚇得連跪姿都維持不住。

梅婆婆俯視的眼神滿是蔑視。「你們受了誰的慫恿，拿了多少錢？讓老婆子想想，最多一貫錢吧？」

金氏夫婦的臉色立刻變了。

梅婆婆又向莫縣令和師爺行禮，他倆立刻起身不敢受禮。「莫大人，孕婦金氏臨盆時是冬天下著大雪，他們說不是頭胎，不請穩婆，金氏生了三日三夜，她兩個孩子跑出去滿大街的逢人就跪、遇人就求，可全縣都知道他們是黑心腸的無賴，沒人敢管，沒穩婆敢去。那兩個孩子磕得頭都破了，跪得膝蓋青紫啊……剛接生完的妍兒去了，可是太晚了，太晚了……」

梅婆婆拄著枴杖太用力，以至於枴杖都有些抖。「金氏死時滿眼含淚，人凍得發青，屋子裡連個火盆都沒有。他倆還有臉去縣衙擊鼓，說妍兒坐地起價、耽擱時間，要我們賠錢。結果遇上劉澄那個混帳東西，收著他們的好處，盯著我家妍兒，如果不給他做小妾，就判我們輸掉官司。老天爺不長眼，就算長眼也是瞎的！」

莫石堅斟酌著措辭。「梅婆婆，您沒有……亮令牌嗎？」

梅婆婆淺笑。「事關妍兒，民婦怎麼可能不亮？不然，哪能連夜逃走呢？」

莫石堅用力一捶案桌。「梅婆婆，本官已經派差役趕去白水縣，三日內必能探得消息，請相信本官，定能為梅郎中昭雪！」

梅婆婆轉頭看向癱在地上的金氏夫婦。「莫大人，請您成為青天之眼！讓孕婦金氏和可憐的孩子們瞑目！」

「本官會的！」莫石堅答得擲地有聲。「來人，將金氏夫婦押入大牢，嚴加看管！」

「不，不能這樣！我們不是清遠人！」金李氏大喊大叫。「我們不進清遠的大牢！」

「住口！」差役恨不得立刻抽刀砍人，強壓著心頭火把兩人當麻袋一樣拖走。

莫石堅低聲說道：「梅婆婆，梅郎中在沈冤得雪以前，以防萬一，還是得先在女囚裡待著。」

梅婆婆思量片刻，點頭同意。「莫大人，有勞了，告辭。」

莫石堅吩咐差役把梅婆婆送出地下，轉頭看向師爺。「難怪梅郎中平日言行舉止，與國都城的大家閨秀毫無二致。」

師爺憂心忡忡。「可是，莫大人，將梅郎中押入女監重囚，那是姑娘家一輩子的名聲污點。」

莫石堅很篤定。「只要能沈冤得雪，就不是。」

正在這時，一名差役來報。「大人，距城東十里的林地裡隱匿著馬車、牛車，清晨和午時都升起過炊煙，確定是溫太守一行，其中有輛馬車與縣衙的那輛完全相同，裡面應該也有鮫鍊。」

莫石堅和師爺同時轉頭看向對方。城東十里？鮫鍊？

莫石堅猛地想到一樁事情。「梅家小屋那裡是否有人巡護？」

師爺點頭。「有。」

「幾人？」

「現在應該有兩個人。」

莫石堅吩咐。「立刻關閉所有城門，不進不出。通知巡邏差役立刻截住梅婆婆，保護梅家小屋！」

「是！」師爺跑出書房傳令下去。

莫石堅懊惱地直捶手，梅家小屋位於城南，育幼堂和農田都在山腳下，那邊沒有城門，是清遠巡邏最薄弱的地方。

溫敬出行，帶了裝著鮫鍊的大馬車，第一目標是梅妍，現在得不到梅妍，他就只能退而求其次，抓走育幼堂的姑娘們。希望差役們來得及！

梅家小屋門窗緊閉，並不高的圍牆上，橫七豎八地掛著六個蒙面人，正發出痛苦的呻吟。兩頭細犬被血腥味誘得有些興奮，在牆邊來來回回地跑，把動彈不得的蒙面人嚇得眼睛發直。

一刀雙手纏著快刀，坐在小院的椅子上，高聲問道：「外面的，儘管進來！」

裡屋傳出一陣又一陣喝彩聲，都是說：「刀叔叔好厲害！」

「阿爹好厲害！」一刀的兒子和女兒驕傲極了。

刀廚娘望著在小院裡「以一擋十」的丈夫，滿眼都是愛慕。

背對他們的一刀，嘴角抑制不住地上揚，臉上掛著可疑的緋紅，試圖闖進梅家的這群蒙面人確實身手不錯，但在他面前就不值一提了。

正在這時，不遠處的熱心鄰居高聲回答。「屋外沒人，只剩馬了！」

一刀這才用牙拆掉纏刀的布，洗刀收好，招呼道：「姑娘們，出來吧，別怕。」

刀廚娘驚呼道：「這不好吧？」

一刀微笑。「都出來！拿上燒火棍，小椅子，扁擔，竹竿……」

姑娘們先是猶豫了一下，膽子最大的秀兒抄起了燒火棍，以大姊的身分第一個走進小院裡。

一刀招呼道：「按大鄴律令，私闖民宅者，宅主可以使用一切方法自保，姑娘們，揍他們！看他們以後還敢不敢來?!」

秀兒舉著燒火棍上去就是一棍。

「啊！」一位蒙面男子叫得極慘，聲音裡充滿屈辱。

一刀還是笑。「看到了吧？他們和妳們一樣怕疼、怕受傷，所以，妳們也不用害怕，揍他們！」

除了秀兒，其他姑娘們望著掛在牆頭的蒙面人，仍然猶豫不決。

萬萬沒想到，一刀的兒子和女兒居然搶先拿著小板凳跑到牆邊，上去就是兩板凳。「讓你們闖梅郎中的家！讓你們想搶姊姊們！打的就是你們這群壞蛋！」

刀廚娘捂著嘴憋笑。這一笑，姑娘們忽然有了勇氣，拿著掃帚、洗衣棍、雞毛撣子一起衝過去，閉著眼睛就是一頓揍，邊揍邊罵。

「再來還揍你們！烏龜王八蛋！」

蒙面人的慘叫聲就沒停過。

姑娘們越揍越開心，方才的恐懼早就拋到九霄雲外去了。

一刀看了一會兒，覺得差不多，便道：「行了。姑娘們都回去吧，今兒的教訓，他們這輩子都忘不了。」

姑娘們本就瘦弱，一日三餐地調理了這麼些天，總算下巴都不尖了，力氣卻還是小，但這通揍的目的，就是梅郎中曾說過的「傷害性不大，侮辱性極強」。

一刀等姑娘們都回到屋裡，並聽到了拴門聲，才將蒙面人逐一從牆頭拽下來，用麻繩一個個地捆起來，當然，捆的姿勢絕對不會好看，個個都像待宰的牲畜。

所以，當清遠縣的差役們帶著佩刀趕到梅家小屋時，只看到門外有六匹良駒，一個人影都沒有。這……是什麼情況？

正在這時，一刀打開梅家小屋的門，向差役們點頭。「辛苦了，他們意圖硬闖梅家劫掠姑娘們，正好我在，就和他們比劃了幾招。」

一刀說得謙虛，說是比劃，其實是蒙面人純挨打，因為考慮到需要人證，所以只用了刀背，他們疼不疼不知道也不重要，反正他是好好地舒展了一下筋骨。

差役們趕緊行禮。「有勞了。」

下一秒，捆綁結實的蒙面人一個接一個像麻袋似的被扔出梅家，差役們為了防止他們自盡，掰開每個人的嘴巴檢查以後又用破巾堵住了嘴，再像麻袋一樣捆在馬背上，毫無尊嚴可說。

差役們紛紛上馬，梅家沒事就是最好的結果，至於溫敬的這些爪牙，自然有莫大人出面收拾，順便把六匹良駒也一起牽回了縣衙。

兩刻鐘後，梅婆婆回到梅家，見姑娘們毫髮無損、眼神裡滿是興奮，既欣慰、又詫異。姑娘們圍住梅婆婆，爭先恐後地把刀叔叔「以一敵六」的經過說出來。

梅婆婆聽完，帶著姑娘們恭恭敬敬地向一刀夫婦行禮道謝。

一刀的糙漢臉瞬間紅透，連連擺手。「真是順帶的，我沒有很厲害，是他們太弱。」刀廚娘看丈夫的眼神更溫柔了，話本裡行俠仗義的英雄好漢就是丈夫這樣。

清遠城東外，一名探子騎馬飛奔進山林裡，滿頭大汗地趕去稟報。「溫大人，清遠縣城門突然關閉，去梅家劫人的都折進去了。」

大馬車內，一名美婢正跪著替溫敬捶腿，毫無徵兆地被一腳踹翻，趕緊坐直繼續跪著，又被踹翻，連眼淚都不敢流半滴出來，仍是端正跪著。

溫敬抬手就是一巴掌，眼神惡毒得令人膽寒。

美婢的臉被打得偏到一邊都不敢動彈，只是低著頭，下巴忽然被挑起。

「美人兒，那對沒腦子的夫妻倆成事不足、敗事有餘就算了，探子們到現在帶回來的全是壞消息，連幾個小姑娘都劫不回來；還有妳，繡花枕頭似的捶個腿都不得勁……」溫敬越說，嗓音越低，眼神越狠。「沒有一樁事情令本官高興的！」

「啪」又是一巴掌。美婢的臉龐和嘴角都腫了，殷紅的血跡順著嘴角緩緩落下，滴在衣襟上，她的視線第一次與溫敬交會，綻出一個淒美又充滿期待的笑容，輕聲細語地回答。

「奴一直覺得，善有善報，惡有惡報，許是大人的報應終於要來了。」

「放肆！」溫敬惱羞成怒。

喀嚓一聲，美婢倒在馬車裡，頸項扭曲成了一個不正常的角度，被溫敬踢出馬車。

溫敬罵道：「來人，剁成十八塊，扔出去餵野獸！」

「是，大人！」

馬車外很快傳來剁物的鈍響，然後一切又歸於安靜，外面的侍從、差役和家僕，沒人敢出聲詢問接下來要做什麼。

這種時候問什麼都是錯，而在溫敬眼中，出錯的就不該留在世間浪費糧食。自然，也沒人會主動站出來領死。

溫敬揑著皺緊的眉心，金氏夫婦太過蠢笨，現在的事情發展嚴重脫離他的掌控，更重要的是，莫石堅關閉清遠城門不進不出，就意味著要和自己耗時間。

莫石堅憑什麼覺得他耗得起這個時間？難道他預留了什麼後手？或者還有更多的後招？莫石堅不就是在官場每況愈下的，官越做越小的典型嗎？如果真有人撐腰，何至於到清遠來當縣令？又何至於剛到清遠，一趟又一趟地向太守府送禮？之前乖順得像毫無廉恥之心，怎麼自今年起就突然變了？

溫敬忽然意識到，莫石堅的師爺是自帶的，捕頭和差役也是從各方調來的，而自己安置在清遠的眼線這幾年傳來的消息只有一個字「安」……安個屁！

第七十四章

溫敬的頭疼起來，分明已經把整個巴嶺郡牢牢掌控在手中，把每個縣令都摸得一清二楚，可不起眼的清遠縣莫石堅，自己似乎從未了解過。

在巴嶺郡一手遮天這麼多年，莫石堅這個小小的變數，會將他多年心血毀於一旦？不！絕無可能！

溫敬咬牙切齒地坐在馬車裡，滿腦子都是事情失控的憤怒。難道說，莫石堅從國都城到偏僻的清遠當縣令本來就是另有所圖？

這樣一想，溫敬頭疼欲裂。「師爺！師爺！替本官寫拜帖！」

「是！」師爺趕緊從箱籠裡拿出用織錦和油紙包裹的拜帖，用布蒙了口鼻，又取了特製的筆和特調的墨，一揮而就，一封禮數周全、愛姪子心切的商討拜帖就寫好了。

寫完，晾乾，師爺以極快的速度將拜帖封入油紙和織錦裡，塞入信封，交給在外面等候的差役。

馬蹄聲漸漸遠去，溫敬的頭疼並未緩解，反而越來越厲害。

師爺看在眼裡，卻一言不發，兩眼微瞇。連莫石堅在哪兒都不知道，差役怎麼送這份催命拜帖？

溫敬靠在軟墊上，幽幽開口。「莫石堅這次會死了嗎？」
師爺恭敬回稟。「回大人的話，拜帖從未出錯。」
「那就好。」溫敬舒適地嘆了口氣。「那就好啊……」

清遠縣衙內，因為派出的差役還沒回來，也不知梅家小屋的姑娘們是否安好，莫石堅心急如焚地在書房裡轉圈，一圈又一圈。
師爺也著急，一著急就忍不住揪鬍子，這麼幾年，生生地把自己揪成了山羊鬍。
莫石堅和師爺互看一眼，忍不住開口。「師爺，這幾年辛苦你了。」
師爺既無奈、又覺得理所當然。「嗯。」
「師爺，你不客套一下嗎？」
「大人您關押靖安縣令和差役，正在做以下犯上的大事，對了，還差點被燒死在縣衙裡，還有，縣衙被燒成廢墟也是頭一遭聽說，也不知當年我為什麼要跟著您，這提心弔膽的日子何時才是個頭？」
莫石堅先是一怔，而後哈哈大笑。「本官的師爺沒什麼優點，就是實誠；剛好，本官呢也沒什麼優點，就是看不過去。」
「值得嗎？」
「值啊！」

兩人互看一眼，眼神裡充滿同情和信任。

正在這時，打掃雜役送進來一個紅綢錦囊。「莫大人，方才我明明打掃過了，這不知從哪兒冒出來的！」

「錦囊？」莫石堅覺得這東西眼熟得很，剛要打開，被師爺用布裹著手搶了過去。

「大人，現在都什麼時候了？能不能謹慎一些？」師爺用布將錦囊裹了，自己蒙了口鼻，小心翼翼地打開。

莫石堅一拱手。「有勞。」

錦囊打開，裡面只有一塊小木牌，沒有任何標記和裝飾，只有四個字「欽差來巡」。師爺翻來覆去地看了又看，在木牌的邊緣又發現了極小的字「莫石堅收，馬川寄」。

「莫大人，快看！」師爺激動得像個孩子。

莫石堅看得非常仔細，不禁感慨。「本官的馬仵作啊，真是太好了！」

馬川成為司馬玉川，離開清遠兩個月不到，竟然能讓陛下派欽差出巡巴嶺郡，也不知道欽差現在到哪兒了。

莫石堅巴不得欽差現在就到清遠，把溫敬及其家族的一群衣冠禽獸立刻繩之於法！當眾斬於菜市口！

師爺熱淚盈眶。「大人，太好了。」

莫石堅不踱步了，愜意地坐好。

師爺好不容易按捺住激動的情緒，忽然想到一樁事情。「莫大人，不知道派來的欽差是誰？以前陛下也曾派欽差來過，溫敬卻毫髮無傷！」

莫石堅一口氣差點上不來。「師爺，你就不能讓本官多高興一會兒？」

師爺捋著山羊鬍鬚訕笑。「得罪，得罪。」

正在這時，差役們押著六個蒙面人出現在書房外。「莫大人，他們圍攻梅家，意圖擄走育幼堂的姑娘們，鄔桑大將軍麾下的一刀軍士剛好在，將他們悉數制伏。」

「姑娘們毫髮無傷，梅婆婆也已回到梅家。」

「莫大人，屬下還帶回六匹良駒，現已關進馬廄。」

莫石堅忽然有了「雙喜臨門」的感覺，笑得十分開心。「好，真好，太好了！」

師爺也太高興了，又捋斷三根鬍鬚。

差役們有些為難。「莫大人，他們油鹽不進，一個字都不說。」

莫石堅卻頗為高興。「無妨，將他們押入大牢，與溫錚和差役們隔籠相望，自然能知道一切。你們要一視同仁，好好招待。」

差役們將蒙面的人布都扯下了，然後拖著他們進大牢，每個人的臉色都難看極了，差役們卻十分高興。

莫石堅和師爺的憂心忡忡忽然一掃而光，欽差大臣如果不能秉公處理，清遠還有鄔桑大將軍呢！有大將軍在，欽差大臣想耍花招都不行！他們之前像在懸崖上走鋼絲，可現在，就像懸崖兩邊忽然多了兩排踩腳樁，令人放心又踏實。

莫石堅拿出收藏的好茶。「師爺，烹茶嗎？」

師爺饞莫石堅的茶很久了，生怕他反悔。「烹！必須烹！」

不多時，清新的茶香味在書房裡瀰漫開來，彷彿給地下增添了些許陽光。

一巡茶品完，師爺問道：「莫大人，也不知道梅郎中在女監裡怎麼樣了？」

莫石堅頓時站起來。「走，瞧瞧去。」

梅妍睡得迷迷糊糊的，被牢門打開的聲音驚醒，勉強看清進來的人是誰，頓時嚇得睡意全無，只見綠柳居的花落花掌櫃和胖大廚，神情憤懣又心疼地望著自己。

「花姊姊。」梅妍趕緊起身，完全沒注意頭髮和衣服上黏了好幾根稻草。

花落伸手仔細又耐心地將稻草和草屑，替梅妍摘得乾乾淨淨，心疼又難過。

「花姊姊，妳別難過啊！」梅妍當然能看出花落的情緒。「差役們很照顧我，這些鋪蓋都是新的，水也是熱的，還有驅蟲的熏囊，只是看起來比較破爛而已。莫夫人和胡郎中都來看過我了，別擔心。」

胖大廚的腰好了許多，放下大食盒。「梅郎中，妳想吃什麼儘管說，我什麼都會做！」

梅妍笑了。「胖大廚做什麼都好吃，我不挑！」

「不行，妳必須說！」胖大廚很堅持。

梅妍轉了轉大眼睛。「我想吃蜜餞，一大罐的那種。」

「成！」花落最先答應。

「沒了。」梅妍嘿嘿假笑。以胡郎中的憤怒，到時候送進來的藥肯定很苦，必須事先準備，不然……真是太慘了。

牢裡忽然就安靜了。

花落望著梅妍，安慰的話一個字都說不出來。

胖大廚擔心梅妍，可是天生嘴笨，尤其被她一看就不知道該說什麼，剛才的兩段話還是預先練過無數遍才擠出來的。

梅妍開口打破沈默。「胖大廚，你靠牆站好，該複查了。」

胖大廚和花落一臉不可思議。這都什麼時候了，梅妍怎麼還能這樣無所畏懼？

梅妍向來能說。「你們看，關都關了，我也不能逃出去是吧？你們呢，來都來了，還說要給我準備一日三餐和蜜餞，小女子無以為報，就複查一下吧。腰好了，才能好好做菜不是？」

胖大廚乖乖站到牆邊，給梅妍檢查。

梅妍又一次使用透視眼，發現胖大廚恢復得不錯，看來這幾天真的聽話靜養了。「胖大廚，以後避免長時間久站，每一個時辰就要平躺一刻鐘。」

「嗯。」胖大廚表示自己很聽話。

「護腰還要戴上一段時間。」

「還要戴幾日？」

「暫時先戴十日。」

「知道了！」胖大廚特別聽話。

花落難得嚴肅，湊到梅妍耳畔。「除了我們親手送來的，什麼都別吃。」

梅妍一怔，還是點頭。

「行了，回去準備吃食。」花落來去如飛，拽著胖大廚走了。

「謝謝。」梅妍等牢門關上，不由得搖頭，他倆甚至都沒問自己是不是真的揹了命案，就這樣毫無原則地選擇送三餐，真不知道該怎樣感謝他們的信任。

等氣窗透進的光越來越弱，梅妍忽然意識到，莫夫人、胡郎中和綠柳居都知道，梅婆婆那兒肯定瞞不住，希望今晚姑娘們不要再點著滾燈等她回家了。

不對！梅婆婆知道，就瞞不住刀廚娘夫婦，嗯……估計明天一早，她被收進大牢的事情，清遠百姓都知道了。

畢竟，好事不出門，壞事傳千里。

梅妍垂頭喪氣，偏偏在這時，又聽到牢門的響動，不會吧，還有人來嗎？

牢門吱呀打開又關上，純白細犬衝了進來，繞著梅妍嗅聞一圈，自來熟地趴在褥子上，長腦袋擱在她的膝蓋上，亮晶晶的黑眼睛專注又深情，歪吐的長舌頭又很搞笑。

梅妍摸著狗頭，輕聲說：「謝謝呀。」

這聲謝，也謝守在門外的差役，以及莫大人。

畢竟，就算白細犬能循著味找到縣衙地下，未經各方允許也進不了女監。

梅妍到現在還反應不過來是不可能的，鄔桑臨走時留下這三條細犬，是為了保護她。她也不是真傻，無論是馬川還是鄔桑，她都能從中覺察幾絲情意，可問題也都相同，她只能裝傻。

鄔桑啊，你不覺得從二品的驃騎大將軍和一位良民女郎中，在階級森嚴的大鄴，尤如隔著千山萬水嗎？

沒等梅妍感嘆多久，柔軟的被褥鋪蓋、蜜餞罐子和熱騰騰的湯藥先後出現在她面前。

中藥特殊的氣味傳得極遠，引得女監內許多女犯的不滿，尤其是育幼堂管事夏氏，伸長胳膊攔住差役。「同樣是女犯，怎麼探視梅氏的人這麼多？」

「你們到底收了多少好處？放了這麼多人進來？」

「就是啊！收了多少好處？還一趟趟地送東西進來！」

女犯們的質問聲不斷。

差役當然知道夏氏幹了什麼勾當，厭惡地讓開，喝斥道：「妳們誰家有這麼多人來探望，老子一樣放進來，既然都沒有，就都給我老老實實地閉嘴！」

沒人來探監，是女囚們最扎心的事實，畢竟，誰會來探望家中之恥？更何況，女監還是眾人的避諱，不吉利，晦氣。就算平日最親近的人，也沒人願意踏足監牢一步。

可是為什麼？新來的女囚還是重犯，卻有這麼多人來探望？

甘心嗎？不甘心！

羨慕嗎？不只羨慕，嫉妒得要死！

差役才懶得管女囚們想什麼，護住梅郎中才是最重要的事情，想到這兒，不由得加快腳步，要找地方燒水去，梅郎中身子骨兒太弱，要喝熱水。

差役離開女監以後，女囚們七嘴八舌地討論著。

可是沒多久，女監大門再次打開，莫石堅和師爺走進來，在差役的帶領下，經過一排又一排的女牢，向最深處走去。

女囚們這下瞪大了眼睛。

縣令大人和師爺也是來探監的？這是眼花了吧？怎麼可能?!

百里之遙的軍營，操練、巡邏、放哨……軍士們各司其職，忙得熱火朝天。

軍營外的大片空地上，集結起來的木匠、泥水匠等身懷技藝的匠人們正在緊急打包，準備離開；另一邊，剛從山上砍伐下來的木料正井然有序地裝車，只等裝滿就可以出發。

六子木是這次集結的指揮使，在各列隊伍裡跑來跑去，叮囑著注意事項，跟進完成進度，軍令如山，一分一秒都不能耽擱。

軍營的最後面是連成片的醫帳，做完第三檯手術的羅軍醫，怨靈似的踢開帳布走出醫帳，瞪著布滿血絲的眼睛，嚇走了在外面守候的軍士，又惡聲惡氣地叮囑醫兵們。

醫帳搭在大樹下，鄔桑環著雙臂倚在帳側，望著越累越凶神惡煞的羅軍醫。

羅玨見到鄔桑，忽然從怨靈變成人，打趣道：「喲，什麼風把大將軍從清遠颳回來了？你那不離身的狗呢？怎麼一隻都不見了？」

鄔桑彷彿沒聽到羅玨的冷嘲熱諷，不置一辭。

三腳貓機靈地提來一個大食盒，非常狗腿地問候。「羅軍醫，酥酪、梅子冰酪，應有盡有，快嚐嚐！」

羅玨毫不客氣地接過食盒，餓死鬼似地大吃特吃。

三腳貓心驚膽顫地看著，生怕羅玨吃紅眼把食盒也啃了。「羅軍醫，您吃慢點兒，還有不少呢。」

好不容易，羅玨吃飽了，打開水囊，喝水漱口，順便又喝了幾口水，剛才吃太快有點噎，順過來以後才毫不客氣地問：「說吧，進展到哪一步了？」

鄔桑不說話。

「哦，還沒開始。」羅玨搖頭。「所以，你窩在清遠這幾日到底做了什麼事情？不要浪費大好時光啊！」

三腳貓識趣地提著空食盒溜了。

鄔桑微微皺眉。「她很忙，又忙又累。」

「不是。」羅玨學鄔桑皺眉頭的樣子。「你之前明明一副要麼戰死沙場，要麼孤獨終老的死樣子，怎麼忽然就對她動心了呢？當然，她確實很美，而且美得與眾不同，不是此前送來任何一張美人像能比的。」

鄔桑沈默許久才開口。「她不怕我，真誠又冰雪聰明，解開了我多年的心結。」

「還有呢？」羅玨呵呵一笑，要打動鄔桑這塊生死沙場上淬成的冰塊，可不容易。

「她做的涼麵很好吃。」鄔桑說完，覺得有些餓。

羅玨望著鄔桑眼中難得的柔和，知道他這次肯定是栽了，問題就在梅妍那兒了，思來想去，才開口。「你把狗留在她身邊保護，如果沒遇上危險，她是感覺不到的。這樣吧，你回去找媒婆提親。反正她的要求很明確，要麼不嫁，要嫁就帶著梅婆婆一起嫁。在普通人家肯定不接受，但在你這兒根本不是事！」

鄔桑還有些遲疑。

正在這時，隨著「汪汪汪」的叫聲，一隻純黑色細犬衝過來，對著鄔桑一通嚎。

「黑風怎麼來了？」羅玨眨了眨乾澀的眼睛，看向鄔桑。

鄔桑彎腰在黑風的項圈裡摸到了梅花形木牌，看清上面傳遞信息的圖案後，臉色瞬間冷峻下來。「她在牢裡。」

羅玨憤怒地罵了句髒話。「什麼理由？」

「她是懸賞的逃犯，揹著人命。」鄔桑的眉心皺成疙瘩，轉身就走。
「怎麼可能？」羅玨怪叫道：「等等我，我要一起去！」
半個時辰以後，所有木料裝車完畢，隨著鄔桑一聲令下，浩浩蕩蕩的車隊在黑夜中啟程。
鄔桑把事情交接清楚，帶上親兵和備用馬匹，以最快的速度向清遠馳去。
黑色細犬在羅玨的大馬車裡吃肉喝水，沒多久就和羅玨一起呼呼大睡。
金烏西墜，城東外的林子裡，與城內失去聯繫已有兩個時辰，接踵而來的變數，將溫敬的全盤計劃完全打亂，也將他的耐心悉數耗盡。
風越來越大，先是颳得樹林枝葉沙沙作響，之後連樹林都搖來擺去。
溫敬下了馬車，望著亂飛的鳥兒。他離開巴嶺已有六日，作為太守不該在清遠繼續耗下去，莫石堅耗得起，但他耗不起。
昨日，溫敬又收到了新指示，他與莫石堅確實到了你死我活的地步，還牽扯到後續的「你們死，還是我們死」。林風一陣強過一陣，漸漸能聽出呼嘯聲，溫敬的衣袍被吹出鼓鼓的弧度，枝葉的沙沙聲也在催促著他。
「來人，今晚風大，去清遠各處放火，將莫石堅引出來殺了，大牢裡的能救則救，不能救就殺，但是穩婆梅氏要毫髮無傷地抓回來！」溫敬一想到梅氏，就忍不住搓指尖。
「殺人滅口、救人、抓人，有一個做不到，你們就是廢物，我這兒從不留廢物！」

「是！」爪牙們騎馬出林，從四面八方奔向清遠。
溫敬雙手負在身後，嘴角揚起一抹殘酷的角度。

第七十五章

入夜，清遠城內的更夫、差役和村正、里正，按莫石堅制定的路線，分時間段，在城內各處巡邏，原因無他，吃一塹、長一智。

溫敬派出的爪牙四處轉悠了一大圈，硬是沒法趁夜入城，想起自家大人不需要廢物，爪牙們從行囊裡取出火油箭。

三更天，夜風最猛烈的時候，清遠縣城的東西城門同時起火，火借風勢，焦糊味和濃煙以極快的速度瀰漫了小半個城。百姓的哭喊聲，混合著水龍隊急著救火的嘈雜，驚起清遠全城百姓，自然也包括莫石堅和差役們。

因為有上一次火燒縣衙的教訓和經驗，眾志成城，這次的火滅得很快。

莫石堅和差役們筋疲力竭地向縣衙廢墟走，憑空竄出一個人揮出刀光劍影，叮叮噹噹的響聲，一支支利箭斜插入地。

「莫大人，小心！」雷捕頭手持佩刀，擋在莫石堅的身前，只覺得心都快蹦出嗓子眼了。

差役們的佩刀瞬間出鞘，機警地戒備著，無一不感激雷捕頭的救命之恩。

在臨時營地養傷的雷捕頭，聽一刀說了梅妍被關就要回縣衙，可一刀不同意，只能半夜溜回來。哪知一下山就看到起火，他將馬兒趕出了最快的速度，堪堪來得及替莫石堅和兄弟們擋了一排暗箭。

幸虧啊！幸虧趕回來了，不然……

雷捕頭不敢想，吩咐道：「送莫大人回去！」

「是！」差役們心情複雜，更多的是感激，雷捕頭傷得那麼重，好不容易才撿回來的命，就連夜回城。

雷捕頭一聲呼哨，將自己的馬招過來，取了箭囊揹上，翻身上馬四處追擊去了。

莫石堅剛回到縣衙地下，就看到急得團團轉的莫夫人，安慰道：「沒事了，火都滅了。」直接省略了自己遇襲的糟心事。

「差役們呢？」莫夫人對他們很上心。

「都去忙了。」莫石堅安慰。

「百姓們呢？」在這種緊要時刻，莫夫人有許多牽掛。

「發現得早，火滅得快，無人傷亡。」莫石堅故意答得漫不經心，實則，自己的心仍在狂跳。

「夏喜，我們回吧。」莫夫人總算寬了心，在夏喜的攙扶下回到臥房，左眼皮不停地跳，一直跳，心神不寧。

莫石堅一直忙得沒完沒了，不是熬到半夜，就是半夜有人來喊，索性一直睡在書房，免得吵到莫夫人，目送莫夫人走遠，又回到書房躺下。他很睏，精神卻極度亢奮，把大小事宜在腦海過了一遍又一遍，生怕哪裡還有疏漏。

正在這時，雷捕頭回來了，押著兩名姿勢怪異的蒙面黑衣人，站在書房外。「莫大人。」

「進！快進！」莫石堅一骨碌爬起來，大步走到書房門邊。「雷捕頭，你的傷好全了嗎？沒好的話，你還是去營地休息，身體要緊！」他真這樣想。

雷捕頭憨憨地笑。「回大人的話，好得差不多了，不在乎這一、兩天，現在清遠事多，總有我能搭把手的事情。」

莫石堅的視線落在蒙面黑衣人身上，忽然視線一滯。「雷捕頭，快去大牢。」

雷捕頭手起手落，將黑衣人敲暈，立刻奔向大牢入口，只見守衛差役坐著一動不動，儘管地下很黑，但還是一眼認出來。「老張，什麼時候了還睡？」

差役仍然不動。

雷捕頭三兩步走上前去，用力一搖，差役摔落在地，腰間掛的大串鑰匙不翼而飛。「莫大人，大牢有情況！」

雷捕頭這一聲吼，差役們都聽到了，風一樣地聚集在大牢入口，望著沒了鎖的牢門，每個人的心都涼了半截！

下一秒，一眾人瘋了似地衝進大牢，向左向右的都有。

五分鐘後他們又奔出來，每個人都面如土色——男監的靖安縣令溫錚和差役們，女監的梅郎中都不在了。更令他們渾身發涼的是，白水縣的金氏夫婦、育幼堂管事夏氏、刀廚娘妖邪案相關的富戶鄉紳們也都不見了！

莫石堅面對這樣的殘局，腦子裡一片空白，好不容易恢復冷靜，意識到溫敬以清遠百姓性命為代價，用了調虎離山之計！

死寂般的沈默，功虧一簣的絕望。

莫石堅咬著牙關開口。「所有差役聽令！城門向東，捉拿太守溫敬！」說完頭也不回地走了。

雷捕頭和差役們面面相覷，只猶豫了一瞬間，就跟著莫石堅走了。

平日裡對溫太守恭恭敬敬又怎麼樣？溫錚不照樣不眨眼地燒清遠縣衙？不就是以下犯上嗎？犯就犯！

「莫大人，我去追蹤馬車轍！」雷捕頭高聲領差事。

「准了！」莫石堅大步去書房更衣。

行進中的馬車有些搖晃，但轎廂內非常平穩。

梅妍睜眼就看到了熟悉的大馬車，以及繫在手腕上細細的、閃著銀光的鮫鍊，不由得皺起眉頭，努力平復翻騰的負面情緒。

純白細犬不在，是不是就意味著牠逃跑了？至少牠是安全的。她平日睡得不深，很容易醒，白天睡得多，晚上就沒法睡得好，這次怎麼能睡得這麼沈？沈到自己被人從女監中劫走都不知道？

梅妍左思右想，推出一個可能性，胡郎中怕她憂思過度，在湯藥裡加了安神的草藥。行吧，效果真不錯。

育幼堂管事夏氏，坐在車內一角，眼神冰冷地注視著梅妍，這樣不哭不鬧、鎮定自若的女子，她是第一次見。同時她也知道梅小穩婆鬥俞婆的時候，曾使出過攻擊手段，所以她也不想惹梅妍。畢竟，梅妍是溫太守看上的人，誰敢招惹？

但是夏氏沒有保持多久的安靜，一張嘴就扎心。「梅郎中，呸！梅妍，妳也有今天？」

梅妍望著夏氏，倒也坦然。「風水輪流轉嘛，誰還沒點倒楣事？」

不是擔心，更不是不害怕，而是這些情緒毫無用處；既然沒用，不如省點力氣想著怎麼逃跑才好。

夏氏盯著梅妍，一招不行，還有其他招。「梅妍，這鍊子矜貴得很，戴上就取不下來，想解下來，只有鑰匙，而鑰匙，在溫太守那裡。梅妍，被溫太守看上是多大的福氣？」

梅妍閉上眼睛，盤算著鮫鍊要到劉蓮的鐵匠鋪才能解開，如果不想被送走，那就只能劫車。

鮫鍊的長度有限，她根本碰不到外面的車伕，算了一下，似乎連夏氏都碰不到，劫車的難度太大了。

正在這時，梅妍又想到了陪自己坐牢的純白細犬，牠怎麼樣了？有沒有受傷？沒有在自己被抓的時候，和那群惡人硬碰硬吧？純白細犬現在在哪兒呢？

梅妍一顆心猛地揪了起來。

夏氏怎麼也沒想到，整天笑意盈盈的梅妍竟然「油鹽不進」，恐嚇沒有半點作用，又心生一計。「梅妍，等離開清遠地界，溫大人就會下令原地休整，他很中意妳，也許，不用回到巴嶺郡，妳就會得到溫大人的青睞。」

梅妍還是那張平靜無波的臉，連眉頭都沒皺一下，打量夏氏許久，才開口。「夏氏，妳這樣的倀鬼當得快活嗎？午夜夢迴的時候，會有像花一樣凋落的少年、少女來找妳嗎？」

「妳住口！」夏氏被戳中痛處，立刻站起來，指著梅妍的鼻尖破口大罵。「妳再胡說八道，看我割妳的舌頭！」

梅妍閉上眼睛，現在惹怒夏氏沒有任何好處，分神分心地琢磨著，還有什麼法子能讓大馬車返回？

正在這時，馬車突然停住，晃動的車簾被順勢掀開，一雙眼睛被車內的光照亮，轉瞬即逝。

外面太黑，什麼都看不見，那雙亮亮的眼睛是什麼猛獸？

夏氏忽然開口。「梅妍，天亮後我就會替妳化妝，識相點就不要動，可以少吃些苦頭！」

梅妍再次一針見血。「夏氏，各型各款的好衣服、好料子，妳自己就沒留一些嗎？」

夏氏像被踩了尾巴的貓瞬間炸毛。「那些衣服、配飾都有定數，但凡少一點都是要我賠的！我哪敢留？」

天剛矇矇亮，鄔桑就帶著親兵們停在縣衙廢墟前面，高喊。「莫石堅出來！」

無人回答，更沒人從地下出來。

沒多久，莫石堅、雷捕頭和差役們從東城門方向趕回來，每個人都疲憊又焦灼，見鄔桑一臉肅殺，趕緊下馬行禮。「見過將軍！」

鄔桑直截了當地問：「梅小穩婆呢？」

莫石堅倒抽了一口氣，直接跪倒。「將軍，昨日深夜，溫敬爪牙在清遠城內縱火，我們全力滅火；他們劫了大牢，靖安縣令溫錚和差役們，妖邪案相關的富戶鄉紳們，育幼堂管事夏氏，還有梅小穩婆都一起被劫走了。昨夜發現以後，我們立刻動身追趕，溫敬和爪牙們已經離開。雷捕頭循著車轍印跡追蹤，毫無收穫，他們像憑空消失了一樣！」

鄔桑越聽臉色越難看，濃眉緊皺，眼神裡透出殺意，厲聲斥責。「縣衙大牢被劫，莫石堅你該當何罪？」

莫石堅頹然跪倒。「將軍，求您找回那些逃犯，求您救回梅郎中，我們真的拚命找了大半個夜晚。」

狠睡了一路的羅玨在馬車裡聽得清清楚楚，一拍車門。「將軍先找人，問責，罷官這些的以後再說。」

鄔桑的腦袋裡像千鑼萬鼓在敲，心跳快得嚇人，整個人的氣場與平日完全不同。「來人，取輿圖！」

三腳貓迅速攤開一張清遠輿圖。

鄔桑說的話彷彿從牙齒縫裡擠出來的，刀霜似的眼神逐個掃過莫石堅和每一名差役。「你們往哪條路線尋？找到哪裡折返的？」

雷捕頭和差役們逐一說明，羅玨和三腳貓湊過去看得仔細，發現清遠差役們多方向追蹤的方法沒錯，追蹤速度也非常快，沒道理一個人影都抓不到。

雙方都很沈默。

鄔桑知道雷捕頭的能力，問：「按你們說的，馬車和牛車那麼多，還帶著那些逃犯，車轍不可能憑空消失。車轍消失在什麼地方？」

雷捕頭結合上次搶回秀兒的路線和時間計算。「大將軍，已知育幼堂送人的路線是這樣，從清遠城向東經過靖安，到達渡口，那裡有畫舫接應。秀兒是我在她上船前搶回來的，可這次我們追蹤了更長時間、速度也更快，卻空手而歸。」

「他們換了其他路線。」鄔桑不假思索地指出。「或者，最危險的地方就是最安全的地方，他們只是找到地方躲起來，並沒有走遠。畢竟拖拖拉拉帶這麼多人，走快的可能性不大。」

然而，輿圖上已經沒有其他路線了。

莫石堅和雷捕頭互看一眼，難道溫敬帶人藏起來了？

鄔桑又問：「這附近哪兒有這麼大的藏身之所？」

忽然，差役們異口同聲地回答。「育幼堂後山的樹林裡。」

鄔桑搖頭。「我們走的是抄山近路，一路急馳，並沒有遇到任何馬車、牛車。」

提問到這裡，遇到的全是死結。

鄔桑沈默片刻。「這附近還有沒有其他水路？」溫敬他們既不可能飛天，也不能遁地，就只剩下水路一條。

莫石堅撐起身體。「回鄔將軍的話，清遠山多、小河多，但是這附近沒有水路可走，最近的水路只有靖安向西南的渡口。」

鄔桑一番梳理後，只剩下最後的問題。「溫敬帶人躲到哪兒去了？」在這裡損耗的時間越長，梅妍就越危險，想到這點，心都不住地顫抖。

希望來得及，不，一定要來得及！

正在這時，一名差役惶恐地站出來。「鄔將軍，莫大人，昨日傍晚時分，有一條純白細犬闖進大牢，最後停在梅郎中的牢房外面，看樣子頗通人性，一直陪著她。梅郎中不見了，那條純白狗兒也不見了……小的覺得，那狗似乎通人性，也許能幫我們找到她。」

鄔桑的眼睛一亮，吹了聲呼哨，純黑細犬從馬車裡跳下來，繞著他的腿蹭來蹭去撒嬌。

「找白月！」鄔桑努力控制自己的情緒，對自己的狗尤其如此。「快！」

純黑細犬四處嗅，聞了又聞，似乎很快就鎖定了方向，徑直向城南的廢棄小路跑去。

鄔桑翻身上馬，揮鞭就追。「黑風，快！」

純黑細犬跑得更快了，很快就消失在眾人的視野中。

鄔桑的親兵們緊跟其後。

莫石堅立刻起身，決定要和差役們一起找回梅郎中，抓回那群罪惡滔天的惡棍！可萬萬沒想到，剛起身就被鄔桑喝止。「莫石堅，你守在清遠，留心與鄉紳富戶有來往的人，有任何消息立刻來報！」

「是！」莫石堅無可奈何。

事實證明，鄔桑的判斷很對，因為黑風追去的終點，是一個廢棄多年的碼頭，如果他不是清遠人，根本不知道這個碼頭的存在。

但是，所有的線索追到廢棄碼頭，也都斷了。

黑風徒勞地向滾滾水流咆哮不止，甚至激動得幾次要跳入水中，都被鄔桑及時拉住。

鄔桑站在碼頭邊緣，望著大河水起水落，腦子裡嗡嗡的一團亂。

狠睡了一路，總算清醒過來的羅珏，望著幾近抓狂的鄔桑。「大將軍，真要追，自然有追的法子，路上可以追，水上一樣可以追，問題是，你是否受得住？還有，梅妍是不是值得你這樣做？」

「值！」鄔桑向來人狠話不多。

忽然，黑風興奮地向四周叫了幾聲，很快，一隻純白細犬從密林後面現身，四隻狗腳都跑破了皮，鮮血斑斑，走得很慢。

鄔桑立刻半蹲下。「白月，梅妍呢？」

白月叫得歇斯底里，眼神比尋常瘋狗還要嚇人。

鄔桑不停地安撫牠，才發現白月身上還有其他傷，輕聲問：「你追到過梅妍嗎？」

「汪！」白月短促地叫了一聲，忽然換了個方向撒腿狂奔。

鄔桑翻身上馬跟著白月，黑風追得比鄔桑還快，可即使這樣，太陽已經漸漸偏中，快到晌午了。

時間飛快逝去，梅妍仍然不知所蹤。鄔桑的眼神越來越陰鷙，親兵們更是心急如焚。

誰都不敢問，再找不到梅妍怎麼辦？

即使不敢問，可心裡都明鏡似的，梅小穩婆那樣美貌的少女落到衣冠禽獸的溫敬手裡，會發生什麼事情都不意外。

時間一點一滴過去。

莫石堅失魂落魄地回到縣衙地下，頭痛欲裂的同時，內心充滿歉疚與擔憂，睜眼是一盞盞蠟燭，閉眼就是梅妍責問自己……以至於，看到莫夫人在書房，第一反應是想逃。

多年夫妻的默契與心有靈犀，莫夫人轉身望著莫石堅，嘴唇顫抖。「夫君，真的有人劫大牢？」

莫石堅站得比石柱更筆直，回答卻聲如蚊蚋。「是。」

「夫君，你說把梅郎中關在大牢裡，是為了保護她的安全……」莫夫人的眼中充滿控訴，她知道夫君殫精竭慮，可這樣的結果，令人難以接受。

「是。」莫石堅眼神坦然地望著自己的妻子。「可……」

「梅郎中有消息了嗎？」莫夫人的眼中充滿期盼。

莫石堅艱難地搖頭，筆直地坐到書案前，茫然地注視著案上的書頁，梅妍寫的「饑荒預備方案」在最上面，又湧出一陣椎心般的愧疚。

莫夫人剛想說什麼，就聽到書房外的求見聲，是綠柳居的花掌櫃和胖大廚。「莫大人，莫夫人，我們說好要給梅郎中送一日三餐的，可守門差役就是不讓進。」

莫石堅緩緩抬頭，望著他倆，異常平靜地回答。「不用了，她被溫敬劫走了。」

花落一雙美目瞪得溜圓。「不是，莫大人，什麼叫劫走了？」只一個晚上的時間，這裡到底發生了多少可怕的事情？

胖大廚掏了掏耳朵。「我是不是聽錯了……莫大人，你們是在說笑嗎？」

花落從來都不是尋常女子，正色問：「莫大人，您抓到奸細了嗎？這地下縣衙的入口並不好找，第一次進到這裡，沒人帶路根本找不到！

「男監、女監那麼多人，對著牢籠挨個兒找，也需要不少時間。所以，他們熟門熟路，下手這麼快，只怕這縣衙裡藏了什麼不乾淨的東西。」

莫石堅倏地站起來，衝出書房，是的，沒錯，這個奸細必須抓。「來人！」

花落注視著莫夫人。「梅婆婆知道嗎？」

莫夫人悲戚地搖頭。「我也是剛知道。」

花落咬牙切齒地問：「該怎麼和她說？還是要瞞著她？」

莫夫人還是搖頭。「萬一梅婆婆聽到消息挨不住，病倒了可怎麼辦？」

進退兩難。

花落將手中的食盒交給胖大廚，囑咐道：「你先回綠柳居，我去通知胡郎中、梅婆婆和劉蓮。這麼大的事情，不能把他們蒙在鼓裡！也許，他們還有其他法子能找到梅郎中！」

胖大廚捧著食盒，邊追邊喊：「掌櫃，等等我，我也去！」

莫夫人緩緩閉上眼睛，取下手腕上的珠串，連拈邊小聲祈禱。「老天爺，請祢開開眼，梅郎中那麼好的姑娘，絕不能讓她被溫敬那個禽獸糟蹋了！老天爺啊，請讓夫君快些找到梅郎中！」

——未完，待續，請看文創風1204《劳碌命女醫》4（完）

新書開賣啦 **鎖定價75折！**

文創風 1205-1209 夏言《繡裡乾坤》全五冊

文創風 1210-1211 莫顏《國師的愛徒》全二冊

熱映不間斷 **大力買下去才夠看！**

75折	文創風1159-1204
7折	文創風1113-1158
6折	文創風1005-1112

小狗章專區

每本99元	文創風896-1004
每本39元	文創風001-895、花蝶/采花/橘子說全系列（典心、樓雨晴除外）
每本8元	PUPPY/小情書全系列

莫顏 著

趣中藏情，歡喜解憂

她桃曉燕是誰？她可是集團總裁、是商界的女強人！
當初為了成為接班人，她鬥得你死我活，好不容易爬上總裁的位置，
卻沒想到一場意外，讓她一睜眼就來到古代！
這裡啥都沒有，她一個小女子還得想著先保命，
她想念她的房地產、股票和基金，還想念滑手機的日子啊嗚嗚～～

文創風 1210-1211《國師的愛徒》全套二冊

11/21 上市

司徒青染身分高貴，乃大靖的國師，受世人膜拜景仰。
他氣度如仙，威儀冷傲，連皇帝也要敬他三分。
他法力高強，妖魔避他如神，唯獨一個女妖例外。
這女妖很奇怪，沒有半點法力，卻不受他的法術控制，
別的妖吃人吸血，她獨愛吃美食甜點，
別的妖見到他就繞道走，她是遇到麻煩盡往他身後躲，
還死皮賴臉喊他師父，逢人便稱想巴結的找她，要報仇的找她師父。
如此囂張厚顏，此妖不收還真不行。
「妳從哪裡來？」司徒青染問。
桃曉燕笑嘻嘻地回答。「我那兒跟你們這裡完全不一樣，高級多了。」
「何謂高級？」
「有網路，有飛機，還有各種科技產品。」
司徒青染冰冷地警告。「說人話。」
桃曉燕立即諂媚討好。「有千里傳音，有飛天祥雲，還有各種神通法寶。」
「那是仙界，妳身分低賤，不可能去。」
「……」誰低賤了，你個死宅男，這種跨界的代溝最討厭了！

私心推薦

文創風 1115-1116《姑娘深藏不露》全二冊

安芷萱一開始並不叫這個名字，而是叫七妹。
七妹出生在溪田村，爹娘死後被二伯收養，
誰知無良二伯和村長勾結，一心只想把她賣了賺錢。
她才不願讓他們得逞呢，天下之大，何處不能容身？
她乘機逃脫，路上偶然得到法寶幫忙，
原以為靠著法寶，她可以美滋滋過著自己的小日子，衣食無憂，
誰料得到，竟是將她拉進一連串驚心動魄的旅程……

抽獎辦法　活動期間內，只要在官網購書並成功付款，系統會發e-mail給您，並附上抽獎專用之流水編號，買一本就送一組，買十本就能抽十次，不須拆單，買越多中獎機率越大。

得獎公佈　12/13(三)於狗屋官網公佈得獎名單

獎項
- 3名　文創風 1212-1214《醫妻獨大》全三冊
- 10名　紅利金 200元

Family Day 購書注意事項：

(1)請於訂購後**三日內**完成付款，最後訂購於**2023/11/24**前完成付款才算有效訂單喔！

(2)購書滿千元(含)以上免郵資。未滿千元部分：
郵資65元(2本以下郵資50元)／超商取貨70元(限7本以內)／宅配100元。

(3)特賣書籍因出書時間較久，雖經擦拭、整理，仍有褪色或整飾痕跡，故難免不如新書亮麗。除缺頁、倒裝外無法換書，因實在無書可換，但一定會優先提供書況較良好的書給大家。若有個人原因需要換書，需自付來回郵資。

(4)各書籍庫存不一，若遇缺書情形可選擇換書或退款。

(5)歡迎海外讀者參與(郵資另計)，請上網訂購或是mail至love小姐信箱(love@doghouse.com.tw)詢問相關訊息。

狗屋有權修改優惠活動的實施權益及辦法。

和貓寶貝 狗寶貝

廝守終生(一定要終生喔！)的幸福機會

對人來說，貓寶貝狗寶貝只是生活的一部分，但妳(你)對牠們來說，卻是生活的全部，領養前請一定要考慮清楚——

▲ 遇見百分百男孩——布丁

性　　別：男生
品　　種：米克斯
年　　紀：3～4個月
個　　性：活潑親人
健康狀況：已施打一劑預防針，體內外驅蟲
目前住所：嘉義市西區

本期資料來源：沈麗君小姐、劉怡慧小姐

第348期推薦寵物情人

『布丁』的故事：

國民布丁甜點人人愛，毛孩布丁正在尋愛中！布丁原本和媽媽、兄弟姊妹們在嘉義西區一個社區路邊覓食討生活，不料某天一家子被路過的流浪狗攻擊咬死，獨留布丁無助害怕地蜷縮在路旁，鄰居見了實在不忍心，才號召眾人幫忙處理善後。

由於外面環境有太多危險，擔心布丁無法獨自在外生存而先行安置。牠飲食不挑剔，非常親人且不怕生，幾乎一見著人就會主動跑來給摸給抱，由於還是幼貓，活力十足，非常愛玩，最愛找人類哥哥姊姊一同樂哈哈。

三次元生活忙碌的您，不妨養隻貓家人陪伴紓壓，布丁將是您納入天使貓名單首選。準備好迎接充滿歡笑又療癒滿滿的人貓生活嗎？歡迎您聯繫美麗又有愛心的里長劉怡慧姊姊0978968311，與親人可愛的布丁，共築染上焦糖色的幸福。

認養資格：

1. 認養人須年滿23歲，有穩定的經濟能力，給予布丁一天一餐濕食。
2. 請了解並願意配合認養手續，限認養人本人簽認養寵物切結書，且提供身分證正、反面影本，請勿代替別人認養。
3. 必須同意施做門窗基本防護，門窗要有防護網（紗門紗窗不是防護）。
4. 請定期施打預防針，滿8個月安排結紮。
5. 須同意送養人日後每月一次追蹤探訪，或是傳生活照，對待布丁不離不棄。

來信請說明：

a. 個人基本資料：姓名、性別、年齡、家庭狀況、職業與經濟來源等。
b. 想認養布丁的理由。
c. 過去養寵物的經驗，及簡介一下您的飼養環境。
d. 若未來有結婚、懷孕、出國或搬家等計劃，將如何安置布丁？

百年修得同船渡，千年修得共枕眠／琉文心

2023年8月出版

翻牆覓良人

他帶她來到一棵百年大樹下，樹上掛滿寫著一對對情人名字的紅布條，
據說這是極為靈驗的姻緣樹，他問她願不願和他一起掛上紅布條？
看著布條上由他親筆寫下的兩人名字，她疑惑地問他，只一人筆跡可靈？
結果他一愣，連忙表示，要不她在布條上頭親上一口，表示她也認可，
這話說得好笑、離譜，可她卻也乖乖照做了，甚至還親上兩口……

文創風 1185 1

沈文戈乃鎮遠侯府的嫡女，在家中是被父母及六位兄姊疼寵的寶貝，
奈何情竇初開，只一眼就瘋了似地愛上那縱馬奔馳的尚家郎君，
她甚至赴戰場救他一命，雙腿因此落下寒症，令她生不如死，但她不後悔，
即便家人反對，她依舊毅然決然地嫁入尚家，可還沒洞房他就出征了，
因為愛他，她堂堂將門虎女在夫家被婆婆搓磨、苛待三年都受了，
好不容易盼到他返家，他卻帶回一楚楚可憐的嬌柔女子，要她接納，
於是，她只能獨守空閨，眼睜睜地看著他倆恩愛數年，直至死去，
幸好，上天給了她重生的機會，這回她絕不再活得這般卑屈了！

文創風 1186 2

雖然沒能重生回嫁人前，但在夫婿帶小嬌娘回來的前幾天也就先忍著，
靜候他帶人回來，然後毫不留情地帶上所有奴僕及嫁妝「走」回娘家，
沒錯，她就是要讓所有人知道，她要和離，不要這忘恩負義的夫婿了！
她沈七娘家大業大，憑啥夫家享盡沈家的好處，還要處處羞辱、折磨她？
前世嫁人後她沒回過一次娘家，連至親手足們的葬禮都未能出席，
如今為了和離，她開先例將夫家告上官府，一如當初非君不嫁的轟轟烈烈，
這般憋屈的小媳婦，誰愛當誰去當，她即便壞了名聲也不再受這委屈！
大不了她不再嫁人便是，她都死過一次了，還怕這種小事嗎？

文創風 1187 3

沈文戈養的小黑貓「雪團」不見了，婢女們滿院子都找不著！
結果，隱約聽見隔著一堵牆的鄰家傳來微弱貓叫聲，那可是宣王府啊！
傳聞中，宣王王玄瑰行事狠戾、手段毒辣，甚至還會烹人肉、飲人血，
可因他乃當今聖上的幼弟，兩人關係親如父子，沒人能奈他何，
偏巧母親不在家，無法上門拜訪尋貓，只能架上梯子親自爬牆偷瞧了，
畢竟奴婢們窺伺宣王府，若被抓到，都不知道要怎麼死了，
她好不容易爬上牆頭，眼前驟然出現一張妖魅俊美、盛氣凌人的臉，
這不是鄰居宣王本人，還能是誰？所以說，她是被逮個正著了？

文創風 1188 4 完

自從去過奢華的鄰居家後，她家雪團就攔不住，整日跑去蹭吃蹭喝，
害得沈文戈這個貓主人也不得不三天兩頭地架梯子爬牆找貓去，
結果爬著爬著，她甚至翻過牆去，和鄰居交起朋友來了，
時日一久，她才發現宣王這人身負罵名雖多，但人其實不壞，還老慣著她，
在他有意的疼寵之下，本已無意再嫁的她，一顆心漸漸落在他身上，
後來她才曉得，原來他竟是當年與她前夫一同在戰場上被她救下的小兵，
可他的嬤嬤說，他是個別人對他好一點，就恨不得把心都掏出去的人，
所以他對她好，全是為了報恩？還以為他是良人，原來是她自作多情了……

勞碌命女醫 3

國家圖書館出版品預行編目資料

勞碌命女醫 / 南風行著. --
初版. -- 臺北市 : 狗屋出版社有限公司, 2023.10
冊 ; 公分. --（文創風 ; 1201-1204）
ISBN 978-986-509-464-5（第3冊 : 平裝）. --

857.7　　　112013832

著作者　南風行
編輯　林俐君
校對　沈毓萍
發行所　狗屋出版社有限公司
地址　台北市104中山區龍江路71巷15號1樓
電話　02-2776-5889～0
發行字號　局版台業字845號
法律顧問　蕭雄淋律師
總經銷　知遠文化事業有限公司
電話　02-2664-8800
初版　2023年10月
國際書碼　ISBN-13　978-986-509-464-5

本著作物由北京晉江原創網絡科技有限公司授權出版

定價280元

狗屋劃撥帳號：19001626

網址：love.doghouse.com.tw　E-mail：love@doghouse.com.tw